文春文庫

任務の終わり

上

スティーヴン・キング
白石 朗訳

文藝春秋

トマス・ハリスに

銃を手に入れるんだ
部屋にもどって
この手に銃をもってくる
銃身一本、はたまた二本
そうさ、自殺のブルース歌うなら
死んだほうがましさ、おれなんか

――クロス・カナディアン・レグウィード

目次

（下巻に続く）

単行本　二〇一八年九月　文藝春秋刊

任務の終わり

主な登場人物

ビル・ホッジズ……………元刑事　ファインダーズ・キーパーズ探偵社を営む
ホリー・ギブニー…………同探偵社の共同経営者
ブレイディ・ハーツフィールド…メルセデス・キラー　カイナー記念病院に入院中
フェリックス・バビノー……カイナー記念病院脳神経クリニック責任者
ルース・スキャペッリ………同クリニックの現看護師長
ベッキー・ヘルミントン……同　前師長
〈図書室アル〉………………同病院の職員
ピート・ハントリー…………刑事　ホッジズの元相棒
イザベル・ジェインズ………刑事　ハントリーの現在の相棒
ウェンデル・スタモス………ホッジズのかかりつけの医師
マーティーン・ストーヴァー……メルセデス事件の被害者　重篤な後遺症を負う
ジャニス・エラートン………マーティーンの母
オリヴィア・トレローニー…大量殺人に使用された自動車の持ち主　故人
ジェローム・ロビンスン……ホッジズとホリーの友人　大学生　現在アリゾナに
バーバラ・ロビンスン………ジェロームの妹
ターニャ・ロビンスン………ジェロームとバーバラの母
ピート・ソウバーズ…………ホッジズに窮地を救われた少年

二〇〇九年四月十日
マーティーン・ストーヴァー

夜明け前がいつだっていちばん暗い。

この陳腐な文句がロブ・マーティンの頭をかすめたのは、アッパー・マルボロ・ストリートにのろのろ救急車を走らせて、所属の署――第三消防署――へもどる途中のことだった。だれがこの文句を考えついたかは知らないが、ものがわかっていた人物らしい――ロブは思った。というのも、きょうの朝はウッドチャックのケツの穴なみに真っ暗で、時刻は夜明け寸前だったからだ。

いざそのときになっても、たいした夜明けにならないのは目に見えていた――せいぜい、ふつか酔いの夜明けといったところ。立ちこめている濃い霧は、市街地近くにある湖、あまり偉大《グレート》ではないくせにグレート湖という名前をもつ湖の悪臭をはらんでいた。そのうえ、お楽しみを追加しようというのか、濃霧をついて凍えるような氷雨《ひさめ》が降りはじめてもいた。ロブはワイパーをそれまでの〝間欠《INT》〟から一段階あげて〝低速《LO》〟へ切り替えた。前方のそれほど遠くないところで、薄闇のなかから見まちがいようのない黄色のふたつのアーチがぬっと姿をあらわした。

「やったぞ、アメリカの黄金のおっぱいだ！」助手席にいるジェイスン・ラプシスが歓声をあげた。救急救命士として働いて十五年のあいだロブがともに仕事をしてきた救急医療士もそれなりの人数になるが、ジェイスン・ラプシスは最高の相手だった。なにも起こっていないときには呑気《のんき》そのもの、ひとたびすべてが同時進行するような緊急事態になれば、決して動じずに抜群の集中力を発揮する。「食べ物にありつけるぞ！　神さま、資本主義に祝福を！　さあ、寄ろう、寄ろう！」

「本気か？」ロブはたずねた。「あの手のジャンクな食い物がなんの原因になるのか、その一例を教訓として見てきたばかりじゃないか」

いまふたりは、シュガーハイツに雨後の筍《たけのこ》のように出現した急ごしらえ屋敷のひとつに出動してきた帰りだった。そこに住むハーヴィー・ゲイレンという男が九一一に緊急通報してきて、胸部の激痛を訴えたのである。現場に駆けつけたロブたちが見たのは、金持ち連中がまずまちがいなく〝大広間〟と呼んでいる部屋でソファに横たわるゲイレンだった——まるで、青いパジャマを着て海岸に打ちあげられた鯨そのものだった。そしてゲイレンの妻が、亭主がいますぐにでもあの世へおさらばしてもおかしくないと思いこんで、まわりをうろうろしていた。

「マックだぞ！　マックだぞ！」ジェイスンが節をつけて唱えながら、座席の上でぴょんぴょんと飛び跳ねた。ミスター・ゲイレンの生命徴候《バイタル》を測定していた生まじめで有能な医療のプロはどこかに姿を消していた（ちなみにその測定のあいだロブ自身は、気道確保用具や心臓医療機器をおさめている救急医療用具バッグを手にして、隣に控えていた）。いま目にかかるブロンドの髪の房を跳ねさせているジェイスンは、成長しすぎた十四歳の少年といった雰囲気だった。「寄ってくれ——おれはそういったんだ！」

ロブは救急車を駐車場へ入れた。ソーセージビスケットを食べてもいいだろうし、バッファローのべろを焼いたような外見のハッシュブラウンとかいうしろものを追加してもいいかもしれない。

ドライブスルーの窓口には順番待ちの短い車の列ができていた。ロブはその最後尾に救急車をつけた。

「だいたいさっきの男は、本物の心臓発作を起こしてもいなかったし」ジェイスンはいった。「ただのメキシコ料理の過剰摂取。病院への搬送だって本人が拒んだじゃないか」

そのとおり。ゲイレン氏は盛大なげっぷを二、三回し、さらには下半身からトロンボーンの音を鳴りわたらせると——ちなみにこの音で、がりがりに痩せたゲイレンの細君《さいくん》はキッチンへ退散した——上体を起こし、ふたりにむかって、いや、カイナー記念病院に搬送してもらうにはおよばないと思う、といった。ロブとジェイスンも、ゲイレンが前夜メキシコ料理のレストラン〈ティワナ・ローズ〉でなにを腹に入れたかをきいたあとということもあって、本人と同意見だった。ゲイレンの脈搏《みゃくはく》は力強く、血圧はいささか危険域だったが、もう何年も前からそのあたりだったようだし、さしあたって安定してはいた。自動体外式除細動器《AED》がキャンバス地のバッグから出されることはなかった。

「おれはエッグマックマフィンを二個とハッシュブラウンを二枚だ」ジェイスンはいった。「あとはブラックコーヒー。いや、ちょっと待て——やっぱりハッシュブラウンは三枚だ」

ロブはまだゲイレンのことを考えていた。「今回は消化不良ですんだが、いずれ近いうちに本物に見舞われるな。重度の心筋梗塞《こうそく》とか。どのくらいの体重だったと思う？ 百四十キロ弱？ いや、百五十を超えていたかな？」

「まあ、百五十前後だな」ジェイスンはいった。「頼むから、そんな話題でおれの楽しい朝食を台なしにするな」

ロブは湖が近いせいで立ちこめている霧から突きでている〈マクドナルド〉の〝黄金のダブルアーチ〟のほうに手をふった。「ここや油っぽいファストフードを出すほかの店こそが、いってみりゃアメリカの問題点の半分を占めてるんだよ。おまえだって医療関係者のはしくれなら、そのことは知ってるはずだぞ。いまなにを注文した？ それだけであっさり九百キロカロリーだ。エッグマックなんとかにソーセージでもつけたら、あっという間に千三百キロカロリーあたりになっちまうぞ」

「そんなにいうなら、おまえはなにを注文するんだ、ドクター・ヘルス？」

「ソーセージビスケット。二個もらうかも」

ジェイスンはロブの肩をぴしゃりと叩いた。「その意気だ！」

列が前へ進んだ。あと二台で自分たちの番になる……というときになって、ダッシュボードに埋めこまれたコンピューターの下にある無線機から大声が出てきた。いつもは冷静沈着で落ち着いている通信司令係だが、このときばかりは〈レッドブル〉を飲みすぎた過激なディスクジョッキーなみの声を出していた。

「全救急車、全消防車に告ぐ！　ＭＣＩ発生！　くりかえす、ＭＣＩ発生！　全救急車および全消防車むけの最優先放送です！」

ＭＣＩ——それは多数傷病者事案《マス・カジュアリティ・インシデント》の略称だ。ロブとジェイスンは顔を見あわせた。飛行機事故、列車事故、爆発事故、あるいはテロ事件。ＭＣＩなら、おおむねその四カテゴリーのいずれかだ。

「現場はマルボロ・ストリートの市民センター、くりかえす、マルボロ・ストリートの市民センターだ。いま一度くりかえす、死傷者が多数でている可能性のあるＭＣＩ！　充分に注意してください！」

ロブ・マーティンの胃がぎゅっと縮んだ。これから向かう先が飛行機や列車の事故現場やガス爆発事故のあとの現場なら、だれも〝充分に注意しろ〟とはいわない。となると、残る可能性はテロ……それも、いまだに現在進行中のテロだ。

女性の通信司令係は先ほどの言葉をくりかえしていた。ジェイスンが緊急灯をつけてサイレンを鳴らすあいだ、ロブはハンドルをまわし、レストランを迂回できる車線にフレイトライナーの救急車を乗りこませた——その拍子に、ひとつ前の車のバンパーを軽くひっかけてしまう。現在位置から市民センターまではわずか九ブロック。しかし、たとえアルカーイダがカラシニコフのサブマシンガンで市民センターに雨あられと銃弾を浴びせていても、いまの自分たちには信頼できるAEDしか対抗手段がない。

ジェイスンは無線のマイクをつかんだ。「了解した、通信司令係。こちらは第三消防署所属の二三号救急車。推定到着時刻《ETA》は六分後だ」

市街地のほかの場所からもサイレンの音があがりはじめた。しかしその音から察するに、現場の市民センターにいちばん近いのは自分たちの救急車らしい。鋳鉄《ちゅうてつ》のように白茶けた光があたりに忍びこみはじめていた。救急車が〈マクドナルド〉の駐車場からアッパー・マルボロ・ストリートに出ようとしたそのとき、灰色の霧の奥から灰色の車がいきなり姿をあらわした。ボンネットに凹みがあり、フロントグリルがかなり錆びている車だった。つかのま、ハイビームにしてあるHDヘッドライトの光がふたりの目をまっすぐ射抜いた。ロブは二連《デュアル》エアホーンで警笛を鳴らし、同時に急ハンドルを切った。相手の車――メルセデスのように見えたが確証はなかった――は横滑りして元の車線にもどり、次の瞬間には霧のなかで小さくなっていくヘッドライトだけになっていた。

「まいったたな。いまのはきわどかったぞ」ジェイスンはいった。「プレートのナンバーは見えたか？」

「いいや」ロブの鼓動はあまりにも激しく、首の左右両側にどくどくという脈が感じとれるほどだった。「おれはふたりの命を助けるのに大わらわでね。だけど、なんで市民センターくんだりで怪我人が大勢出たりする？　神さまだっておねんねしてる時間だぞ。センターはまだ閉まってるはずだ」

「バスがらみの交通事故かも」

「それはないな。市バスが動きはじめるのは朝の六時だ」

サイレン。サイレンの音——たくさんのサイレンの音がレーダースクリーン上の輝点のように、一点に集結しはじめていた。一台のパトカーが猛スピードで救急車を追い越していったが、ロブが見た範囲では自分たちはまだほかの救急車や消防車に先んじて現場に近づきつつあった。

ということは、「アッラーは偉大なり《アッラーフ・アクバル》」とわめく正気をなくしたアラブ人がいたら、おれたちがまっさきに銃で撃たれるか爆弾でふっ飛ばされるかする確率が高いわけか——ロブは思った。おれたちはツイてるね、ったく。

しかし、仕事は仕事だ。ロブはハンドルを切って、市役所本館と醜悪きわまりない市民ホール——郊外へ引っ越すまで選挙のたびにロブが投票に通った建物でもある——に通じる急勾配のスロープに救急車を乗り入れていった。

「ブレーキだ！」ジェイスンが金切り声で叫んだ。「なにしてやがる、ロビイィ！　ブレーキだ！」

大勢の人々が霧のなかから救急車のほうへむかってきていた。道が下り坂になっているせいで、自分でも抑えられないスピードで走ってくる者も見うけられた。悲鳴をあげている者もいる。見る間にひとりの男が倒れて転がったが、すぐにまた立ちあがり、ジャケットから引き裂かれたシャツの裾をはみださせたまま走りつづけた。ストッキングが破れて、脛《すね》が血まみれ、そのうえに靴が片方だけになった女の姿も目にした。ロブはパニックを起こして急ブレーキを踏んだ――救急車の車体前部ががくんと沈みこみ、固定されていない品物が車内で乱れ飛んだ。扉が固定されていないキャビネットから医薬品や点滴の輸液ボトルや注射針などが飛びだして、車内を飛び交った。結局はミスター・ゲイレンの搬送につかわずにすんだストレッチャーが、がくんと壁から外れて落ちた。聴診器のひとつが空間を巧みにすり抜けてフロントガラスにあたり、センターコンソールに落ちた。

「徐行だ」ジェイスンがいった。「ゆっくりじっくり進め、いいな？　いま以上の被害を出さないようにしよう」

ロブはアクセルをそっと踏んで人が歩くほどのスピードで救急車を走らせ、坂道をあがっていった。人々はあいかわらず前方からやってくる……数百人はいるだろうか……出血している者もいた……大半は見た目でわかるような怪我を負ってはいない……全員が怯えた顔を見せている。ジェイスンは助手席の窓をおろして顔を外へ出した。

「なにがあ、あ、あったんです？　どなたか、なにがあ、あったかを教えてもらえますか？」

ひとりの男が近づいてきた。顔を真っ赤にして息切れを起こしていた。「車だよ。車がまるで芝刈機みたいに、たくさんの人がいるところへ突っこんできやがった。おれも、クソったれないかれ野郎にあやうくやられるところだった。やつが何人轢《ひ》いたかはわからん。ほら、おれたちみたいな連中をきちんと列にならばせておけるようにポールが設置してあったもんで、みんな、豚みたいに囲いこまれていたわけだ。やつはわかってて、わざと車を突っこませた……そこいらじゅうに人が倒れてて……それがまるで……みんなまるで……血糊を詰めた人形みたいだ。おれが見ただけでも四人は死んでた。死人はもっといるだろうよ」

男はそれだけ話すと、また進みはじめた——アドレナリンが薄れてきたのか、さっきまでは小走りだったのが、いまでは重い足を引きずっている。ジェイスンはシートベルトをはずし、窓から身を乗りだして男の背中に声をかけた。「色は見ましたか？　そんなことをした車は何色でしたか？」

男は血色をなくして、げっそりとした顔でふりかえった。「グレイだ。馬鹿でっかいグレイの車さ」

ジェイスンは助手席に体をもどすと、ロブに目をむけた。ふたりとも、あえて言葉を口にする必要はなかった——〈マクドナルド〉を出たあのとき、まさに急ハンドルを切って衝突をかわしたあの車だ。してみると車体前部の赤錆に見えたものは錆ではなかったにちがいない。

「先へ進めろよ、ロビー。車内が散らかってても、そんな心配はあとまわしでいい。とにかく、まずは現場だ——くれぐれも、人を轢かないように。いいな？」

「オーケイ」

ロブが駐車場にたどりついたころには、当初のパニックはおさまりかけていた。徒歩で現場をあとにしている人もいれば、グレイの車に撥《は》ねられた人の手当をしている人もいた。

さらには、群衆にはかならず一定数いる人でなしたちが、それぞれの電話で写真や動画を撮影していた。どうせユーチューブのアクセス数狙いだろう——ロブは見当をつけた。舗装された路面に、《割込禁止》と書かれた黄色いベルトを引きずっているクロームめっきのガイドポールが倒れていた。

先ほど救急車を追い越していったパトカーが、建物のすぐ前にとまっていた。近くの地面に寝袋があり、そこからほっそりとした白い手だけが突きだしている。寝袋の上にひとりの男がななめに覆いかぶさっていて、そこがいまも広がりつつある血だまりの中心だった。ひとりの警官が、救急車にそのまま前へ進むように手をふって合図を送ってきた——パトカーのルーフで青い緊急灯が回転しているせいで、警官の動作がコマ落としになって見えていた。

ロブは携帯用のデータ端末を手にして降り立った。ジェイスンも助手席側から降りて、救急車の後部へまわり、救急医療用具バッグとAEDをもってきた。空は白みつづけている。そのおかげで、市民センターのメインの出入口上にかかげてある横断幕の文字が読めるようになっていた。《千人の雇用を保証！》《「わたしたちは市民のみなさんの味方です」――ラルフ・キンズラー市長》。

なるほど、これでこんな早朝にもかかわらず大勢の人たちがここにあつまっていた理由はわかった。就職フェアだ。昨年、経済が突然の心筋梗塞を起こしてからはいたるところに不景気風が吹いているが、このささやかなレイクフロントの街ではひときわ不景気の影響が強かった。この街では二十一世紀を迎える前から働き口が減少しつづけていたのだ。

ロブとジェイスンは寝袋に近づいていったが、警官はかぶりをふった。その顔は灰色だった。

「この男も寝袋のなかのふたりも死んでるよ。たぶん、この男の奥さんと子供じゃないかな。体をはって妻子を守ろうとしたんだろうよ」警官ののどの奥から変な音が響いた――げっぷと空《から》えずきの中間めいた音だ。警官はあわてて口を手で覆ってから、その手を離して指さした。「あちらのご婦人なら、まだ助けられるかもしれないな」

話に出た女性は仰向《あおむ》けになって倒れていたが、両足はともに上半身からねじれた角度に突きだしていた――重度の外傷であることをうかがわせる角度だった。しゃれたベージュのスラックスは、股間が失禁で黒くなっていた。顔は――というよりも、顔で残っている部分は――グリースで汚れている。鼻の一部と上唇の大部分は引き剝がされてしまっていた。美しくクラウンをかぶせられた歯が、いまでは意図していない嘲笑の表情で剝きだしになっている。コートとロールネックのセーターの半分も引き剝がされていた。首と肩に大きな黒い痣《あざ》が広がりつつあった。

あの人でなし車があの人を轢いたんだ――ロブは思った。縞栗鼠《しまりす》を轢き潰すみたいにして、あの人を轢いたんだ。ロブとジェイスンはともに青い手袋を装着しながら、女性のわきに膝をついた。近くに転がっている女性のハンドバッグには、部分的なタイヤ痕が残っている。ロブはハンドバッグを拾いあげて、救急車の後部に投げこんだ。タイヤの痕跡が証拠かなにかになるかもしれないと思ったからだし、この女性があとで返してほしがると思ったからでもある。

といっても、この女性が一命をとりとめればの話だ。

「呼吸はとまってるが、脈はある」ジェイスンがいった。「ただしかなり微弱だ。セーターを引き裂いてくれ」

ロブはその指示にしたがった。ブラジャーの半分も――ストラップがちぎれて――いっしょに肌から離れた。ロブは残った衣類もまとめておろして邪魔にならないようにしてから、胸部圧迫をほどこしはじめた。一方ジェイスンは気道確保にあたりはじめた。

「助けられそうかい？」警官がたずねた。

「わからん」ロブは答えた。「こっちはおれたちがあたる。あんたには、対処しなくちゃいけないほかの問題があるだろう。おれたちはさっき、あの坂道をあわててのぼってくるところだったが、このあともおなじように走ってくる救急車があったら人死にが出かねないぞ」

「それはそうだが……いたるところに怪我人が倒れてるんだ。まるで戦場だよ」

「助けられる怪我人を助けてくれ」

「呼吸がもどってきたぞ」ジェイスンがいった。「ロビー、おれたちふたりで力をあわせて、この人の命を助けようじゃないか。そのデータ端末でカイナー記念病院に連絡し、頸椎《けいつい》骨折、脊髄《せきずい》損傷、内臓損傷の可能性があって顔面負傷があって、ほかにどんな怪我があるか見当もつかない患者を救急搬送すると伝えてくれ。コンディションは要緊急《クリティ》治療《カル》。生命徴候はおれが伝える」

ジェイスンがアンビューバッグで女性に空気を送りつづけているあいだ、ロブは携帯データ端末で病院に連絡した。カイナー記念病院の救急救命室は即座に応答した。電話からは歯切れよく落ち着いたスタッフの声がきこえた。カイナー病院はレベル1の外傷センターの認証をうけている――ときに〝大統領レベル〟といわれる高度医療処置が可能な病院であり、こうした事態へのそなえも欠かしていない。病院スタッフは年間に五回の訓練をうけている。

必要な電話をすませると、ロブは血中酸素飽和度を調べ（予想どおり、かんばしくない数値だ）、救急車から頸椎固定用のネックカラーとオレンジ色の脊柱固定板をとってきた。このころにはほかの救急車も現場に到着し、また霧もだいぶん晴れてきていて、惨劇の規模がだれの目にもはっきり見えるようになっていた。

このすべてが一台の車のせいだとは……ロブは思った。だれが信じるだろうか？

「オーケイ」ジェイスンがいった。「容態は安定していないかもしれないが、やるだけはやった。救急車に運びこもう」

ふたりは脊柱固定板を完璧に水平なままにたもつよう注意を払いつつ、女性を救急車に運びこむと、ストレッチャーに横たえて体を固定した。血の気をうしなって変形している顔が頸椎固定用のネックカラーという枠をはめられているいま、女性はホラー映画でなにかの儀式の犠牲になった登場人物にそっくりだった……ただし、映画の場合には被害者が例外なく若くてセクシーなのにひきかえ、この女性は見たところ四十代か五十代初めのようだ。職さがしにはいささか年を食いすぎていると口さがない人はいうだろうし、ロブもひと目見ただけで、この女性が二度と職さがしに出歩けない体になったことを察していた。いや、見たところ、歩くこと自体がもう無理そうだ。とほうもない幸運に恵まれれば――これだけの目にあっても生き延びたとして――四肢麻痺だけは避けられるかもしれない。しかし、腰から下は二度と動きそうになかった。

ジェイスンが膝をついて透明なプラスティックのマスクを滑らせ、女性の鼻と口を覆ってから、ストレッチャーの頭側にあるタンクから酸素を送りはじめた。マスクの内側が曇った――これはいい徴候だった。

「次は？」ロブはたずねた。ほかに打てる手がまだあるのかをたずねる質問だった。

「さっき散らばった品物のなかからでもいいし、おれのバッグからでもいいから、注射用のアドレナリンを見つけてくれ。さっきは脈がしっかりしていたのに、また弱くなってきてる。それがすんだら、救急車をぶっ飛ばしてくれ。これだけ体じゅうにひどい怪我をしていながら、いまもまだ生きているのは、それだけで奇跡だよ」

ロブはひっくりかえった繃帯の箱の下からアドレナリンのアンプルを掘りだして、ジェイスンに手わたした。それから救急車の後部ドアを力まかせに閉め、運転席にすわると、車をスタートさせた。ＭＣＩの現場に一番乗りしたということは、病院にも一番乗りということになる。そうすれば、この女性が生き延びるわずかな可能性をほんの少しでも増やすことに通じる。それでも、いくら早朝で道路ががらがらに空いているとはいえ十五分はかかる道のりだ。カイナー記念病院に到着したときには、ロブは女性がすでにこと切れているものと思いこんでいた。どれだけ重傷だったかを考えれば、それでも精いっぱいいい結果になったのだ、と。

しかし、女性は死んではいなかった。

おなじ日の午後三時、勤務時間はとうにおわっていたが、昂奮さめやらないまま、家に帰る気にもなれずロブとジェイスンは第三消防署の待機室にすわり、音をミュートにしたテレビでスポーツ専門局のＥＳＰＮを見ていた。ふたりで病院にかつぎこんだ患者は全部で八人……しかし、最初の女性がいちばんの重態だった。

「あの人の名前はマーティーン・ストーヴァー」ようやくジェイスンが口をひらいた。「まだ手術がつづいてる。おまえがトイレに行っているあいだに電話したんだ」

「で、助かる見こみはどのくらいある？」

「おれにはわからん。ただ、医者があっさり死なせなかったんだから、それなりに見こみがあるんじゃないか。どうやらあの人は重役秘書の職をもとめて、あの場に来てたらしい。身分証をさがしてハンドバッグの中身を調べたんだ——運転免許証から血液型もわかったしね。で、そのときに紹介状の束を見つけたよ。秘書としては優秀だったみたいだな。最後の勤務先はバンク・オブ・アメリカ。人員削減のあおりで馘《くび》になったんだ」

「もし生き延びられたら？　どうなると思う？　両足だけですむかな？」

ジェイスンはじっとテレビを見つめたまま——画面ではバスケットボール選手たちが縦横無尽にコートを走りまわっている——長いこと黙りこくっていた。それから——

「生き延びた場合には四肢麻痺だな」

「確実に？」

「九十五パーセント」

ビールのＣＭが流れはじめた。若い男女がバーで踊りくるっていた。だれもが楽しんでいた。マーティーン・ストーヴァーのお楽しみはもうおわりだ。一命をとりとめたとしてマーティーンがどんな事態に直面するのかをロブは想像しようとした。チューブに息を吹きこんで操縦する電動車椅子での生活。食事といえばどろどろの流動食か、点滴での栄養剤だけ。呼吸をするにも人工呼吸器が必要。バッグに排便。医学的トワイライトゾーンでの生活。

「クリストファー・リーヴだって、そうわるくはなかったぞ」ジェイスンがロブの内心を読みとったかのように、落馬事故で首から下が麻痺した映画俳優の名前をあげた。「前向きな姿勢。人の模範となっていた。いつも顔をあげていてね。たしか映画を監督したこともあったはずだぞ」

「そりゃ、ずっと顔をあげていただろうよ」ロブはいった。「頸椎固定用のネックカラーをはめてたんだから。それにリーヴはもう死んでる」

「あの人は、たぶんいちばんいい服を着てたな」ジェイスンがいった。「しゃれたスラックス、高級なセーター、上等なコート。もういちど自分の足で立って暮らそうとしていた。なのにどこかのクソ野郎があらわれて、すべてを奪ったんだ」

「犯人はもうつかまったのか？」

「いや、最後にきいたときには、まだつかまってなかった。いざつかまえたら、金玉の袋を縛って吊るしてやればいい」


翌日の夜、ひとりの脳卒中患者をカイナー記念病院に搬送しおえたあとで、ロブとジェイスンはマーティーン・ストーヴァーの容態を確かめに足を運んだ。マーティーンは集中治療室に収容されており、脳の活動が活発化していることを示す徴候を見せていた——ほどなく意識がもどる前兆だった。マーティーンが意識をとりもどしたら、だれかが悲報を伝えなくてはならない——あなたは胸から下が麻痺した体になりました、と。

ロブ・マーティンは、その役目が自分ではなくて本当によかったと心から思った。

そして、マスコミが〈メルセデス・キラー〉と名づけた犯人はまだつかまっていなかった。

Z
二〇一六年一月

1

ビル・ホッジズのスラックスのポケットで板ガラスが割れる。その音につづいて、少年たちの陽気な歓声がわっとあがる。「これはみごとなホームラン！」

ホッジズは顔をしかめ、すわったままびくんとする。ドクター・スタモスは四人の医者からなるグループのひとりで、きょう月曜日の午前中は待合室も満員だ。その全員がホッジズに顔をむけている。ホッジズは顔がかっと火照《ほて》るのを感じる。

「すまない」待合室のだれにともなくそういう。「メッセージが来たようだ」

「あらあら、にぎやかなメッセージだこと」白髪が寂しくなりかけ、のどの肉がビーグル犬のようにたるんだ老婦人がいう。この老婦人の前では、ホッジズは子供になったような気分にさせられる——こちらもそろそろ七十歳なのに。しかし老婦人は、携帯電話のマナーに通じている。「こういった公共の場所ではボリュームを落とすか、完全に消音モードにしておくべきよ」

「おっしゃるとおり、いや、ごもっとも」

　老婦人はまたペーパーバックを読みはじめる（ちなみに本は『フィフティ・シェイズ・オブ・グレイ』で、くたびれた外見から察するに、初めて読んでいるわけではなさそうだ）。ホッジズはポケットからｉＰｈｏｎｅを抜きだす。メッセージを送ってよこしたのは、ホッジズの警察時代のパートナーだったピート・ハントリーだ。ピートもいまでは定年退職を目前にしている——とても信じられないが事実は事実。退職のことを俗に〝任務終了《エンド・オブ・ウオッチ》〟などというが、ホッジズ自身は任務をおえるのは不可能だと思い知らされた。いまホッジズは、ふたりだけの小さな探偵事務所、ファインダーズ・キーパーズ社を経営している。ただしホッジズは、〝フリーランスの行方不明債務者捜索員《スキップトレーサー》〟を自称している。数年前に起こしたちょっとしたトラブルの余波で、私立探偵の営業許可証を取得できなくなったからだ。この市で私立探偵の看板をあげるには当局の許認可が必要だ。しかし、実質的には——おりおりとはいえ——私立探偵として活動しているようなものだ。

　電話をくれ、カーミット。至急。重要。

　カーミットというのはホッジズの本当のファーストネームだ。ただし、ふだんはもっぱらミドルネームの愛称であるビルをつかう。そうすれば、〈セサミ・ストリート〉の〝蛙のカーミット〟がらみのジョークを最低限に抑えられるからだ。ただしピートはカーミットという名前をつかう癖がある。愉快だと思っているらしい。

ホッジズは携帯電話をそのままポケットにおさめようかと考える（もちろん、まず消音モードに切り替えてからだが……それもこれも〝着信音はご遠慮ください〟機能のスイッチにたどりつければの話）。もういつドクター・スタモスの診察室に呼ばれてもおかしくはないし、医者相手の会話はとっととおわらせたい。知りあいの年寄り連中とおなじく、ホッジズも病院や診療所がきらいだ。前々から医者連中が、具合のわるい箇所ばかりか、深刻なまでに具合のわるい箇所までも見つけるのではないかと恐れていた。さらにいえば、元パートナーのピートがなにを話したがっているのか、まったくわからないわけではないという事情もある——来月に予定されているピートの大がかりな退職祝いのパーティーの件だ。パーティーは空港近くにあるレインツリー・インで開催の予定。ホッジズ自身の退職祝いの会場とおなじホテルだが、今回は酒を大幅に控えよう。一滴も飲まずにすませるかもしれない。現役の警察官時代は酒がらみでトラブルも起こしたし、結婚生活が破綻したのも酒が原因だ。しかし昨今では、そもそも酒を飲みたいという気持ちがなくなっているようだ。肩の荷がおりた気分である。以前『月は無慈悲な夜の女王』という題名のSFを読んだことがある。月のことは知らないが、ウィスキーが〝無慈悲な夜の女王〟で、ここ地球上でも同様であることなら法廷で証言してもいい。

ホッジズはひとしきり考え、メッセージを送ることを検討したのち、その案を却下して立ちあがる。昔ながらの習慣はしぶとい。

受付デスクについている女性は、名札によればマーリーだ。見たところせいぜい十七歳のマーリーは、チアリーダーのようなまぶしい笑顔をホッジズにむける。「もうすぐ先生とお会いになれますよ、ミスター・ホッジズ。約束します。ほんのちょっと予定より遅れているだけです。ほら、きょうは月曜ですからね」

「月曜、月曜、信じちゃいけない月曜日」ホッジズはママス&パパスの曲の歌詞を口にする。

マーリーはなにもわからず、きょとんとするばかり。

「ちょっとだけ外に出てもいいかな？　電話をかけたくてね」

「けっこうです」マーリーはいう。「でも玄関のすぐ外から離れないでくださいね。順番になっても、まだホッジズさんが外にいたら、わたしが大きく手をふって合図します」

「それはありがたいね」ドアにむかいがてら、ホッジズは先ほどの老婦人の前で足をとめる。「いい本ですかな？」

老婦人は目をあげてホッジズの顔を見つめる。「いいえ、いい本なものですか。でも、かなり情熱的な本よ」

「そうきいてます。映画版はごらんになりましたか？」

老婦人は驚き、興味をひかれた顔でホッジズを見あげる。「これの映画があるの？」

「ええ。ぜひごらんになるといいですよ」

とはいったものの、ホッジズ自身はその映画を見てはいない。ホリー・ギブニー――かつてはホッジズの助手で、いまはパートナー、問題をかかえていた子供のころからの筋金入りの映画ファン――からは、いっしょに見にいこうと誘われた。それも二度も。ホッジズのｉＰｈｏｎｅをいじって、メッセージ着信音をガラスが割れる音とホームランの歓声に設定したのもホリーだ。ホリーはおもしろがっていた。それはホッジズもおなじ……ただし最初だけだ。いまはケツに刺さった棘《とげ》なみにうっとうしい。着信音を変える方法を、そのうちインターネットで検索しよう。どんなことでも、ネットで調べれば答えがわかる――ホッジズはそう発見していた。有用な情報もある。興味深い情報もある。笑える情報もある。

そして、ぞっとするほど恐ろしい情報も。

2

ピートの携帯が呼出音を二度鳴らしたのち、昔のパートナーの声がホッジズの耳に届く。

「ハントリーだ」

ホッジズはいう。「いいか、耳の穴をかっぽじってよくきけ。あとでテストに出るかもしれないからな。イエス、わたしならパーティーに出席する。イエス、食事のあとでスピーチをしてもいい。笑える話にはするが下品な話は控えるし、最初の乾杯の音頭はとる。イエス、おまえの昔の奥さんと、その現ご亭主が出席することはわかってるが、わたしの知るかぎり、だれもストリッパーの出前は依頼してない。そんなことをしている者がいるとすればハル・コーリーだ。あいつは大馬鹿者だし、なにかあればおまえがあいつにきけば――」

「ビル、黙ってくれ。電話したのはパーティーの件じゃない」

ホッジズは即座に口をつぐむ。ピートの背景からきこえる重なりあった会話の声だけが理由ではない――ちなみに言葉がききとれなくても、きこえているのが警察関係者の会話のざわめきであることくらいわかる。そう、ホッジズがぴたっと口を閉ざしたのは、ピートからビルと呼びかけられたからだ。これは、クソがつくほど真面目な話だというしるしだ。まっさきに頭に浮かんだのは、別れた妻のコリンヌになにかあったのではないかという思いだ。つぎに思いが及んだのは、いまはサンフランシスコに住んでいる娘のアリスン。それからホリー。そうだとも、もしホリーの身になにかあったら……。

「じゃ、なんの用事なんだ、ピート？」

「いま現場にいる――犯人が被害者を殺害して、自殺したらしい。で、おまえさんにちょっくら出てきてもらって、現場を見てほしくてね。例のおまえさんの右腕も連れてきてくれ——あの女性の体があいていて、つきあうといってくれたらでいい。おれとしてもこんなことをいうのは心苦しいが、あの女性のほうがおまえさんよりも少しばかり賢いからね」

自分の家族にかかわる話ではなかった。衝撃にそなえるかのように硬くなっていたホッジズの腹筋がほぐれる。とはいえ、スタモス医師の診察を受ける理由になった腹部の間断ない痛みはあいかわらずだ。

「ああ、そうに決まってる。ホリーのほうがずっと若いからね。六十歳を超えれば脳細胞が数百万単位で死んでいくんだぞ。まあ、おまえもあと二、三年で体験できるさ。で、なんでわたしのような老いぼれ駄馬をわざわざ殺人現場に引っ立てようとしてる？」

「これがおれの最後の事件になりそうだからだし、この事件が新聞で大々的にとりあげられそうだからだし、それに——有頂天になって失神するなよ——おれがおまえさんの意見を尊重しているからだ。ホリー・ギブニーの意見もね。ついでに今回の事件とおまえさんたちふたりにはちょっとした不気味なつながりがあるからだ。もちろんただの偶然かもしれないが……ま、おれにはなんともいえないな」

「つながりというと？」

「マーティーン・ストーヴァーという名前に心当たりはあるかい？」

最初はわからないが、すぐに〝かちり〟という音とともにパズルの断片がはまりこむ。

二〇〇九年のある日の霧深い早朝に、ブレイディ・ハーツフィールドという名前の異常者が、ダウンタウンの市民センター前にあつまっていた求職者たちに、盗んだメルセデス・ベンツを暴走させて突っこむという事件があった。死者が八人、重傷を負った者は十五人にのぼった。捜査の過程でK・ウィリアム・ホッジズとピーター・ハントリーの両刑事は、この霧深い早朝に現場にいた多数の人たちから話をきいた――怪我を負った生存者全員からもだ。そのなかでも話をきくのにいちばん苦労させられたのが、マーティーン・ストーヴァーだった。大怪我で口が変形し、本人の母親以外のだれにも言葉が理解できなくなっていたからだが、理由はほかにもあった。マーティーン・ストーヴァーは、胸から下が麻痺した体になっていたのだ。のちに犯人のブレイディ・ハーツフィールドはホッジズに匿名で手紙を送りつけた。そしてそのなかで、この被害者の女性のことを〝文字どおりの木偶《でく》の坊《ぼう》〟と書いていた。このひとことをことのほか残酷にしていたのは、唾棄《だき》すべきジョークでありながら、放射性物質の小さな塊めいた真実がそこにあったことだ。

「しかし、わたしには四肢麻痺の人間が殺人犯だとはどうしても思えない……〈クリミナル・マインド〉のエピソードのなかならともかく。となると、わたしの見立てでは――」

「ああ、実行犯は母親だ。母親が娘のマーティーンを殺害し、そのあと自殺した。来てくれるか？」

ホッジズにためらいはない。「行こう。途中でホリーを拾っていく。住所は?」

「ヒルトップコート一六〇一番地。リッジデイル地区だ」

リッジデイルは市街地の北に広がる郊外ベッドタウンだ。シュガーハイツほどの超高級住宅地ではないが、それなりに格式高い地区ではある。

「ホリーがオフィスにいてくれれば、四十分でそっちに着けるな」

ホリーならオフィスにいるはずだ。いつも八時には——早い日には七時に——出社してデスクについているし、夜は夜でホッジズからいいかげん家に帰って夕食でもこしらえろ、そのあとはコンピューターで映画でも見ろといわれるまで、なかなか帰ろうとしない。ファインダーズ・キーパーズ社が黒字をたもっていられるのは、もっぱらホリーのおかげだ。ホリーは業務を組織立って整理することにかけては天才、コンピューターにかけては魔法つかい、仕事がすなわち人生だ。その人生をともに歩むのはホッジズとロビンスン一家……なかでもジェロームとバーバラのロビンスン兄妹だ。かつて、ジェロームとバーバラの母親がホリーを〝ロビンスン家の名誉家族〟と呼んだおりには、ホリーは夏の午後のお日さまもかくやという輝かしい笑みを見せた。昔とくらべたらホリーがそんな笑みを見せる機会もずいぶん増えたが、それでもホッジズが満足するにはまだ足りない。

「ありがたい、カーミット。恩に着る」

「遺体はもう運びだされたのか?」

「こうやって話しているあいだにも遺体保管所へむけて運びだされてる。でも、イジーが現場の写真をすっかりiＰａｄに入れてるよ」イジーというのは、ホッジズの退職後にピートのパートナーになったイザベル・ジェインズのことだ。

「オーケイ。エクレアを手土産にもっていく」

「ここにはもう、ケーキ屋が丸々一軒きてる。ところで、いまはどこに？」

「いうほどの場所じゃない。じゃ、できるだけ早くそっちへ行く」

ホッジズは通話をおわらせると、早足で廊下の先にあるエレベーターへむかう。

3

スタモス医師が担当している八時四十五分の予約患者が、ようやく奥の診察室から出てくる。ホッジズの予約は九時だが、いまはすでに九時半。かわいそうなホッジズは、とっとと病院の用事をすませ、きょう一日の予定をこなしたくて、いらいらしていることだろう。受付デスクのマーリーがドアの外に目をむけると、ホッジズは携帯電話でだれかと話しているところだ。

マーリーは立ちあがって、スタモス医師の診察室をのぞきこむ。医師はデスクについて、一冊のファイルを広げている。ファイルの見出し部分には、コンピューターの印字で《カーミット・ウィリアム・ホッジズ》と記されている。医師はファイルの記載をじっと見つめながら、頭痛に見舞われているかのようにこめかみを揉んでいる。

「スタモス先生？　ホッジズさんをお呼びしてもいいですか？」

　スタモス医師は顔をあげてマーリーを見つめ、その目をデスク上の時計にうつす。

「ああ、いけない、うっかりしていたな。これだから月曜日というやつは、まったく」

「信じちゃいけない月曜日――ですね」マーリーはそういって体の向きを変えて出ていきかける。

「この仕事は大好きだけど……これだけはきらいだね」スタモスがいう。

　今回驚かされるのはマーリーのほうだ。マーリーはふりかえって医師に目をむける。

「いや、気にしないでくれ。ただのひとりごとさ。ホッジズさんをお呼びして。こいつを片づけてしまおう」

　マーリーが外の廊下に目をむけたそのとき、突きあたりのエレベーターの扉が閉まる。

4

ホッジズは医療センターに隣接している立体駐車場ビルから、あらかじめホリーに電話をかける。ホッジズが、いざオフィスのあるアッパー・マルボロ・ストリートのターナー・ビルディングに到着すると、ホリーは実用一辺倒の靴のあいだにブリーフケースを置いて立ち、建物の前で待っている。ホリー・ギブニー——いまではもう四十代も後半で、背は高くほっそりした体形、茶色の髪をいつもうしろに流して、きっちりとしたお団子にまとめている。きょうの朝は〈ノースフェイス〉のぶかぶかのパーカを着てフードをもちあげ、小づくりの顔にかぶせている。ひと目見ただけなら地味な顔だちだという人もいるだろう——ホッジズは思う——でも、それもホリーの目を見るまでだ。ホリーの目は美しく知性に満ちている。さらにいっておけば、そんなホリーの目はなかなか見られないかもしれない。原則としてホリーは、人と目をあわせないからだ。

ホッジズが歩道ぎわにプリウスを寄せると、ホリーは飛び乗ってきて手袋を脱ぎ、助手席側のヒーターの吹出口の前に両手をかかげる。「ずいぶん待たせてくれたわね」

「十五分だ。こっちは街の反対側にいたんだ。おまけに信号がのきなみ赤でね」

「かかったのは十八分」ホリーのその言葉をききながら、ホッジズは車の流れにプリウスを乗りこませる。「なんで信号すべてに引っかかったかといえば、あなたがスピードを出していたからで、そんな非生産的な行為はない。きっかり時速三十キロで走れば、ほとんどの信号が青になっているはず。そういう時間設定なの。これまで何度も話したでしょう？　さあ、医者になんていわれたのかを教えて。テストの成績はＡだったの？」

ホッジズは自分がとれる道を考える——といっても選択肢はふたつしかない。正直に話すか嘘をつくか。ホリーにしつこくせっつかれて医者に行ったのも、ホッジズがずっと胃腸の不調に悩まされていたからだ。最初は圧迫感があり、いまは痛みもある。ホリーはホリーで自身の問題をかかえる身だが、人をやかましくせっつく腕は一流だ。いつまでも骨を噛んでいる犬みたいだ——そんなふうに思うときもある。

「検査の結果がまだ出てないんだ」これはまったくの嘘でもない——ホッジズはそう考える。そう、検査結果はまだわたしのところまで出てきていない。

プリウスをクロスタウン・エクスプレスウェイに乗り入れていくホッジズに、ホリーは疑わしげな目をむける。ホリーにこんな目で見られるのが、ホッジズは大きらいだ。

「こっちが一段落したらまた行くよ」ホッジズはいう。「信じてくれ」

「ええ」ホリーは答える。「信じるわ、ビル」

その返事で、ホッジズはさらにうしろめたい気持ちになる。

ホリーは体をかがめてブリーフケースをあけ、iＰａｄをとりだす。「あなたに待たされているあいだに、ちょっと調べてみた。ききたい？」

「頼む」

「ブレイディ・ハーツフィールドのせいで不自由きわまる体にさせられた時点で、マーティーン・ストーヴァーは五十歳だった。ということは、きょうの時点で五十六歳。もちろん五十七歳かもしれないけど、いまはまだ一月だから、今年の誕生日を迎えた可能性はまだ小さいと思う。どう？」

「ああ、可能性は低いだろうね」

「市民センターの事件当時、マーティーンはシカモア・ストリートの自宅で母親とふたり暮らしだった。ブレイディ・ハーツフィールドが、やっぱり母親と暮らしていた家からもそれほど遠くはなかった……そう考えると、皮肉なことに思えるわ」

さらにいうなら、トム・ソウバーズとその家族が暮らしていた家にも近いな――ホッジズは思う。ホッジズとホリーがソウバーズ一家にかかわる事件に関係していたのも、それほど昔のことではないし、そちらの事件も地元紙がいつしか〈メルセデスの惨劇〉と呼ぶようになった事件とつながっていた。いざ考えをめぐらせれば、ありとあらゆる関係があったといえる。そのなかでもいちばん奇妙なつながりというなら、ブレイディ・ハーツフィールドが凶器に選んだ車が、ホリー・ギブニーのいとこの愛車だったことではあるまいか。

「高齢の女性と重度の障害をもっている娘のふたり暮らしなのに、どうすればツリー・ストリーツ地区から、もっと金のかかるリッジデイル地区へ引っ越せたんだろうな」

「保険よ。マーティーン・ストーヴァーは、手厚い保険金の出る保険にふたつどころか、合計で三口も加入していたの。保険については、ちょっとマニアックなところがあったのね」こんな事実を好意的な口調で話せるのはホリーだけかもしれない──ホッジズは思った。「事件のあとで、この女性に関する記事がいくつか出た。生存者のなかでは、いちばん重傷だったから。記事でマーティーンは、もし市民センターの就職フェアで働き口にありつけなかったら、加入していた保険をひとつ、またひとつと解約して現金化するほかはなかった、と話してる。なんといってもマーティーンは独身女性で、そのうえ夫に先立たれた専業主婦の母親を世話しないとならなかったのだし」

「それなのに、最後にはその母親がマーティーンの世話をする側になった、と」

ホリーはうなずく。「とっても奇妙、とっても悲しいことにね。でも、少なくとも二人には金銭面での安全ネットがあった──それこそ保険の目的なわけだし。それどころか親子は、この世界で暮らしむきを向上させることさえできたのよ」

「そうだね」ホッジズはいう。「しかし、ふたりはもうこの世界から出ていってしまった」

この言葉に、ホリーはなにもいわない。リッジデイルの出口が近づいてくる。ホッジズはその出口にハンドルを切る。

5

ピート・ハントリーは以前よりも太って、腹の肉がベルトのバックルの上に垂れ落ちてしまっているが、色落ちしたタイトなジーンズと濃紺のブレザーという服装のイザベル・ジェインズはあいかわらず目を奪われるほどの美人だ。そのイザベルの靄《もや》がかかったようなグレイの目がホッジズからホリーに移り、またホッジズにもどってくる。

「あなたは痩せたのね」イザベルはいう。褒め言葉ともとれるし、非難の言葉でもおかしくない口調だ。

「この人、胃腸の具合が思わしくないので検査を受けたの」ホリーがいった。「検査の結果はきょう出るはずなんだけど、でも――」

「その話に深入りするのはやめとこう、ホリー」ホッジズはいう。「いまは健康相談をしている場合じゃない」

「なんだか最近のおふたりって、長いこと連れ添った老夫婦みたい」イザベルはいう。

ホリーは当然の事実を指摘しているだけといった調子で、「ビルと結婚したら、仕事上の関係が損なわれちゃう」

ピートが笑い声をあげ、ホリーがそんなピートに困惑の目をむけるなか、一同は現場の家のなかへはいっていく。

瀟洒《しょうしゃ》なケープコッドコテージだ。家があるのは丘のてっぺんで、きょうは寒いにもかかわらず、家のなかはむしむしと暑い。玄関ホールで四人全員が薄いゴムの手袋をはめ、靴に靴カバーをかぶせる。あっという間に元どおり——ホッジズは思う。まるで片時も現場を離れなかったみたいだ。

居間にはいる。壁には大きな目《ビッグ・アイズ》をもつ子供たちの絵が飾ってあり、別の壁には大型テレビがかかっている。テレビの前には安楽椅子、その横にコーヒーテーブル。テーブルの上には、セレブリティー・ニュース雑誌の〈ＯＫ！〉から、三流スキャンダル紙の〈インサイド・ヴュー〉にいたる新聞や雑誌が、丁寧に扇をつくるようにならべてある。部屋の中央を見ると、カーペットにふたつの深い凹みがあるのが目にとまる。ホッジズは思う——夜になると母と娘はあそこでテレビを見ていたのだろう。いや、夜だけではなく一日じゅうか。母親は安楽椅子。マーティーンは車椅子。カーペットに残る痕から察するに、車椅子は重さ一トンはあったにちがいない。

「母親の名前は？」ホッジズはたずねる。

「ジャニス・エラートン。夫のジェイムズは二十年前に死んでいる……これを教えてくれたのは……」ホッジズとおなじく時代遅れの男であるピートは、ｉＰａｄではなく昔ながらの手帳をもち歩き、いまも手帳を参照しながら話している。「……イヴォンヌ・

カーステアズ。イヴォンヌともうひとりのヘルパーのジョージナ・ロスのふたりは、きょうの朝六時前にこの家を訪問して、ふたりの遺体を発見した。ふたりには早朝訪問のための特別料金が支払われていた。ジョージナ・ロスはあまり助けにならず――」

「とりとめなく、しゃべりちらすだけだったの」イザベルがいう。「でもカーステアズのほうは気丈だった。ずっと冷静さをたもっていたのね。遺体を見つけるとすぐ警察に通報して、おかげでわたしたちは六時四十分には現場に到着できたわ」

「母親は何歳だった?」ホッジズはたずねる。

「まだはっきりとはわかってない」ピートは答える。「ま、小娘といえる年じゃなかったな」

「お母さんは七十九歳よ」ホリーはいう。「さっき、ビルがなかなか迎えにこないで待たされているあいだに検索したニュース記事のひとつに、〈市民センターの惨劇〉当時、マーティーンの母親は七十三歳だったという記述があったわ」

「四肢麻痺の娘を介護するには、かなり高齢だったということだな」ホッジズはいう。

「で、まだまだ矍鑠《かくしやく》としていたようね」イザベルがいう。「少なくともカーステアズはそういってる。元気だったと。手伝ってくれる人もたくさんいた。それだけのお金があったからで、そのお金は――」

「――保険金だ」ホッジズがしめくくる。「こっちへ来る車中で、ホリーがそのあたりのことを教えてくれたよ」

イザベルはホリーを一瞥《いちべつ》する。ホリーは気づいていない。いまホリーは部屋のようすを確かめている。品物一覧を作成している。空気のにおいを嗅いでいる。母親愛用の安楽椅子の背を手のひらで撫でる。ホリーには感情面での問題があるし、息苦しいまでに四角四面なところもあるが、同時にさまざまな刺戟への感受性がほかに類を見ないほど鋭いという性質もそなえている。

ピートがいう。「午前中にはヘルパーが二名、午後も二名、夜も二名。それが一週間毎日だ。ヘルパーを派遣していた会社は――」ここでまた手帳を参照し、「――ホームヘルパーズ社。力の必要な仕事は、みんなヘルパーたちがこなしていた。くわえてナンシー・オルダースンというハウスキーパーも通っていたが、どうやら休暇中のようだ。キッチンのカレンダーに《ナンシー、シャグリンフォールズ旅行》と書いてあり、さらにきょうから火曜を通って水曜の欄にまで線が引いてある」

ホッジズたちとおなじくゴム手袋と靴カバーといういでたちの男ふたりが、廊下から部屋へやってくる。この家のなかで、故マーティーン・ストーヴァーの領分だったところから来たのだろう、とホッジズは見当をつける。ふたりともビニールの証拠品袋をもっている。

「寝室とバスルームは調べおわったよ」男のひとりがいう。

「なにか見つかった？」イザベルがたずねる。

「予想どおりのものがいろいろだな」もうひとりの男が答える。「バスタブからは白髪が大量に見つかったが、お年を召したご婦人が沈んでいたことを思えば当然だ。バスタブからは排泄物《はいせつぶつ》も見つかったが、ごくわずかな痕跡だけだ。これもまあ、予想どおりだろうが」ホッジズの物問いたげな目つきに気づいて、こうつづける。「あの女性は大人用のおむつを穿いてた。事前の下調べを怠っていなかったんだな」

「おええっ」ホリーが声を洩らす。

最初の鑑識技官がいう。「バスルームにはシャワーチェアもあるにはあったが、隅に押しつけられたまま予備のタオルが積まれていた。つかわれた形跡はなかったな」

「マーティーンには、スポンジや濡れタオルで清拭《せいしき》をほどこしていたのね」ホリーはいう。

ホリーはいまもまだ吐きそうな顔を見せているが――大人用のおむつを思ってのことなのか、バスタブに浮かんだ糞のことを思ってのことなのかはいざ知らず――その目はいまもまだせわしなく動いて、あらゆる場所を見ている。ひとつふたつ質問をすることもないではないし、ぽつんと意見を口にするかもしれないが、おおむねじっと黙ったままだ。ほかの人々といっしょにいることに――至近距離であればなおさら――恐怖を感じるからだ。しかしホリーのことを――少なくとも、だれよりもよく――知っているホッジズには、いまホリーが最高度の警戒態勢にあることが見てとれている。あとになればホリーは話しはじめるだろうし、そのときじっくりと話をきこう。昨年のソウバーズ事件のあいだに、ホッジズはホリーの話をじっくりきくことが役に立つと学んでいた。ホリーは、およそ定石をはずした考え方をする——ときには定石から大きく離れた考え方さえするし、その直観の示すところが異様きわまりないものになることもある。また、生来怯えやすい性格だが——怖がり屋になったのには、もっともな理由もある——ときに勇敢にもなる。ミスター・メルセデスの異名をもっていたブレイディ・ハーツフィールドが、いまカイナー記念病院内の湖畔地区脳神経外傷専門クリニックに収容されている理由は、このホリーだ。ハーツフィールドが市民センターの事件とは比較にならないほど大規模な事件を引き起こす寸前に、ホリーがボールベアリングを詰めた靴下をふりおろして、この男の頭蓋骨を陥没させたのだ。そしていまハーツフィールドは、脳神経外傷専門クリニックの責任者である脳神経科医が〝永続的植物状態〟と呼ぶ薄明の世界に暮らしている。

「四肢麻痺の患者でもシャワーを浴びることはできるの」ホリーが説明を添える。「でも、生命維持に必要な装置類がいろいろつながれていることもあって、簡単なことじゃない。だから、たいていの場合にはベッドでスポンジやタオルをつかって体を清める清拭がおこなわれるのね」

「キッチンへ行こう。あっちは日当たりがよさそうだ」ピートがいい、一同はキッチンへ移動する。

キッチンでホッジズが真っ先に目を引かれたのは食器用の水切りかごだ。そこには、ミセス・エラートンの生涯最後の食事を盛りつけたらしい皿が、水を切るために立てたままになっていた。キッチンカウンターの上はぴかぴかに輝かんばかりで、床はじかに食べ物を置いても食べられそうなほど清潔に見える。二階のベッドもやはり、非の打ちどころなくメイクされていることだろう——ホッジズは思った。ミセス・エラートンがカーペットに掃除機をかけさえしたかもしれない。それから大人用のおむつの件。この女性は自分が打てるかぎりの手をすべて打った。自身もかつて真剣に自殺を考えたことがある男として、ホッジズにはその気持ちがわかる。

6

ピートとイザベルとホッジズの三人は、キッチンテーブルにつく。ホリーはすわらずにあたりを動いているだけだ——イザベルの背後で足をとめ、イザベルのｉＰａｄで《エラートン／ストーヴァー》というラベルがついている写真のコレクションをながめることもあれば、あちこちの食器棚のなかをつついていることもある。そういうときには、手袋をはめている指で蛾のように軽く触れるだけだ。

イザベルが全員にひととおり写真を見せる。話しながら画面を指先でスワイプしていく。

最初の写真には、ふたりの中年女性が写っている。どちらも逞《たくま》しく肩幅の広い体をホームヘルパーズ社の赤いナイロンの制服に包んでいるが、ふたりのうち片方は――おそらくジョージナ・ロスだろう――は泣いていて、自分で自分の肩をぎゅっとつかんでいるので、自分で自分の前腕を乳房に押しつけている。もうひとりのイヴォンヌ・カーステアズのほうは、もっと頑丈な材料でできているようだ。

「ふたりがこの家に到着したのは午前五時四十五分」イザベルが話す。「ふたりは家の鍵をもっていたので、ドアをノックしたり呼び鈴を鳴らしたりはしてない。マーティーンは六時半まで寝ていることもあった――カーステアズはそう話してる。母親のミセス・エラートンはいつも起きてた……毎日五時ごろには起きると、ふたりに話していたそうよ。朝いちばんにはとにもかくにもコーヒーを飲まずにいられない、と。でも、きょうの朝はミセス・エラートンは起きていなかったし、コーヒーの香りもしなかった。それでふたりは、あの老婦人がきょうにかぎっては寝坊をしているのだろう、あの人にとってはいいことだ、と思ったのね。それからふたりは足音を忍ばせて、廊下の先にあるマーティーン・ストーヴァーの寝室にはいっていった。娘のほうはもう起きているかどうかを確かめるために。そしてふたりが目にしたのがこれ」

イジーは画面をスワイプして、次の写真を表示させる。ホッジズは今回もホリーの口から《おえぇっ》という声が洩れるものと待っているが、ホリーは黙りこくったままじっくりと写真を見ているだけだ。写真ではストーヴァーがベッドに横たわり、上がけを膝までおろしていた。例の事件で顔に負った傷が治ることはなかったが、残っている顔はそれなりに穏やかな表情に見えていた。両目を閉じ、指のねじれた手を組みあわせている。肉の落ちた腹部から栄養補給用のチューブが突きでていた。すぐそばにはストーヴァーの車椅子が置いてある――ホッジズには、宇宙飛行士がつかうスペースカプセルのように見えた。

「ストーヴァーの寝室には、たしかににおいが立ちこめていた。でもコーヒーじゃない。お酒のにおいよ」

イザベルは画面をスワイプする。出てきたのはストーヴァーのベッド横テーブルのクローズアップ写真だ。錠剤類が整然とならんでいる。またストーヴァーが服用できるように薬を粉末にするための乳鉢がある。そしてそのなかに、恐ろしく場ちがいなまま立っているのは、ウォッカのスミノフ・トリプル・ディスティルドの七百五十ミリリットル瓶とプラスティックの注射器だ。ウォッカの瓶は空《から》になっている。

「あの女性は絶対確実な方法を選んだわけだ」ピートはいう。「スミノフ・トリプル・ディスティルドのアルコール度数は五十以上だぞ」

「娘さんには、なるべく時間がかからないようにしてあげたかったんじゃないかな」ホリーがいう。

「いい見立てね」イザベルがいう。しかし、その言葉ははっきりわかるほど冷ややかだ。イザベルはホリーが好きではないし、ホリーはイザベルが好きでもなんでもない。ホッジズはこれに気づいているが、理由はとんと見当がつかずにいる。それに、そもそも自分たちふたりがイザベルに会う機会はめったにないので、わざわざホリーに理由をたずねたりもしていない。

「乳鉢をアップで撮った写真はある？」ホリーがたずねる。

「もちろん」イザベルが画面をスワイプすると、乳鉢を空飛ぶ円盤なみの大きさで撮影した写真があらわれる。鉢の内側にはうっすらと白い粉が残っているのが見える。「今週後半に鑑定結果が出るまでは断言できないけど、この粉末はオキシコドンではないかと思う。薬瓶のラベルを見ると再処方はつい三週間前なのに、中身はウォッカの瓶とおなじく空っぽだから」

イザベルはまたマーティーン・ストーヴァーの写真を表示させる。目を閉じ、痩せこけた手の指を、祈っているかのように組みあわせている姿。

「ストーヴァーの母親は、この強力な鎮痛剤を砕いて粉にすると、ウォッカのボトルに注ぎこみ、それからストーヴァーの腹部のチューブに薬いりのウォッカを注入した。致死薬注射よりも迅速に効果が出たんじゃないかしら」

イザベルはまた画面をスワイプする。今回ホリーは、「おえぇっ」という声を口から洩らすが、画面から目をそらすことはない。

最初の写真は、障害者用の設備がととのっているマーティーン・ストーヴァーのバスルームのワイドショットだ。洗面台のあるカウンターもタオルのラックやキャビネットも通常より低い位置にとりつけてある。そしてシャワー室と大型バスタブ。シャワー室の引き戸は閉まっているが、バスタブは全景が見えている。ジャニス・エラートンはピンクのナイトガウン姿で、バスタブの水に肩までつかっている。最初にバスタブにはいったときには、ナイトガウンも体のまわりでふくらんでいたのだろうが、この犯罪現場写真では布地が痩せこけた体にへばりついてしまっている。頭にはビニール袋をかぶっていて、その袋の口がバスローブとおなじタオル生地のベルトのようなもので、しっかりと縛ってある。その下から長めのチューブが伸びでていて、それがタイルの床に転がっているスプレー缶のような容器につながっている。缶の側面に貼られているのは、笑っている子供たちを描いたラベルだ。

「自殺キットだな」ピートがいう。「インターネットで自殺の方法を調べたのかもしれないな。ご丁寧にも図解つきで、自殺の方法を示したサイトがごまんとあるんだよ。おれたちがここへ来たときにはバスタブの中身は水になっていたが、ミセス・エラートンがはいったときには温かい湯だったのかもな」

「お湯は心を落ち着かせるとされてるし」イザベルが割ってはいる。その口から《おえぇっ》という声が洩れることはないが、スワイプで次の写真を表示させると同時に、イザベルの顔が一瞬こわばって嫌悪の表情をのぞかせる——ジャニス・エラートンをアップで撮影した写真だ。ビニール袋の内側は、ミセス・エラートンの生前最後の呼吸が結露して曇っているが、目が閉じられていることはホッジズにも見てとれる。この女性もまた、穏やかな顔で世を去ったのだ。

「缶の中身はヘリウムだよ」ピートがいう。「どこの大型ディスカウントストアでも買える。建前はあくまでもクソガキ坊主の誕生パーティー用の風船をふくらませるための商品だが、頭にビニール袋をかぶせてからつかえば、自殺にうってつけの品に早変わり。まず頭がふらふらする……次に時間や方向の感覚がなくなって錯乱状態になる。こうなると、たとえ気が変わっても、かぶったビニール袋をはずすこともできなくなる。お次は意識喪失、そしていよいよ死が訪れる」

「ひとつ前の写真をもう一回見せて」ホリーがいう。「バスルームの全体が写っている写真」

「おやおや」ピートがいう。「ホームズの相棒のワトスン博士が、なにやら見つけたらしいぞ」

イザベルが前の写真を表示させる。ホッジズは目を細めて顔を近づける――近距離を見る力は以前ほどではない。ついで、ホリーが見つけたものがホッジズにも見えてくる。コンセントのひとつにつながれている電気の細い灰色のコードの横に、〈マジックマーカー〉の油性ペンがある。そしてだれかが――娘のストーヴァーが文字を書けた日々がとうの昔に去っている以上、ミセス・エラートンだろうが――カウンターに一文字だけを大きく書き残していた。《Z》。

「これはどういう意味だと思う？」ピートがたずねる。

ホッジズは考えをめぐらせてから、「これはミセス・エラートンの遺書だね」という。「Zはアルファベットの最後の文字だ。もしこの女性にギリシア語の心得があったら、Ω《オメガ》を書き残していたかもしれん」

「わたしもそう思ってる」イザベルがいう。「考えてみれば、ちょっと優雅な感じね」

「Zはゾロのマークでもある」ホリーがほかの面々に教える。「ゾロというのは、仮面をつけたメキシコの正義の味方。ゾロを主人公にした映画はたくさん製作されてて、なかにはアンソニー・ホプキンスがドン・ディエゴ役をやった映画もあるけど、あんまり出来がよくないのね」

「それがこれとなにか関係がある？」イザベルはたずねる。顔にはお義理で興味をもっているような表情を見せてはいるが、その声には棘がある。

「テレビのシリーズもつくられたわ」ホリーはつづける。そのあいだも催眠術にかけられたかのように、ひたすら写真を見つめて。「製作はウォルト・ディズニー。まだテレビが白黒だった時代。ミセス・エラートンは、子供のころにあの番組を見ていたのかも」

「つまりミセス・エラートンは自分で自分を殺す準備をととのえているさなか、子供時代の思い出に逃げ場を求めたかもしれないという話か？」ピートは疑わしげな口調だし、それはまたいまのホッジズの気分でもある。「ま、ありえないともいいきれないってところか」

「っていうか、無駄話といったほうがいいみたい」イザベルがあきれた気持ちもあらわに目をまわしてみせる。

ホリーは意に介したそぶりをいっさい見せず、「バスルームを見てきてもいい？　これを手にはめてるけど、でも、なんにも触らないようにするから」といいながら、手袋をした小さな両手をかかげる。

「お好きにどうぞ」イザベルがすかさず答える。

いいかえれば――ホッジズは思う――とりあえず座をはずして、大人同士の会話をさせてくれないか、ということだな。ホリーを相手にしたときのイザベルの態度はどうにもこうにも気に食わないが、言挙《ことあ》げしたところでホリーがとばっちりを食うだけなら、あえて騒ぎ立てる理由はない。それに、たしかにきょうのホリーはどこか心ここにあらずな雰囲気で、向きがさだまらずに迷走しているかのようだ。現場写真のせいだろうとホッジズは思う。死人がいちばん死人らしく見えてしまうのが警察写真だ。

ホリーはぶらりとバスルームの検分へとむかう。ホッジズはすわりなおしてうなじで両手を組み、両の肘を左右にひろげる。不調つづきのはらわただが、けさはそれほど不調ではない。コーヒーから紅茶に変えたせいだろうか。もしそうなら、〈ＰＧティップス〉のティーバッグを仕入れておかなくては。いや、在庫を買い占めてもいい。とにかく、しつこくつづく腹痛にはいいかげんうんざりしている。

「わたしたちがここでなにをしてるのか、話してくれる気はあるのかい？」ホッジズはピートにたずねる。

ピートは眉をぴくんと吊りあげて、なに食わぬ顔をよそおう。「それはまた、どういう意味かな、カーミット？」

「この事件が新聞種になるっていうおまえの言葉は、たしかにそのとおりだ。いかにも市井《しせい》の人々が飛びつきそうな悲しきソープオペラだし、読者は自分がこんな目にあわなくてよかったと胸を撫でおろせる――」

「斜にかまえた意見だけど、そのとおりかも」イザベルがため息をついていう。

「――とはいえ、〈メルセデスの惨劇〉との関連となると、因果関係《コーザル》があるというよりはただの偶然《カジュアル》に思えるね」ホッジズにはこの表現で自分の考えを的確にいいあらわせている自信はなかったが、気のきいた発言に思える。「いまここにあるのは、典型的な〝慈悲の殺人〟だ――実の娘がこれ以上苦しい思いをするのを見るのに耐えきれず、老齢の母親が手をくだした。ミセス・エラートンはヘリウムガスの栓をあけながら、最後にこんなふうに思ったかもしれん――もうじきおまえといっしょになれるわ、ハニー……天国の大通りをわたしが歩くときには、おまえもわたしとならんで歩くのよ」

イザベルはこれをきいて鼻を鳴らしたが、ピートは心なしか青ざめて考えこんだ顔になる。ホッジズはいきなり思い出す。もうずっとずっと昔、おそらく三十年ばかりも昔だが、ピートとその妻が最初にさずかった女の子を、生後まもなく乳幼児突然死症候群でうしなったことを。

「たしかに痛ましい事件だし、新聞でも一日か二日は大きく扱われそうだ。でも、この広い世界のどこかで毎日起こっている話でもある。毎日どころか毎時間起こっていたっておかしくない。そんなこんなで、どういうことかを教えてほしい」

「いや、なんでもないかもしれないよ。イジーはなんでもないに決まってるといってる」

「イジーの意見はそのとおり」本人が裏づける。

「ひょっとしたらイジーは、わたしがレースのゴールラインに近づくにつれて頭がやわになったとでも思っているのかも」

「イジーはそんなことを思ってない。ただ、あなたたちはいいかげんにブレイディ・ハーツフィールドがらみの妄想じみた考えを頭から一掃するべきだって思ってるだけ」

そういってイザベルは、霞がかかったような灰色の目をホッジズにむける。

「いまあっちにいるミズ・ギブニーは、たしかに神経症的なチックと突飛な連想をあわせたような人かもしれない。でも、あの人はもっとも適切な手段でハーツフィールドの時計をとめた。その点についてはあの人を認めてる。いまハーツフィールドは意識をうしなったまま、カイナー病院の脳神経外傷専門クリニックに収容されてる。たぶん、そのうち肺炎にかかって死ぬまであそこにいるのだろうし、そうやって死ねば州政府の経費がずいぶん節約できる。あれだけのことをしでかしながら裁きの法廷に立つことは決してないし、それはみんなわかってる。あなたは市民センターの事件でハーツフィールドをつかまえられなかった。でも、その一年後にホリー・ギブニーは、あいつがミンゴ記念ホールで二千人の若者を爆弾でふっ飛ばそうとしていたのを阻止した。あなたたちは、そのことを認めるべきよ。あれを勝ち星に勘定して、次の段階へ進むべきなの」

「うひょお」ピートはいう。「いったい、いつからためこんでた？」

イザベルは笑みをこらえようとして、こらえきれていない。ピートはお返しに微笑んでいる。ホッジズは思う。ふたりは巧くやっているじゃないか、昔のピートとおれみたいだ。こんなふたりの関係を壊すのはよくない。恥ずべきことだ。

「しばらく前からよ」イザベルはいう。「さあ、話を先に進めて、この人に教えてあげましょう」いいながらホッジズにむきなおり、「といっても、〈Xｰファイル〉のリトル・グレイマンたちみたいな話じゃないし」

「というと？」ホッジズはたずねる。

「キース・フリアスとクリスタ・カントリーマン」ピートはいう。「どちらも、ハーツフィールドがあの事件を起こした四月十日の朝、市民センターにいたんだ。フリアスは当時十九歳の男性で、片腕をあらかたうしない、肋骨を四本折ったほか内臓損傷も負った。また右目の視力の七十パーセントをなくした。カントリーマンは当時二十一歳の女性、複数の肋骨を骨折し、片腕の骨を折ったほか、脊椎にも損傷を負った――そこから恢復《かいふく》するにあたって、いったいどれだけの苦痛に満ちた治療に耐えてきたのかは、考えたくないくらいだね」

考えたくない気持ちはホッジズもおなじだが、これまでにもブレイディ・ハーツフィールドの被害者についてはずいぶん思いをめぐらせてきた。思いの大半を占めていたのは、あのおぞましい七十秒という時間が、大勢の人々の人生をそのあとも長年にわたっていかに変えてしまったのか、ということだ。いや、マーティーン・ストーヴァーの場合には、ただ長年だけではなく永遠に変わってしまったのだが。

「さて、このふたりは毎週〈リカバリー・イズ・ユー〉というリハビリ施設でおこなわれていたセラピーの場で出会い、恋に落ちた。ふたりはだんだん……ゆっくりとながら……恢復してきて、やがて結婚の話も出てきた。そして……昨年の二月、ふたりはともに自殺した。昔のパンクソングだかなんだかの歌詞じゃないが、どっさり薬を飲んで死んだんだ」

そんな話をきかされたホッジズが連想したのは、ストーヴァーの介護ベッドわきのテーブルにあった乳鉢だ。オキシコドンの粉末が残っていた乳鉢。母親はオキシコドンのありったけを擂り潰してウォッカに溶かしたが、それでもまだテーブルにはほかの鎮痛剤があれこれどっさりあったはずだ。その気があれば麻薬性鎮痛薬のヴァイコディンをたくさん飲み、つづけて催眠鎮静薬のバリアムをたっぷり飲めば目的は達せられたにもかかわらず、どうしてわざわざビニール袋とヘリウムガスをつかうような手間をかけたのだろう？

「フリアスとカントリーマンのケースは、毎日起こってる珍しくもない若者同士の心中事件よ」イザベルがいう。「両親はふたりの結婚に懐疑的だった。ふたりに待つようにいっていた。だからといって、ふたりは手に手をとって逃げだすわけにもいかなかった。フリアスのほうは自力ではほとんど歩行できず、ふたりとも無職だったしね。たしかに毎週リハビリ施設に通ってセラピーを受けたり、そこそこまっとうな自宅に食料品を買いこめるだけのお金は保険でまかなえていたけれど、マーティーン・ストーヴァーが受けとっていたようなキャデラック級の大金ではなかった。簡単にいってしまえば、悲しいけれど仕方ない、という感じ。偶然とも呼べない出来事。大怪我を負った人は気分がふさぎこむこともあるし、気分がふさぎこんだ人は自殺することもある」

「ふたりはどこで自殺を？」

「キース・フリアスの寝室」ピートがいう。「両親はキースの弟を日帰りで遊園地の〈シックスフラッグス〉へ連れていって留守だった。若いふたりは薬を飲み、いっしょの寝袋にはいって抱きあったまま死んだ——ロミオとジュリエットのようにね」

「ロミオとジュリエットは墓地で死ぬのよ」キッチンへ引き返してきたホリーがいう。「フランコ・ゼフィレッリ監督の映画では——ちなみに映画化ではこれがいちばんの出来で——」

「ああ、うん、いいたいことはわかる」ピートがいう。「寝室《ベッドルーム》と墓地《トゥーム》。ま、とりあえず脚韻は踏んでるかな」

ホリーの手にはコーヒーテーブルの上にあった〈インサイド・ヴュー〉がある——ペ

ージを折り返して、酒か薬に酔っているか死んでいるように見えるジョニー・デップの写真を外側にして。してみるとホリーは居間から出ないで、ずっとあのスキャンダル週刊紙を読んでいたのだろうか？ もしそうなら、ホリーは本当は休日を満喫していることになる。

ピートがいう。「いまもあのメルセデスに乗ってるのかい、ホリー？ ハーツフィールドがきみのいとこのオリヴィアから盗んだメルセデスに？」

「いいえ」ホリーはページを折った新聞を膝に置き、お行儀よく膝をそろえてすわっている。「去年の十一月に、ビルが乗っているようなプリウスに買い替えた。メルセデスはとにかくガソリンをやたらにつかって、環境にはてんでやさしくなかった。それに、買い替えをかかりつけの女性セラピストからもすすめられたし。セラピストにはこういわれたの――一年半過ぎた時点で、わたしがメルセデスの呪縛を悪魔祓《ばら》いで消し去ったことにまちがいはないし、だからあの車にはもうセラピー面での価値はない、と。どうしてあの車に興味を？」

ピートは椅子に腰かけたまま身を乗りだし、広げた足のあいだで両手を組む。「ハーツフィールドは自作の電子機器をつかってドアロックを解除し、あのメルセデスに乗りこんだ。所有者オリヴィアのスペアキーはグラブコンパートメントにあった。ハーツフィールドはスペアキーがそこにあるのを知っていたかもしれないし、市民センターでの大虐殺は計画性もなく、偶然チャンスがあったから実行しただけの犯罪かもしれない。

そのあたりはもう永遠にわからないね」

そしてメルセデスの所有者だったオリヴィア・トレローニーは――ホッジズは思う――いとこのホリーにいろいろな点で似ていた。神経質で、やたらにむきになって自己弁護するところ。いちばん強く断言できるのは、どちらも社交がからきし下手というところだ。断じて愚かではないが、人好きのしないところも似ている。わたしとピートはオリヴィアがメルセデスのキーをイグニションに挿《さ》したままで、ドアロックを忘れたものと思いこんでいた――ホッジズは思う――それがいちばん簡単な説明だからだ。それだけじゃない……頭の奥のもっと原始的な部分、論理的思考が力をもてない領域では、事実がその説明どおりであることを願っていた。オリヴィアは頭痛の種だった。だから、くりかえし否定していたオリヴィアの態度も、自分の不注意で生じた責任をとることを高慢にも拒否しているだけだととらえてしまった。オリヴィアのハンドバッグにあったキー、オリヴィアがわたしたちに見せたあのキーは？　どうせスペアキーだと思っただけだ。わたしたちはしつこくオリヴィアを責め立てた。オリヴィアの名前を入手すると、今度はマスコミが責め立てた。そうしてやがてオリヴィア本人も、自分は警察の見立てどおりのことをしでかしたのではないかと、つまり大量殺人を目論んでいた怪物にその実行手段を与えてしまったのではないかと信じこむようになった。ふたりのどちらも、コンピューターのマニアなら自宅工作で電子解錠グッズをつくりだせるなんて考えもしなかった。オリヴィア・トレローニー本人もふくめて。

「だけど、あの人を責め立てていたのはわたしたちだけじゃない……」

その場の全員が顔をむけてきて初めて、ホッジズは自分が声に出してひとりごとをいったことに気づく。ホリーが小さくうなずいてよこす——わたしとあなたは、おなじ思考の道すじをたどっていたのだ、といいたげに。そうであっても驚くことではないが。

ホッジズはつづける。「オリヴィアは何度もくりかえし、自分はキーを抜いてドアロックもしたと話していたのに、わたしたちがそれを信じなかったのは事実であり、そのあとオリヴィアがとった行動の責任の一端はわたしたちにある。しかしハーツフィールドは、そのあとも悪意をもって計画的にオリヴィアを追いつめた。おまえはこれからそっち方面の話を出すつもりなんだろう？」

「いかにも」ピートはいう。「あいつはオリヴィアのメルセデスを盗んで殺人の凶器につかうだけでは満足しなかった。あいつはオリヴィアの頭のなかにはいりこみ、悲鳴と非難の言葉を浴びせるようなプログラムをオリヴィアのコンピューターにこっそり仕込んだ。それにくわえて、おまえさんのこともあるな、カーミット」

そう、ホッジズ自身のケースもある。

当時のホッジズはハーツフィールドから、毒のしたたるような匿名の手紙を送りつけられた。当時のホッジズは人生でも最低最悪の状態にあった——がらんとした家に暮らし、ほとんどだれとも顔をあわせず、会うのは家の芝刈りやあれこれの品の修繕を頼んでいた若者、ジェローム・ロビンスンだけ。つまりは退職したキャリア警官のあいだでは珍しくもない病気、〝任務終了憂鬱症《エンド・オブ・ウオッチ》〟にかかっていたのである。

《退職した警察官の自殺率はきわめて高い》ブレイディ・ハーツフィールドはそう書いてよこした。これはまだホッジズがブレイディと二十一世紀ならではのコミュニケーション手段、すなわちインターネットを介してやりとりをはじめる前のことだ。《あんたには、拳銃のことを考えはじめてほしくないんだよ。それでも、やっぱり考えてしまっているんだよね？》まるでブレイディがホッジズの内心から自殺志向を嗅ぎつけ、背中を押して一線を越えさせようとしていたかのようだ。この作戦はオリヴィア・トレローニー相手では成功した。そしてホッジズもオリヴィアとおなじ思いを味わった。

「思い起こせば最初におまえさんと組みはじめたとき――」ピートがいう。「おまえさんからくりかえし、犯罪者はトルコ絨緞《じゅうたん》みたいなものだときかされたな。覚えてるか？」

「もちろん」それはホッジズが多くの刑事に開陳してきた持論だ。まともにきく者はめったにいなかった。いま退屈した表情をのぞかせていることから察するに、イザベル・ジェインズも話をきかないひとりになっていたかもしれない。ピートは話をきいていた。「犯罪者は何度も何度も、くりかえし同一のパターンをつくりあげる。瑣末《さまつ》な変化は無視しろ――おまえさんはそういった――見るべきは底流でくりかえされる同一のパターンだ。というのも、ずば抜けて頭のきれる犯罪者でも――たとえばパーキングエリアであれだけの人数の女性を殺害した〈ターンパイク・ジョー〉がいい例だが――脳味噌のなかに〈くりかえし〉というスイッチが埋めこまれているみたいだからだ。ブレイディ・ハーツフィールドは自殺にかけては目利きの鑑定家——」

「あの男は自殺の設計者よ」ホリーがいう。いまホリーはじっとスキャンダル週刊紙を見おろしている。ひたいには皺《しわ》が寄り、顔はこれまで以上に血の気をなくしている。ハーツフィールドとの一件を追体験するのはホッジズにとって苦しいことだが（それでも、あのクソ野郎のようすを見るために脳神経外傷専門クリニックに足を運ぶという習慣は、ようやく断ち切ることができた）、ホリーにとってはもっと苦しいはずだ。ホリーがあともどりして、またタバコに手を出さなければいいが、もしそうなっても驚かないだろう。

「呼び名はなんとでも好きにすればいいが、とにかくそこにはパターンがある」ピートはいう。「だいたいあいつは、自分の母親さえ自殺に追いこんだ男だぞ！」

ホッジズはなにもいわずにこの発言をやりすごすが、前々からピートのこの持論——デボラ・ハーツフィールドは、おそらく偶然に息子が〈メルセデス・キラー〉であることを知って、それを苦に自殺したという仮説——は怪しいものだと思っている。まず、ミセス・ハーツフィールドがその件を知ったという証拠が存在しない。またあの女性が摂取したのはホリネズミの駆除剤で、かなり悲惨な死に方だったにちがいないと推測できる。もちろんブレイディ・ハーツフィールドが母親を殺害した可能性もないではないが、ホッジズはこの説も信じたことはない。あの男にも愛する相手がいたとすれば、それは母親だ。ホッジズは、ホリネズミ駆除剤はほかの人間につかおうとしていた毒薬ではないかと思い、その相手は人間とはかぎらないのではないかとも思っている。解剖所見によれば、この毒物はハンバーグに混入されていたとのこと――そして犬がなにより好きなものがあるとするなら、ボール状に丸めた生の挽肉だ。

ロビンスン家にはオデルという愛犬がいる――ひらひらした耳をもっている愛らしい雑種犬だ。ブレイディならあの犬を何度も目にしていておかしくない。あの男はホッジズの自宅を監視していたし、ジェロームは芝刈りに来るときによく犬を連れてきていた。だとすると、ホリネズミ駆除剤は犬のオデルにつかうつもりだったとしてもおかしくない。これはホッジズがロビンスン家のだれにも打ち明けていない、ひとりだけの考えだ。ホリーにも話していない。それに……そう、しょせん妄言にすぎないかも。しかしホッジズ自身はこれを――ブレイディの母親は自殺したというピートの説と同程度には――ありそうな仮説だと思っている。

イザベルが口をひらく――しかしピートが機先を制して手をかかげると、すなおに口を閉じる。なんといっても、このふたりのあいだではピートのほうが年上だ。それもかなりの年齢差で。

「いまイジーがいおうとしたのは、マーティーン・ストーヴァーの死は殺人であって自殺ではないということだ。しかし、おれにいわせれば、そもそもこの事件のアイデアを思いついたのがマーティーン自身だという可能性は充分にあると思う。あるいは母親とふたりで話しあいを重ねて合意に達したとも考えられる。その場合、たとえ公式の捜査報告書ではそんなふうに書かなくても、おれ自身の記録簿には両者ともに自殺だと書きこむことにするよ」

「おまえのことだから、市民センター事件の生存者は全員チェックずみだろうな?」

「去年の感謝祭直後にひとり、ジェラルド・スタンズベリーが死んでいたが、ほかは全員存命だ」ピートはいう。「スタンズベリーの死因は心臓発作。奥さんから話をきいたところ心臓病の家系だそうで、父親や兄よりは長生きしたという。だからイジーのいうとおりで、まったくなんでもないのかもしれない。でも、おれはおまえさんとホリーならわかるんじゃないかと思ったんだ」そういってホッジズとホリーを順番に見つめ、「まさかとは思うが、おまえさんは自分からこの世におさらばしたいとか、その手のよからぬ考えをいだいたりしてないよな?」

「ああ」ホッジズは答える。「最近は考えてもいないね」

ホリーはあいかわらず雑誌に目を落としたまま、かぶりをふっているだけだ。

ホッジズはたずねる。「若きミスター・フリアスとミズ・カントリーマンが自殺したときには、現場になった前者の寝室からはだれもZの文字を見つけていなかった?」

「もちろん」とイザベル。

「それは〝自分の知っている範囲では〟という意味だろう?」ホッジズは訂正する。

「そうじゃないかな? こっちの現場の文字は、きょう初めて目にしたわけだし」

「ほんとに勘弁してよ。馬鹿馬鹿しいったらないわ」イザベルはそういってこれ見よがしに腕時計を確かめ、立ちあがる。

ピートもつづいて立ちあがる。ホリーはすわったまま、いまもまだコーヒーテーブルから勝手に拝借してきた〈インサイド・ヴュー〉に目をむけている。ホッジズも——さしあたっては——すわった姿勢をたもつ。「フリアスとカントリーマンの自殺現場の写真を、あらためて調べてもらえるかな、ピート？　ほんの確認でいいんだ」

「わかった」ピートはいう。「ついでにいっておけば、やっぱりイザベルの意見が正しいのかもな。おまえさんたちふたりをここへ呼んだおれが馬鹿だった」

「こっちは呼んでくれてありがたいと思ってるよ」

「それから……おれはいままでも、あのときのおれたちのミセス・トレローニーへの対応については、気がとがめてならない……そうだろ？」ピートはいいながらホッジズを見ているが、本当はいま三流週刊紙を膝に置いてすわっている顔色のわるい痩せた女性にむけての発言だとホッジズにはわかっている。「あのころおれはオリヴィアがキーをイグニションから抜き忘れたに決まっていると思いこみ、一瞬も疑わなかった。ほかの可能性すべてに目をつぶっていたんだ。で、おれはもう二度とそんなあやまちはするまいと自分に誓った」

「わかるよ」ホッジズはいう。

「ひとつだけ、この場の全員の賛同をもらえることがあると思うの」イザベルがいう。

「ブレイディ・ハーツフィールドが車で人を轢いたり、爆弾で人を吹き飛ばしたり、自殺を設計して実行させたりできた日々は、もうおわってる。わたしたち全員がうっかり〈ブレイディの息子〉とかいう題名の映画の世界にでも迷いこんだのでなければ、世を去ったミズ・エラートンの家から外に出て、それぞれの暮らしを送ることにしましょう。この意見に異論のある人は？」

だれからも異論は出ない。

7

ホッジズとホリーはすぐには車に乗らず、少しだけドライブウェイに立ったまま、一月の冷たい風がまわりを吹き抜けていくにまかせる。風は北風、まっすぐカナダから吹き下ろしているので、ふだんはたえず立ちこめている東の汚染された大きな湖の悪臭が感じられず、すがすがしい空気だ。ヒルトップコートのこのあたりには数えるほどの家屋しか見あたらず、いちばん近い家には《売家》の看板が出ている。その物件の取扱不動産エージェントの名前がトム・ソウバーズであることに気づいて、ホッジズの顔がほころぶ。トムもあの〈惨劇〉で重傷を負った被害者だが、ほぼ全快したといえる。ある種の男女がどれほどの恢復力をそなえているかを知らされると、ホッジズは例外なく驚嘆する。だからといって、人間という種族に希望をもつこともないが……。

いや、やはり希望をいだく。

車に乗りこむと、ホリーは折り畳んだ〈インサイド・ヴュー〉をちょっとだけフロアに置いてシートベルトを締め、締めおわるとまた拾いあげる。ピートもイザベルも、ホリーがこの新聞をもちだすことに異をとなえなかった。ふたりが気づいていたかさえ怪しいとホッジズは思う。だいたい、どうしてふたりが異をとなえる？　厳密な法律文書上ではともかくも、ふたりからすればエラートン家は犯罪現場ではない。ピートはたしかに落ち着かないものを感じてはいるが、ホッジズが見たところ、いわゆる警官の第六感にかかわるものではなく、半分迷信にも似た反応といったほうがよさそうだ。

ホリーにわが〈ハッピースラッパー〉でぶん殴られたあのとき、ブレイディ・ハーツフィールドは死んでいるべきだったんだよ――ホッジズは思う。あいつが死んでいたほうが、われわれ全員にとってよかったはずだ。

「ピートなら、フリアスとカントリーマンの心中現場の写真を調べなおしてくれるはずだ」ホッジズはホリーにいう。「法律でいう〝相当の注意〟を払ってね。ただ、それでやつがZを見つけたら――たとえば壁のいちばん下の幅木とか鏡とかにね――驚かされる側にまわりそうだ」

ホリーは答えない。その目はずっと遠いどこかを見ている。

「おおい、ホリー？　きこえるかい？」

ホリーはわずかにぎくりとする。「もちろん。ただ、シャグリンフォールズにいるナンシー・オルダースンをどうやって見つけようかと考えてただけ。手もとにある検索プログラムのあれこれを利用すれば、そんなに時間はかからない。でも、ナンシー本人に話す役目はあなたでなくてはだめね。わたしだって、やむをえない場合には赤の他人に電話をかけられるようになったし、そのことはあなたも知ってるけど、でも――」

「知ってるよ。立派に電話をかけられるようになったね」このホッジズの言葉は嘘ではない。ただし、その手の電話をかけるにあたってホリーはいつも、信頼のおける〈ニコレット〉の箱を手もとに用意する。さらに予備として、デスクの抽斗《ひきだし》に〈トウィンキーズ〉を隠しておくことはいわずもがな。

「でも、ナンシーにむかって、あなたの雇い主が――あなたの友だちが――死んだと伝える役目はわたしには無理。あなたにやってもらうしかないわ。ほら、あなたなら得意でしょう？」

その手の仕事が得意な者はいないと思うが、わざわざ口にするのは控える。「どうして？　ナンシー・オルダースンという女性は先週の金曜日からあの家には来ていないはずだぞ」

「でも、こういうことを知っておくべき立場の人よ」ホリーはいう。「家族や親戚には警察から連絡がちゃんといく。それが警察の仕事だもの。でも、警察はわざわざハウスキーパーに連絡しないんじゃないかな。すくなくとも、わたしはそう思うし」

ホッジズもおなじ考えだし、ホリーのいうことはおそらく正しいし、オルダースンというハウスキーパーはこのことを当然知っておくべきだ――そうすれば、ドアに警察の現場保全テープがX字のかたちに貼られているのを、いきなり目にせずにすむ。しかしホッジズはなんとはなしに、ホリーのナンシー・オルダースンへの興味はそれにとどまらないことを感じとっている。

「お友だちのピートも麗《うるわ》しの灰色瞳《グレイアイズ》嬢も、ほとんどなにもしていなかったわ」ホリーはいう。「そりゃね、マーティーン・ストーヴァーの寝室には指紋採取用パウダーがふりかけてあったし、マーティーンの車椅子にも、それからミセス・エラートンが自殺したバスルームにもパウダーがふりかけてあったけど、ミセス・エラートンが寝ていた二階にはひとつもなかった。あの人たちは二階にあがりはしても、ベッドの下やクロゼットに死体が隠されていないことを確かめただけで、おわりにしちゃったのね」

「ちょっと待った。きみは二階にあがったのか？」

「もちろん。だって、だれかが徹底的に調べなくちゃいけないのに、あのふたりが怠けてたから。あのふたりは、あそこでなにがあったのかをすっかりわかった気になってる。ピートがあなたを呼んだのは雰囲気にびびったから、それだけよ」

びびった、か。なるほど、いえる。ホッジズが探しても探しあてられなかった言葉だ。

「わたしも雰囲気にびびったわ」ホリーはこともなげにいう。「でも、だからって頭の働きまでなくしたわけじゃない。とにかく、なにもかもが変。変・変・変なの。だからハウスキーパーから話をきかなくちゃ。ハウスキーパーになにを質問すればいいかがわからなかったら、わたしが教えてあげる」

「バスルームのカウンターに書いてあったZの字に関係することなんだろう？　わたしが知らないことを知ってるのなら、ぜひ教えてくれ」

「問題はわたしが知ってることじゃない、わたしが目にしたこと。あのZの字以外になにがあったか、あなたは気づかなかった？」

「〈マジックマーカー〉のペンがあったね」

ホリーは、《あなたはもっとできる子のはずよ》といいたげな目をホッジズにむけた。

ホッジズは昔からの警官ならではのテクニックをつかうことにする——裁判で証言をするときには、とりわけ便利なテクニックだ。いまホッジズはふたたびあの写真を見つめる——ただし頭のなかで。「充電ケーブルだ……洗面台横の壁のコンセントにプラグが挿さってた」

「そのとおり！　最初は電子書籍リーダーにちがいないと思った——ミセス・エラートンは一日の大半をあのあたりで過ごしていたから、電源につなぎっぱなしにしていたのだろうと。充電には便利な場所だったでしょうね。だって娘さんの寝室のコンセントは、生命維持装置のたぐいで全部埋まっていただろうし。ね、そうは思わない？」

「ああ、そのとおりだろうね」

「ただね、わたしは〈ヌック〉も〈キンドル〉ももっているけど――」

ああ、きみならどっちの電子書籍リーダーももってて当然だ――ホッジズは思う。

「――どっちのケーブルも、あそこにあったようなのじゃない。どっちもケーブルは黒。でもあのバスルームのは灰色だった」

「ミセス・エラートンがオリジナルの充電ケーブルをなくしてしまって、〈テックヴィレッジ〉あたりで互換品を買ってきたのかもしれないじゃないか」以前ブレイディ・ハーツフィールドが勤めていた〈ディスカウント・エレクトロニクス〉が倒産してからは、いま名前をあげた店がこの市で唯一の家電量販店だ。

「それはない。どっちの電子書籍リーダーのプラグも先が尖ったタイプ。でもこっちは、もっと幅が広いプラグなの――電子タブレット用みたいな。ただ、わたしのiPadのプラグも似てはいるけれど、バスルームにあったものはもっと小さいのね。だから、携帯デバイス用のケーブルだろうと思ったわけ。そこで、二階にあがって現物をさがしたのよ」

「で、そこでなにを見つけたのかといえば……？」

「大昔のパソコンだけ――ミセス・エラートンの寝室の窓ぎわにあった。大昔という言葉は伊達《だて》じゃない。だって、モデムがつないであったんだもの」

「うわ、神さま、それだけはご勘弁」ホッジズは声を張りあげる。「モデムはご勘弁を！」

「笑いごとじゃないのよ、ビル。ふたりの女性が死んでいるんだから」

ホッジズは片手をハンドルから離し、友好のしるしにかかげる。「すまなかった。話をつづけてくれ。次の話は、きみがそのコンピューターの電源を入れるところからはじまりそうだね」

ホリーはわずかに落ち着かない顔をのぞかせる。「まあ、そういうこと。でも、警察が明らかにやらなかった捜査を肩代わりしただけ。決して、嗅ぎまわっていたわけじゃない」

ホッジズには反論もできたが、あえて控えておく。

「パソコンはパスワード保護されていなかったので、ミセス・エラートンの検索履歴を見ることができた。ずいぶんあちこちのネットショップ・サイトを訪問していたみたい。麻痺にかんする医療サイトも目立ってた。幹細胞に関心をもっていたみたいだけど、再生医療の分野で注目されていることだし、娘さんの体のことを思えば関心をもつのも当然——」

「そのすべてを十分でやってのけた？」

「これでも読むのは早いの。でも、わたしが見つけなかったものはなんだと思う？」

「あてずっぽうだが、自殺にまつわる検索履歴がなかったとか？」

「正解。だとすると、ミセス・エラートンはどこでヘリウムガスのことを知ったの？

それをいうなら、鎮痛剤を粉にしてウォッカに溶かし、それを栄養補給チューブから流しこむという方法をどこで知ったの?」

「ふむ」ホッジズはいう。「古代より伝わる由緒正しき儀式がある——その名は読書。きみも、ひょっとしたらきいたことがあるかな?」

「あの家の居間で、なにか本を見かけた?」

ホッジズは先ほどマーティーン・ストーヴァーのバスルームを心の目で見た要領で、あらためて居間のようすをながめてみる。はたしてホリーのいうとおり。小物をおさめた棚はあったし、壁には大きな目《ビッグ・アイズ》の子供たちの絵や大型テレビがかかっていた。コーヒーテーブルには雑誌類が置いてあったが、ならべ方を見るかぎり、熱心に読む対象というよりもインテリアの一部だったようだ。さらにいうなら、〈アトランティック・マンスリー〉のような活字中心の雑誌は一冊もなかった。

「なかったな」ホッジズはいう。「居間には一冊の本もなかった——ストーヴァーの寝室の写真で一、二冊見かけただけだね。そのうち一冊は聖書みたいだった」それから、ホリーが膝に置いている折り畳まれた〈インサイド・ヴュー〉に目をむけて、「で、そのなかにはなにがあるんだ? なにを隠している?」

ホリーが顔を赤らめるとなると、その顔は最高度の防衛準備態勢《DEFCON》1《ワン》——すなわち全面的に赤くなる。見ている側が不安になるほどの勢いで、血が顔めがけてなだれこんでくるのだ。いまもそうなりつつあった。

「盗んだんじゃないわ」ホリーはいう。「借りただけ。わたし、人のものを盗んだりしないもの、ビル。ぜったいに！」

「落ち着けって。で、なにを借りた？」

「バスルームにあった充電ケーブルに合う品」ホリーは週刊紙をひらいて、グレイのスクリーンのある派手なピンク色のマシンをとりだす。一般の電子書籍リーダーよりは大きく、タブレット端末類よりは小さい。「二階からおりたあと、ミセス・エラートンの椅子に腰かけて考えをまとめてたの。で、そのときに肘かけとクッションのあいだに手を滑りこませた。ううん、なにかをさがしてたわけじゃない。ただなんとなく、そうしただけ」

　ホリーが自分を落ち着かせるための数多いテクニックのひとつなのだろう、とホッジズは思う。最初にホリーと会ったときから、その例はいろいろ目にしてきた——あのときホリーは、過保護の母親と押しが強すぎるほど社交的な叔父の両名と行動をともにしていた。行動をともにしていた？　いや、正確にはちがう。このいいかたでは全員が平等の立場だったようだ。あのころ母親シャーロット・ギブニーと叔父のヘンリー・シロイスのふたりは、一日外出許可をもらった精神に欠陥のある児童に接するような態度でホリーに接していた。いまのホリーはあのころとはちがう女性だが、昔のホリーの痕跡はいまも残っている。ホッジズはそれでもいいと思っている。なんといっても、だれもが影を引きずるものだ。

「で、これがそこにあったの——椅子の右側に。これは〈ザピット〉よ」

その名前を耳にして、ホッジズは記憶倉庫のずっと奥のほうでかすかなチャイムが鳴ったように思う。しかし、コンピューター・チップを利用した電子機器がからむと、ホッジズは大幅に時代からとり残された男だ。自宅のコンピューターにも、しじゅう手を焼かされる。ジェローム・ロビンスンが遠くへ行ってしまったいま、毎回ホッジズの自宅へやってきてコンピューターの調子をととのえるのはホリーの役目だ。

「なんだって？」

「〈ザピット・コマンダー〉。ネットで広告を見た覚えはあるけれど、最近はぜんぜん見かけない。単純なビデオゲームが百以上もプリインストールされた状態で出荷されてたの——〈テトリス〉とか〈サイモン〉とか〈スペルタワー〉とか。でも〈グランド・セフト・オート〉みたいな複雑なゲームはひとつもはいってなかった。でね、このゲームマシンがあの家でなにをしてたのかを知りたいの。教えて、ビル。八十歳近い女性と、ビデオゲームで遊ぶことはおろか、照明のスイッチさえ自力で入れられない女性がふたりで暮らしていた家で、このゲームマシンはなにをしていたの？」

「なるほど、たしかに奇妙だね。問答無用で怪しいとまではいえないが、妙だと思える範囲の話ではある」

「そしてコードは、あのZの文字のすぐ近くにあるコンセントにつながれていた」ホリーはいう。「つまりあのZは遺書としておわりを示したものではなくて、〈ザピット〉の頭文字よ。というか、わたしはそう思うの」

ホッジズはこの件について考えをめぐらせる。

「そうかもしれないな」いいながら、以前にその名前にどこかで触れたことがあっただろうか、それともフランス語でいう〝模造記憶《フォー・スーヴェニア》〟だろうか、と再度考えてみる。ブレイディ・ハーツフィールドと関係があることだけは確実……とも感じられたが、それも完全には信じきれない。きょうは頭のなかにブレイディ・ハーツフィールドがやたらと登場しているからだ。

そういえば、最後にあいつのようすを見にいってからどのくらいたつ？　六カ月？　八カ月？　いや、それ以上だ。もうずいぶん長くなる。

最後にあの男を訪ねたのは、ピート・ソウバーズの一件が解決した直後だった。あれはピートと、ピートが見つけた盗品の現金とたくさんのノート——ピートの自宅の裏庭同然の場所に埋めてあったもの——が関係する事件だった。その最後の訪問で目にしたブレイディも、それまでと変わらない姿だった——脳の機能をうしなった若い男、決して汚れることがないチェックのシャツとジーンズという服装だった。ホッジズが脳神経外傷専門クリニックの二一七号室をたずねたときの例に洩れず、あのときもいつもとおなじ椅子にすわって、窓の外に見える立体駐車場のビルをただじっと見つめていた。

その日にかぎってちがっていた点がひとつあった——ただし二一七号室以外の部分だ。ここの師長をつとめていたベッキー・ヘルミントン看護師がカイナー記念病院の外科病棟へ異動になったため、ホッジズがブレイディ・ハーツフィールドにまつわる噂を仕入れるために確保していたパイプが閉ざされてしまった。新たな師長は四角四面の几帳面、ぎゅっと握った拳を思わせる面相のもちぬしだった。このルース・スキャペッリという看護師は、ブレイディにからむちょっとした話を提供してくれたら見返りに五十ドル払うというホッジズの申し出をすげなく断ったばかりか、このうえまた患者の情報を引きだすために金銭提供を申しでてきたら、ホッジズのことを通報すると脅してきた。

「あなたの名前は、ハーツフィールドの訪問許可者リストに載ってもいません」スキャペッリはいった。

「あの患者本人の情報が欲しいわけじゃないんだよ」そのときホッジズはそういった。「ブレイディ・ハーツフィールド周辺の情報なら、どんなものでも知りたいだけだ。そう、あの患者がらみでどんな噂がささやかれているかを知りたくてね。ほら、いろいろと噂話が流れているじゃないか。ときには、かなり突飛な噂が」

スキャペッリはホッジズに嫌悪のこもった目をむけた。「その手のいいかげんな風評は、どこの病院にもあります——とりわけ有名な患者がいる場合には。いえ、ミスター・ハーツフィールドは悪名高い患者というべきでしょうか。前任者のヘルミントンが脳神経外傷専門クリニックから現在の配属先に移ってからすぐ、わたくしはスタッフミーティングをひらき、その場でミスター・ハーツフィールドにかかわる噂話をすることを即刻やめるように申しわたし、さらに今後そのような噂話の片鱗なりともききつけた場合には、噂話の発信源をかならずや突きとめて、発信源となった人物がひとりだろうと複数だろうと解雇処分をくだされるように確実を期すと伝えました。あなたについていえば……」いいながら、さげすみの目でホッジズを見くだして、「あなたは元警察官で、表彰までされたことがあるのに賄賂《わいろ》の話をもちかけてくるとは、にわかには信じられません」

この看護師とのいささかばつのわるい対面からほどなく、ホッジズはホリーとジェローム・ロビンスンのふたりに追いつめられて非公式介入をうけた——そしてその場でふたりから、ブレイディのようすを確かめにいくのをやめるべきだ、と申しわたされた。その日のジェロームはいつになく真剣な物腰で、いつもの陽気でへらへらした口調はまったく影をひそめていた。

「あいつの病室なんかに行っても、しょせん自分を傷つけるだけで、できることはひとつもないよ」ジェロームはそういった。「あなたがあいつの病室に行ったことは、ぼくたちにはすぐにわかる。そのあと二日は、あなたの頭の上に小さな灰色の雲が浮かんでるからさ」

「二日どころか一週間ね」ホリーがいい添えた。ホリーはホッジズには目をむけておらず、自分の指をぐいぐいねじっていた。それを見ると、ホッジズはいつもホリーの手をつかんで動きをとめさせたくなる——そうでもしないと、ホリーが自分で自分の指の骨をへし折りそうだからだ。しかし、ホリーの声はしっかりしていて自信をうかがわせた。

「あの男のなかには、もうなにも残ってない。そのことを認めなくちゃ。なにか残っていたら、あいつのことだもの、あなたが姿を見せるたびに喜んでるはず。自分があなたにどんな影響をおよぼしているかを目《ま》のあたりにして喜んでるはずよ」

このホリーの発言が決定打になった。ホッジズにも真実だとわかったからだ。だからそれ以来身を遠ざけた。いってみればタバコをやめるときのようだった——最初は苦しく、時間がたつにつれて楽になる。そしていまでは、気がつけばブレイディとブレイディの恐るべき犯罪について一回も考えないうちに、数週間すぎていることもあるくらいだ。

《あの男のなかには、もうなにも残ってない》

ホッジズはその言葉を改めて嚙みしめながら、車で市街地中心部へ引き返していく。いざ帰りつけば、ホリーがコンピューターを猛然と働かせて、ハウスキーパーのナンシー・オルダースンをさがしはじめることだろう。ヒルトップコートのつきあたりのあの家でなにがあったにしても——いくつもの思考や何度も重ねた会話がつらなり、涙と約束がつらなり、最終的にすべてが粉末にした薬剤を栄養チューブから体内に注入する行為と、笑う子供たちのイラストつきの缶からヘリウムガスを吸いこむ行為にいたったにせよ——ブレイディ・ハーツフィールドと関係していたはずはない。なにせホリーが、文字どおりあの男の脳味噌を叩きだしてしまったからだ。ときおりホッジズが疑いをいだくことがあるとすれば、それはブレイディが巧みに罰を逃れてしまったという考えに耐えられないものを感じるからにほかならない。最終的には、あの怪物が自分の手から逃げたという考えに。あのときホッジズは、わが〈ハッピースラッパー〉と呼んでいたボールベアリングを詰めた靴下をふりまわすことさえしなかった――まさにそのとき、心臓発作で苦しむのに手いっぱいだったからだ。

それでも、記憶の亡霊があるにはある――〈ザピット〉。

その言葉をどこかできいたことはまちがいない。

胃が警告するようにしくしく痛みだし、ホッジズは医師の予約をすっぽかしてしまったことを思い出す。穴埋めをしなくては――しかし、再訪はあしたでもいいだろう。なんとなく、スタモス医師から潰瘍《かいよう》があると告げられるような気がしている。その手の知らせなら、先延ばしにしてもいい。

8

ホリーは電話の横に〈ニコレット〉の新しい箱を用意しているが、ひと粒も嚙まずにすむ。最初に電話をかけたオルダースン姓の相手が、ハウスキーパーのナンシーの義理の姉だったのだ。義理の姉は当然ながら、ファインダーズ・キーパーズ探偵社とやらの人間がなぜナンシーに連絡をとりたがっているのかを知りたがる。

「ひょっとして遺産相続に関係するお話?」義理の姉は希望に声をはずませる。

「少々お待ちを」ホリーはいう。「ただいま上司とかわりますので、電話を保留にします」

ホッジズは上司ではない。昨年、ピート・ソウバーズの事件がおわったあとで、ホッジズはホリーを平等なパートナーにしている。しかしホリーはストレスにさらされると、いまはもうフィクションになったこの口実をよくもちだす。

それまで自分のコンピューターでザピット・ゲーム・システムズ社についての記事を読んでいたホッジズは受話器をとりあげる。そのあいだもホリーはホッジズのデスクのそばを離れず、セーターの襟元をひっぱりあげて嚙んでいる。ホッジズは保留ボタンに伸ばした指をしばしそのまま浮かばせて、ウールを食べるのはきみの健康によくないし、きみが着ているシェトランドセーターにとってもいいことではないぞ、とホリーに告げる。それをすませてから、ホッジズはボタンを押してナンシー・オルダースンの義姉の電話に出る。

「妹さんのナンシー・オルダースンさんに、悲しいお知らせを伝えなくてはなりません」ホッジズはそう前置きしてから、手短に要旨を伝える。

「まあ、なんということでしょう」リンダ・オルダースンはいう(義姉の名前はホリーがホッジズのメモ帳に書きつけてくれた)。「その知らせを耳にしたら、ナンシーはきっと打ちのめされてしまうでしょうね。いいえ、働き口がなくなることだけが理由じゃない。

ナンシーは二〇一二年からおふたりのところでずっと働いていて、おふたりのことがそれはもう大好きになっていたの。ついこのあいだの十一月にも、おふたりの感謝祭のディナーにお呼ばれしてたくらい。で、あなたは警察の方？」

「元警察官です」ホッジズは答える。「しかし、いまはこの件を担当している警官チームと共同で仕事をしています。それで、ミズ・オルダースンへの連絡を依頼されました」

この嘘なら、めぐりめぐって自分に跳ね返ってくることはないだろうとホッジズは思う。なにせピートその人がドアをあけて、ホッジズたちを現場に招待したのだ。「よろしければ、ミズ・オルダースンに連絡をとる方法を教えてもらえますか？」

「いま携帯の番号を教えるわ。シャグリンフォールズの街へ行ったのは、お兄さんの誕生日パーティーのためなの。いよいよ四十の大台に乗るものだから、ハリーの奥さんがそれはもう大騒ぎをしちゃって。ナンシーはたしか水曜か木曜まであっちにいるはず──たしか、そんな予定だったはずよ。でも、この知らせをきいたら、すぐに帰ってくるでしょうね。ナンシーは夫のビルが死んでからはひとり暮らしで──ああ、ビルはわたしの夫の弟なの──あとは家に猫がいるだけ。だからミセス・エラートンとミズ・ストーヴァーは、ナンシーにとっては家族同然だったのね。きっと、すっごく悲しむと思う」

ホッジズは伝えられた携帯番号を書きとめ、すぐに電話をかける。ナンシー・オルダースンは最初の呼出音で電話に出る。ホッジズは名前や身分を名乗ったのち、ナンシーに悲報を伝える。

衝撃のもたらす沈黙の一瞬をはさんで、ナンシーはいう。「そんなこと……そんなはずはありません。なにかのまちがいですよ、ホッジズ刑事」

その呼称をホッジズはあえて訂正しない——話の先が興味深いからだ。「どうしてそういえるんです？」

「おふたりが幸せだからです。おふたりはとても仲がいい……いっしょにテレビを見るんですよ。ふたりでＤＶＤで映画を見るのが大好き、料理番組も大好き、女性たちがすわっておもしろおかしく話したり、有名人をゲストに迎えたりする番組も大好きです。信じてもらえないかもしれませんが、あの家では笑い声が絶えません」ナンシー・オルダースンはここで口ごもってから、こういう。「あの……おふたりの話だというのは、本当にまちがいありませんか？　本当にジャン・エラートンとマーティ・ストーヴァーの話ですか？」

「ええ……あいにく」

「でも……あの人はご自分の体のことを受け入れてました！　マーティ……マーティーンのことです。あの人はよくいってました……オールドミスでいるのに慣れることと比べたら、体が麻痺した自分に慣れることのほうがずっと簡単だって。あの人とわたしはしじゅうそういう話をしていました——ひとり身でいることについて。ええ、わたしは夫を亡くした身なので」

「つまり、ミスター・ストーヴァーと呼ばれる人はいなかった？」

「いいえ、いましたよ。ジャン……ジャニス・エラートンは若いころに結婚していました。たしか、かなり短い結婚生活だったと思います。でもあの人は、その結婚でマーティことマーティーンを授かったのだから後悔はしていないと話してました。それからマーティにも、あの事故の少し前にボーイフレンドがいたんです。でも、その人は心臓発作であっけなく亡くなってしまって。マーティからは、とても体の引き締まった人だったときいてます——なんでも週三日はダウンタウンのスポーツジムでトレーニングを欠かさなかったと。でも、それが命とりになったとマーティは話してました。心臓が強かったせいで、いざバックファイアを起こしたとたん、心臓が自分で自分をすっかり吹き飛ばしてしまった、と」

心臓病を経験して生き延びたホッジズは、自分への心覚えにこう思う——フィットネスクラブを避けるべし。

「マーティは、愛する人が亡くなって孤独になるのは最悪の種類の麻痺だ、とよく話してました。わたし個人は夫のビルについておなじ気持ちになったとはいえませんけど、マーティがなにをいいたかったのかはわかります。あの家にはよくヘンリード牧師がマーティを訪ねてきます——マーティは牧師さんのことを〝スピリチュアル・アドバイザー〟と呼んでますけど。牧師さんが来ない日でも、マーティとジャンの親娘は毎日お祈りをとなえてます。毎日お昼に。それにマーティは、オンラインの会計士資格講座の受講を前向きに考えてました——マーティのような障害をもった人を専門にしている講座があるんですよ。知ってました？」

「知りませんでした」ホッジズはいい、手もとのメモ帳にこう書いてから——《ストーヴァー、ネットの会計士講座を受講の予定》——ホリーにも読めるようにひっくりかえす。ホリーは眉を吊りあげる。

「もちろん、ときには涙を流すことも、悲しみに沈むこともありました。でも、ふたりはだいたいいつも幸せでした。少なくとも……いえ、わかりませんが……」

「なにをお考えですか、ナンシー？」ホッジズはなにも考えないまま、相手をファーストネームで呼ぶモードに切り替えている——これも昔ながらの警官のテクニック。

「いえ、たぶんなんでもないことだと思います。マーティは以前と変わらずに幸せそうです——あの人はほんとに人なつっこくて、信じられないくらい気高くて、いつだって物事の明るい面を見てます。でもお母さんのジャンのほうは、このところちょっと沈みがちでした。なにか心配ごとで気分が重くなっているみたいに。だから、もしかしたらお金の心配かもしれないし、クリスマスがおわって気分が落ちこんだだけなのだろうと思ってました。まさかそんなこと、夢にも思わなくて——」ナンシー・オルダースンは鼻をすすりあげる。「ごめんなさい、鼻をかんでこないと」

「お気づかいなく」

ホリーがホッジズのメモ帳をつかむ。ホリーの手書き文字はやたらに小さく——字が便秘になっているみたいだとホッジズはよく思う——メモの紙が鼻の頭にくっつくほど顔に近づけないと読めない——《〈ザピット〉のことを質問して！》とある。

ナンシーが鼻をかみ、ホッジズの耳にクラクションめいた音が響く。「ごめんなさい」

「いや、いいんですよ。さて、ナンシー。ミセス・エラートンが小型の携帯型ゲームマシンをもっていたかどうかをご存じですか？　色はピンクだったはずなんですが」

「まあ、驚いた。どうしてそれをご存じなの？」

「いや、ほんとはなにも知らないんですよ」ホッジズは正直に打ち明ける。「わたしはただの退職刑事で、質問事項のリストをわたされているだけなんです」

「ジャンは、男の人からもらったと話してました。アンケートに答えて会社に返送してくれれば、ゲームマシンを無料で進呈するといわれたらしくて。マシンはペーパーバックの本よりも少し大きなサイズでした。しばらくは家のあちこちで見かけました——」

「いつのことですか？」

「正確には覚えてませんが、クリスマス前だったことは確かです。最初に見たときには、居間のコーヒーテーブルに置いてありました。それで、折り畳んだアンケートといっしょにクリスマスあとまでずっと、そこに置きっぱなしでしたよ——ふたりの小さなクリスマスツリーが、そのときには片づけてあったので覚えてます。そのあと、キッチンテーブルにあるのも見かけました。ジャンにきいたら、どんなことができるのかを確かめたくて電源を入れてみた、ひとりでできるゲームがいろいろはいっているのがわかった、それこそ何十種類ものゲームができそうで、そのなかには〈クロンダイク〉とか〈ピクチャー&ピラミッド〉とかがあった……と話してましたっけ。それで、マシンをつかっているのだからとアンケートに記入して、返送してました」

「マーティのバスルームのコンセントで充電していた？」

「ええ。あそこがいちばん都合のいい場所でしたので。家のなかでも、あのあたりにいる時間がいちばん長かったこともありますし」

「なるほど……。そういえば先ほどミセス・エラートンが沈みがちだったとおっしゃっていましたが――」

「ちょっと沈みがちだといったんです」ナンシー・オルダースンはすかさず訂正する。「でも、たいていは以前と変わらずに明るくふるまってました。ええ、あの人もマーティとおなじで人なつっこいんです」

「でも、なにか心配ごとがあった……」

「ええ、わたしにはそう見えました」

「気分が重くなっている、いるみたいだった」

「ええ、まあ……」

「ひょっとしてそれは、携帯型のゲームマシンを入手したのとおなじころだったのでは？」

「いわれて考えてみれば、そうだったかもしれません。でも、小さなピンクのゲームマシンでひとりでも遊べるゲームをしたことで、どうして鬱《うつ》になるんでしょう?」

「わかりません」ホッジズはいいながらメモ用紙に《鬱》と書きつける。〝沈みがちになる〟と〝鬱になる〟のあいだにはかなり大きな飛躍がある。

「おふたりの親戚には知らせがいってますか?」ナンシー・オルダースンはたずねる。

「そちらの街には親戚はいませんが、オハイオにいとこが何人かいるときいてますし、カンザスにも何人かいたはずです。いえ、インディアナだったかもしれない。ジャンのアドレス帳に名前があるはずです」

「ええ、こうして話をしているあいだにも、警察の人が知らせを伝えています」ホッジズはそう答えるが、あとでピートに電話で確認しようとも思う。ピートはうるさがるかもしれないが、なに、かまうまい。ナンシー・オルダースンが悲しい思いをしていることは言葉のはしばしからも明らかで、そんなナンシーをホッジズはできるだけ慰めたいと思う。「あとひとつだけ、質問してもいいですか?」

「ええ、もちろん」

「家のまわりをうろついているような者の姿に気がついたことはありますか?　そのあたりにいる理由もなく、うろついている者に?」

ホリーが熱心にうなずいている。

「どうしてそんな質問をなさるんです?」ナンシー・オルダースンは驚いた声をだす。

「もしや、あなたは……まさか外部の人間が……そんなふうに考えて――」

「いいえ、わたしはなにも考えていません」ホッジズはよどみない声で伝える。「わたしは警察のお手伝いをしているだけです。ええ、この数年、警察では大幅な人員削減がありました。全市規模の予算削減のあおりでね」

「知ってます。ひどい話ですね」

「そんなこんなで、警察から質問のリストをわたされましてね。いまのが最後の質問でした」

「とにかく、そんな人はいませんでしたよ。いれば気がついたはずです――家とガレージのあいだにある屋根つき通路のおかげで。ガレージには暖房もはいっていて、食料品の貯蔵庫もあり、洗濯機と乾燥機も置いてあります。ですからわたしは屋根つき通路をしじゅう行ったり来たりしてますし、そこからは外の通りがよく見えます。でも、ヒルトップコートを上までのぼってくる人はほとんどいません――ジャンとマーティのあの家がいちばん奥ですもの。その先は道が行き止まりになってます。もちろん郵便配達の人や宅配のUPSの人、たまにフェデックスの配達の人が来ることはあります。でもそれ以外には――道に迷ったのならともかく――あの道の突きあたり一帯にいるのは、わたしたちだけです」

「つまり、だれもいないというわけですね？」

「ええ、そういう人はひとりもいませんでした」

「ミセス・エラートンにゲームマシンをわたした男性も家の近くにはいなかった？」

「ええ、いませんでした。その人はジャンに〈リッジライン・フーズ〉の店内で近づいてきたという話です。丘をおりきったあたり、シティ・アヴェニューとヒルトップコートの交差点の近くにある食料品店です。そこから一キロ半ばかり行けば、シティ・アヴェニュー・プラザまで行けばスーパーの〈クローガー〉があって、どんな品も少し安いんですが、ジャンは行こうとしないんです。お買い物は地元の店をつかうべきだって、いってましたもの。どうしてかというと……」ナンシー・オルダースンはいきなり大きな嗚咽《おえつ》を洩らす。「でも、あの人はもうどこの店でも買い物ができないんですね？　あ あ……いまでも信じられません！　あのジャンなら、なにがあってもぜったいにマーティを傷つけるはずがないんですよ、本当に」

「悲しいことです」ホッジズはいう。

「きょうのうちには、そちらにもどらなくては」オルダースンは、いまはホッジズに話しているというよりも、ひとりごとをいっている状態だ。「ご親戚のみなさんが来るまで多少はかかるでしょうから、そのあいだだれかが必要な段取りをととのえておかなくては」

ハウスキーパーとしての最後の仕事だな――ホッジズは思い、その思いそのものが感動的でありながら、漠然とうそ寒いものに思えることに気づく。

「お時間を割いてくださって感謝します、ナンシー。このへんで、そろそろ――」

「そうそう、あの中年すぎの男の人がいました」ナンシー・オルダースンがいう。

「ええと、その中年すぎの男というのは？」

「一五八八番地の前に立っているのを何度か見たことがある男の人です。歩道ぎわに車をとめて、歩道にじっと立って、あの家をただ見つめてました。道路の反対側で、少し坂をくだったところの家を。気づかれなかったかもしれませんが、売家になってます」

ホッジズは気づいていたが、口にはしない。話の腰を折りたくないからだ。

「一回だけ、前庭の芝生を横切って家に近づき、出窓をのぞきこんでいたこともありました——最後の大きな雪嵐の前でした。ウィンドウ・ショッピングをしていたんだと思います」そういってオルダースンは水っぽい笑い声をあげる。「でもわたしの母なら、ショッピングじゃなくて、ウィンドウ・ドリーミング、、、、、だといったでしょうね。どう見ても、あの家を買えるほどのお金をもっているタイプではありませんでしたから」

「そうだったんですか？」

「まあ、そうです。工員風の服装でしたし——そう、〈ディッキーズ〉っぽい緑色のスラックスでした。パーカはマスキングテープを貼って補修してありました。おまけに車は見た目からしてずいぶん古く、車体のあちこちで塗装の下塗りがのぞいてましたっけ。死んだわたしの亭主なんかはよく、〝貧者のカーワックスだ〟なんていってました」

「どうでしょうか、その男性が乗っていた車の種類はおわかりになりましたか？」ホッジズはメモ帳をめくって新しい紙を出し、《最後の大きな雪嵐の日付を調べること》と書く。ホリーはそれを読んでうなずく。

「いえ、すみません。車のことは詳しくなくて。色も覚えてないんですよ。下塗りがぽつぽつ見えていたことだけで。あの、ホッジズさん……これがなにかのまちがいだということは、本当にないんですね？」ほとんどすがりつくような口調だ。

「まちがいだといいたいところですが、あいにくそうはいえません。ナンシー、お話をうかがえて大いに助かりました」

疑わしげな口調。「ほんとですか……」

ホッジズは自分とホリーの携帯電話の番号とオフィスの番号をナンシー・オルダースンに伝え、いま話さなかったことでなにかを思い出したら、どんなことでも教えてほしいと話す。さらにホッジズは、もしかしたらマスコミが興味をもつかもしれないと釘を刺し――マーティーンが二〇〇九年の市民センターの事件で全身不随になったからだ――話したくなければ新聞記者やテレビのレポーターに話をする義理はいっさいない、と告げる。

ホッジズが電話を切るときには、ナンシー・オルダースンはまたもや泣いている。

9

ホッジズはおなじ通りの一ブロック先にある〈パンダ・ガーデン〉へホリーを連れて昼食にいく。まだ時間が早いので、ふたりはレストランを貸し切っているも同然だ。ホリーは肉類を避けて野菜だけの堅焼きそばを注文する。ホッジズは辛味をきかせた牛肉の炒めものが大好きだが、このところ胃が音《ね》をあげてしまうので、麻辣《マーラー》味の羊肉料理にする。ふたりとも箸をつかう――ホリーは箸を上手につかえるからだが、ホッジズは箸をつかえば食べるペースがゆっくりになり、それによってランチ後に胃腸が燃えるように痛くなるのを多少は防げるからだ。

ホリーはいう。「最後の大きな雪嵐は十二月十九日よ。気象局のデータによれば、市内のガヴァメント・スクエアで二十八センチの積雪が、ブランスンパークで三十三センチの積雪が記録されてる。豪雪というほどではないけれど、その日以外で今年の冬にこれまで雪が降った日というと、せいぜい十センチになってしまうのね」

「クリスマスの六日前か。ナンシー・オルダースンの記憶によると、ジャニス・エラートンが〈ザピット〉をもらったのとおなじころだね」

「ゲームマシンをミセス・エラートンにあげた男は、向かいの家を見ていたのとおなじ男だと思う？」

ホッジズはブロッコリーのスライスを箸にひっかける。体にいいとされている野菜だが、まずい野菜は決まってそういう触れこみだ。「ジャニス・エラートンのような女性なら、マスキングテープで修繕したパーカを着ているような男からなにかをもらったりしないはずだよ。完全にないとはいいきれないが、どうにも考えられないな」

「料理をちゃんと食べて、ビル。わたしのほうが早く食べおわったら、こっちが豚に見えちゃいそう」

ホッジズは食べる。しかし昨今では、胃につらい思いをさせられていないときでも食欲がふるわない。ひと口の食べ物がのどにつかえたときには、お茶で流しこむ。お茶を飲むと楽になるので、これは名案だろう。それからホッジズは、まだ見ていない検査の結果に思いをはせる。ふと、自分がかかえているのは潰瘍よりもずっと深刻な問題なのではないか、むしろ潰瘍は最善のシナリオではないのかという思いが浮かぶ。潰瘍であれば治療する薬もある。しかし、ほかの病気だったら薬はあまりない。

皿の中央が見えるようになったので（とはいえ、いやはや……皿の周辺にはまだずいぶん料理が残っている）、ホッジズは箸を下に置いてこういう。「きみがナンシー・オルダースンの居場所をさがしているあいだに、こっちはちょっとおもしろいものを見つけたよ」

「教えて」

「例の〈ザピット〉についての記事をいろいろ読んでいたんだ。コンピューター会社がぽんぽんとできては、たちまち消えていくさまには驚かされるね。六月のたんぽぽみたいだ。〈ザピット・コマンダー〉は市場を席捲したとはいいがたい。つくりが単純すぎたし、価格設定が強気に過ぎたうえ、魅力の点でまさる他社の競合品が多すぎた。ザピット社の株価はさがり、サンライズ・ソリューションズ社という会社に買収された。そして二年前、この会社が破産宣告をして消えていった。つまりザピット社そのものがとっくの昔に消えていたわけで、〈ザピット・コマンダー〉をくばっていた男は、明らかになんらかの詐欺行為をはたらいていたことになる」

ホリーはたちどころに話の行先を察する。「つまりあのアンケートとやらも、話に多少のもっともらしさというか……ええと……信憑性《しんぴょうせい》をつけたすためのでっちあげということになる。でも、その男はジャニス・エラートンから金銭を巻きあげようとしたわけではないんでしょう？」

「ああ。こちらにわかっている範囲ではそういったことはなかった」

「どうも怪しいことが起こってるみたいね、ビル。この件をピートと麗しのグレイアイズ嬢に伝えるつもり？」

ホッジズは皿に残っていたうち、いちばん小さな羊肉を箸でつまみあげたところだ。しかしこの質問が、箸を下へ置く口実になってくれる。「どうしてイザベルがきらいなんだ？」

「あの人がわたしを頭のおかしな女だと思ってるから」ホリーは当たり前のようにいう。

「そういうこと」

「いや、まさかそんなことは――」

「いいえ、まちがいない。ついでに危険人物だとも思ってるかも。わたしがラウンドヒアのコンサート会場で、ブレイディ・ハーツフィールドの頭をあんなふうにぶん殴ったから。でも、わたしは気にしてない。必要ならまたおなじことをする。千回だってやってやる！」

ホッジズはホリーの手に手を重ねる。ホリーがぎゅっと握っている箸が音叉《おんさ》のようにびりびり振動している。「きみならまちがいなくそうするだろうし、そのたびにきみが正しいこともわかってる。きみは千人以上もの命を救ったんだ――この数字だって控えめな推定だよ」

ホリーはホッジズの手の下から自分の手をするりと抜き、箸で麵をつまみはじめる。

「あの人から頭のおかしな女だと思われても、そんなことは対処できる。生まれてからずっと、そんなふうに考えている人たちの相手をしてきたから――それこそ、いちばん最初は両親ね。でも、それだけじゃない。イザベルは自分の目に見えるものしか見ていないばかりか、それ以外のものが見える人を――あるいは、それ以外のものを目でさがすような人も――きらってる。イザベルはあなたのこともおなじように思ってるわよ、ビル。あの人はあなたに嫉妬してる。ピートとのことで」

ホッジズは黙っている。そんなことがあるかもしれないとは、考えたことすらなかった。

ホリーは箸を下へ置く。「さっきの質問にまだ答えてもらってない。これまでふたりで調べてわかったことを、ピートとイザベルに教える？」

「まだ話す気はないよ。その前にやっておきたいことがあってね——といっても、きょうの午後、きみがオフィスを守ってくれればの話だ」

ホリーは自分が残した焼きそばを笑みで見おろす。「いつだって守るわ」

10

ベッキー・ヘルミントンの後任者に即座に反感をいだいたのはホッジズだけではない。脳神経外傷専門クリニックは、ここで勤務する看護師や看護助手から〈刑務所《バケツ》〉と呼ばれている——〈脳味噌刑務所《ブレイン・バケツ》〉と。後任者のルース・スキャペッリが〈カッコーの巣の上で〉の看護師長にちなんで〈ラチェッド師長〉と呼ばれるようになるまで、長くはかからなかった。この師長は配属されてから三カ月で、いずれも些細な規則違反を口実に三人の看護師を他部署へ異動させ、備品用クロゼットに隠れてタバコを吸っていたことを理由に看護助手をひとり解雇した。また特定の色あいの制服を、〝仕事に集中するさまたげ〟になるうえに〝劣情を催させる〟との理由で追放した。

　ただし医師たちは、スキャペッリに好意をいだいている。仕事が速くて有能に思えるからだ。患者を相手にしたときも、やはり手早く有能――しかし態度は冷たく、その底には患者たちへの軽蔑の念が見え隠れしている。またスキャペッリは、たとえもっとも重篤な患者であっても、内輪で――少なくとも自分にきこえる範囲内で――植物人間、燃え殻、脳味噌クラッシュなどと口さがなく呼ぶことを許さないが、反感を買う雰囲気があることも事実だった。

「たしかに仕事のことならなんでも知ってるわ」スキャペッリが勤務しはじめてからほどなくして、ひとりの看護師が休憩室でそう同僚に話した。「それはまちがいない。でも、なにか欠けてるものがあるのよね」

　話し相手はあらゆるものを見聞きしてきた三十年選手のベテラン看護師だった。この看護師は考えこんでから、簡潔に答えた――しかし、それこそ〝最適の一語《ル・モ・ジュスト》〟だった。

「慈悲の心ね」

　そのスキャペッリも、脳神経科部長のフェリックス・バビノーの回診に付き添っているときには、冷たさや侮蔑の念をのぞかせることは決してない。しかしたとえのぞかせたとしても、バビノーなら気づかないかもしれない。ほかの医者のなかには気づいた者もいたが、気にする者はほとんどいない。看護師のような下層階級のやることなど――たとえ看護師長でも――医師という貴顕の面々がいちいち目をむける対象ではないからだ。

どうもこのスキャペッリという看護師長は、脳神経外傷専門クリニックに入院している患者それぞれがいまのような状態になったのは、大なり小なり自業自得であり、いま以上に努力をすれば、そういった患者も多少は身体機能をとりもどすことができるはずだと、そんなふうに思っているふしがある。それはそれとしてスキャペッリは仕事をこなすし、だいたいにおいて仕事ぶりは文句のつけようがない。前任のベッキー・ヘルミントン以上に巧みだといってもいい――そのベッキーは、まわりからもっと好かれていた。この点を指摘されても、スキャペッリなら自分は好かれるためにここにいるのではない、とでも答えそうだ。自分がここにいるのは患者のケアをするため、それだけ――以上おわり。

しかしながらこの〈刑務所《バケツ》〉にも、スキャペッリが憎しみをむけている長期入院患者がひとりだけいる。その患者はブレイディ・ハーツフィールド。といっても、市民センターでの事件で友人か親戚が殺されたとか怪我をしたとかいう理由があるわけではない。この患者が仮病をつかっていると思っているからだ。仮病をつかって、当然うけてしかるべき罰からまんまと逃れている、と。スキャペッリはおおむねブレイディと距離をおき、世話をほかのスタッフにまかせている。顔を見ただけでも、そのあと一日じゅう、この邪悪きわまる化け物男に社会制度があっけなく食い物にされていることへの怒りがおさまらないからだ。ブレイディに近づかない理由はほかにもある——この男の病室にいるときの自分がどうにも信じられないことだ。これまでに二回、ブレイディの病室で妙なことをしでかした。それも、もし露見したらスキャペッリ自身が解雇されかねないようなことを。それなのにこの一月初旬の日の午後、ちょうどホッジズとホリーがレストランでの昼食をおえようとしているころ、スキャペッリは見えないケーブルに牽引されているかのように二一七号室へ引き寄せられていく。ただしこの日の朝にも、おなじ病室に足を踏み入れることを余儀なくされた。ドクター・バビノーが回診にあたってスキャペッリの同行を強く求めたからだし、ブレイディはバビノーの秘蔵っ子の患者だからだ。バビノーはブレイディの長足《ちょうそく》の恢復ぶりに感歎しきりだ。

「普通だったら、あの昏睡から二度と目覚めるはずもなかったんだぞ」スキャペッリが〈刑務所《バケツ》〉での勤務をはじめて間もないころ、バビノーはそう話した。「いまのあいつを見るといい！　短い距離なら——いっておけば介助があれば——歩くことができる。自分で食事もとれる。簡単な質問なら、言葉か手ぶりで答えることもできるのだからね」

　そうはいっても自分のフォークを自分の目に突き刺してしまいそうになることは珍しくないし、言葉で答えるといっても、あの男の口から出るのはどれもこれも《わぁ・わぁ》とか《がぅ・がぅ》としかきこえない——ルース・スキャペッリはそういい添えてやりたくなる（が、もちろん控える）。くわえて排泄がらみの問題もある。〈ディペンド〉の大人用おむつを穿かせていると、ブレイディは小用を我慢する。そしておむつをはずすと、ベッドに小便を垂れるのだ——それも時計のようにきっかりと。可能であれば大便も。まるでわかったうえでのことのように。そしてスキャペッリは、ブレイディにはわかっているはずだと信じている。

それ以外にもブレイディが知っているはずのことがある——疑いの余地もなく、あの男は知っている。スキャペッリがブレイディをきらっているということを。まさしくきょうの朝、診察をおえたドクター・バビノーが病室内のバスルームで手を洗っているあいだ、ブレイディは顔をあげてスキャペッリを見つめながら、片手を胸もとへもちあげた。それから指を曲げ、小刻みに震える手でゆるい拳をつくった。そしてその拳から、じわじわと中指だけが突きだされてきた。

最初スキャペッリには、自分が見ている光景の意味がわからなかった。ブレイディ・ハーツフィールドが中指を立てて侮蔑してきているとは。ついでバスルームから水道の音がきこえるなか、スキャペッリの制服の前ボタンが上から二個、いきなり弾け飛んで、その下に着けていた〈プレイテックス〉の〝18アワー・コンフォート・ストラップ・ブラ〟のセンター部分が丸見えになった。これまで耳にしたこの人間の屑にまつわる噂を信じていなかった——信じることを拒んでいた——スキャペッリだが、これは……。

ブレイディがスキャペッリにっこり笑いかけた。いや……にやりと笑った。

そしていまスキャペッリは、心なごませるBGMが天井から流れるなかを二一七号室へむかっている。着ているのはスペアの制服——ピンクの制服で、自分では気にいっていない。それから廊下の左右に目を走らせて、だれからもことさら注意をむけられていないことを確かめ、万が一だれかの穿鑿《せんさく》がましい一対の目を見逃していた場合にそなえてブレイディのカルテを調べるふりをしてから、するりと病室にはいりこむ。ブレイディはすわるときの定位置、窓ぎわの椅子に腰かけている。着ているのは四枚あるチェックのシャツのひとつとジーンズ。髪の毛は櫛《くし》でととのえてあり、左右の頰は赤ん坊のようになめらかだ。胸ポケットにつけてある缶バッジは高らかに《**わたしはバーバラ看護師にひげを剃ってもらいました！**》と宣言している。

暮らしぶりはまるでドナルド・トランプね——スキャペッリは思う。この男は八人を殺し、数知れないほど多くの人に怪我をさせたうえ、ロックコンサートにやってきた何千人もの十代の女の子たちを爆弾で殺そうと企んだ。そしていまはここにすわったまま、専属スタッフに三度三度の食事を運んでもらい、衣類を洗濯してもらい、顔を剃ってもらっている。さらに週三回はマッサージをうけている。週に四日はスパに入れてもらって、ホットタブで過ごしてもいる。

ドナルド・トランプみたいな暮らしぶり？　笑える。むしろオイルマネーがありあまっている中東のどこかの国に暮らす砂漠の親分なみだ。

この男が中指を突き立ててきたとバビノーに訴えたらどうなる？

まさかそんな——あの医師はそういうだけだろう——まさかそんなはずはないよ、スキャペッリくん。きみが見たその現象は筋肉の不随意的痙攣にすぎん。この患者はいまはまだ、そういった動作を生じせしめるような思考プロセスの機能をとりもどしてはいないんだ。たとえ、いまいったような現象があったとしたところで、そもそもなぜこの患者がきみにそのようなしぐさを見せつけるというんだ？

「それはね、あんたがわたしをきらってるから」スキャペッリはピンクのスカートに覆われた膝に手をついて、前に身をかがめる。「そうよね、ミスター・ハーツフィールド。それならおあいこ――こっちもあんたが大きらい」

ブレイディはスキャペッリに目をむけないし、言葉が耳にはいっているそぶりも見せない。窓の外に見える道の反対側の立体駐車場ビルを見つめているだけだ。でも、あんたにはきこえてるはずよ、ぜったいきこえてるはず。そしてブレイディに存在をまったく認めてもらえないことが、スキャペッリの怒りをさらに煽る。このわたしが話しているのだから、他人は耳をかたむけるのが当然ではないか。

「けさはあんたがマインドコントロールだかなんだかをつかって、わたしの制服のボタンを飛ばしたと、わたしにそう信じろというわけ？」

反応ゼロ。

「騙されるもんですか。もとから着替えるつもりだったの。ボディスがちょっと窮屈だったから。もっと信じやすいスタッフだったら、あんたも騙せたかもしれない。でも、わたしには通用しないの、ミスター・ハーツフィールド。あんたにできるのは、そこにすわることだけ。あとはチャンスを逃さずにベッドを汚すことくらいよ」

反応ゼロ。

スキャペッリはドアに目を走らせて閉まっていることを確認すると、左手を膝から離して前へ伸ばしていく。

「あんたが怪我をさせた大勢の人たち、あの人たちのなかには、いまも苦しんでいる人がいる。それをきいてうれしい？　うれしいでしょう？　あなた自身のことなら気にいる？　確かめてみるべきじゃない？」

最初はただ、シャツの布地を裏からやわらかく押しあげているブレイディの乳首に触れるだけだ。つづいて親指と人差し指で乳首をはさむ。爪は短く切ってあるが、その短い爪を精いっぱい食いこませていく。それから乳首をひねる。反対まわりにひねる。

「これが痛みよ、ミスター・ハーツフィールド。どう、気にいって？」

ブレイディの顔つきはこれまでどおりの無表情であり、そのことがスキャペッリの怒りをまた一段と高めていく。スキャペッリはさらに顔を近づける。ふたりの鼻の頭が触れあいそうになる。スキャペッリの顔がさらに人の拳骨そっくりになる。眼鏡の奥で青い目が大きく見ひらかれる。左右の口角で唾液が小さな泡をつくる。

「おなじことを、あんたの金玉にもできるのよ」スキャペッリはささやく。「やってあげてもいいかも」

そうだ。やってもかまうまい。なんといっても、この男がバビノーに告げ口をするわけはない。しゃべれるのはせいぜい四十語だし、こいつがなにを話したいのかを理解できる人間はほとんどいない。《もっとコーンを食べたい》が、ブレイディの口から出ると《もぉぉこぉぉたぁぁいぃ》みたいになる。昔の西部劇映画に出てくる、でたらめな先住民語みたいだ。ブレイディがはっきり発音できるのは《母さんに会いたい》という言葉だけだ。これまでにもスキャペッリは、ブレイディにおまえの母親はもう死んでいると何度も話し、そのたびにすこぶる楽しい思いをしていた。

スキャペッリはブレイディの乳首を右に左にひねりつづける。時計まわりにひねり、反時計まわりにねじる。出せるかぎりの力で乳首をつねりあげる——いっておけばスキャペッリの手は看護師の手、すなわち力強い手だ。

「あんたのことだから、ドクター・バビノーも自分のペットだと思ってるんでしょう？ でも、まるっきり勘ちがい。その反対で、あんたが先生のペットなの。先生のペットのモルモット。先生はあんたに投与している実験段階の薬のことを、わたしが知らないと思ってる。でも知ってるの。先生はビタミンだといってる。ビタミンがきいてあきれる。わたしはね、このクリニックで起こってることはなんだって知ってるの。バビノー先生はあんたをすっかり元にもどせると思ってる。でも、そんなことにはなりっこない。あんたは遠くまで行きすぎてるから。万一元どおりになったらどうなると思う？ あんたは裁判に引きだされて、あとは死ぬまで刑務所暮らし。いっておけば、ウェインズヴィル州立刑務所にはホットタブなんて洒落たものはないわ」

スキャペッリは手首の腱《けん》が浮きあがるほど力をこめて、ブレイディの乳首をひねる――それなのにこの男は、なにかを感じているようなそぶりひとつ見せない。無表情のまま立体駐車場ビルを見ているだけだ。これ以上ひねったら、ブレイディの体に痣なり腫れなりが残りそうで、そうなったらカルテにそのことが記載されてしまう。

スキャペッリは手を離すと、息を切らしながら数歩あとずさる――そのとたん、病室のいちばん高い窓にかかったベネチアンブラインドがいきなり骨を鳴らすような音をたてる。スキャペッリはその音にびくっとして、あたりを見まわす。視線をもどすと、ブレイディはもう立体駐車場ビルを見ていない。いまはスキャペッリを見つめている。目が澄みわたって、意識の存在を示している。スキャペッリは恐怖がまばゆい火花を散らすのを感じて、一歩あとずさる。

「バビノーのやってることをどこかに通報したっていい」スキャペッリはいう。「でも医者というのは、身をくねらせて巧みに逃げるすべを心得てる――とくに自分と看護師のいいぶんが対立した場合にはね。看護師長の言葉であっても。だいたい、なぜわたしが通報なんかするの？　それよりは、バビノーにあんたを好きなだけ実験台にしてもらったほうがいい。ウェインズヴィル刑務所だって、あんたにはもったいないくらい。もしかしたらバビノーがあんたに薬を飲ませて、それが命とりになるかも。あんたにはそれがお似あいよ」

食事のカートが廊下をごろごろ音をたてて進んでいく。だれかが遅めのランチをとったのか。ルース・スキャペッリは夢から覚めた人のように体をぎくりとさせ、ドアにむかってあとずさりつつ、いまは静かになったベネチアンブラインドを見あげ、またブレイディに目をもどす。

「これからひとりにしてあげるからじっくり考えるといいわ。でも、出ていく前にあとひとつだけいいわせて。もしまたわたしに中指を突き立てたら、この次こそ金玉をひねってやるから」

ブレイディの片手が膝から浮きあがって胸もとへいく。その手が震えているのは運動制御の問題だ。下のフロアで一週間に十セッション受ける理学療法の甲斐あって、いまでは少なくとも数カ所のブレイディの筋肉がもとの状態にもどっている。

そして中指がもちあがって自分のほうへ伸ばされるのを、スキャペッリは信じられない思いで見つめる。

その動作と同時に、あのおぞましい笑みがまた顔に浮かんでくる。

「あんたなんか変態よ」スキャペッリは低い声でいう。「この死にぞこない」

しかし、もうブレイディに近づこうとはしない。ふいに、近づいたらなにが起こるかわからないという迷信にも似た恐怖に襲われたからだ。

11

午後の約束のうち二件のスケジュール変更を余儀なくされるにもかかわらず、トム・ソウバーズはホッジズの頼みごとを、ふたつ返事どころか大喜びで引きうける。それというのも、リッジデイル地区の空家の案内だけでは埋めあわせできない大恩があるからだ。退職刑事ホッジズは――友人のホリーとジェロームの助力を得て――トムの息子と娘の命を助けた。さらには、トムの妻の命をも助けたといえるかもしれない。

いまトムは携行しているファイルにクリップでとめてあるメモで暗証番号を確かめながら、玄関ホールでアラームを解除している。そのあとふたりの足音が反響するなかでホッジズに一階の各部屋を案内してまわるあいだ、とうとう我慢できずに売り口上を述べ立てはじめる。ええ、たしかにここは市街中心部からそこそこ離れてますし、それについては異論ありません……しかし逆に考えれば、水道や除雪、ごみの収集、スクールバス、ローカルバスといった都会ならではのサービスを、都市の騒音に悩まされることなく享受できるということです。

「おまけにこの物件はケーブルテレビ対応ですし、さまざまな建築基準を大幅に上まわってもいるんですよ」

「すばらしい。でも、あいにくわたしには買うつもりはなくてね」

トムはけげんな顔でホッジズを見つめる。「だったら、なにがお望みなんです？」

ホッジズには本当のことをトムから隠す理由が見あたらない。「何者かがこの空家をつかって、向かいの家を監視していたのかどうかを確かめたい。今週その向かいの家で、住人が同居人を殺害して自殺するという事件があったのでね」

「一六〇一番地で？　なんとまあ、ビル……恐ろしい」

たしかにそのとおり――ホッジズは思う――でもきみは早くも、その一六〇一番地の物件の販売エージェントになるためには、どこのだれに話を通せばいいのかと考えているんだろう？

といっても、ホッジズはトムを非難しているわけでもなんでもない。トムはトムで、〈市民センターの惨劇〉のおかげでトムなりの地獄の苦しみを嘗《な》めてきたのだから。

「そういえば、もう杖をつかわなくてもよくなったんだね」ふたりで二階へあがりながら、ホッジズは指摘する。

「いまでも夜にはたまにつかいます――とくに雨模様の夜などにはね」トムはいう。「そりゃ科学者の先生たちは、湿った気候のときには関節がよけいに痛むなんて話はでたらめだといいますが、わたしがいま話してるのはぜったい確実な昔っからの言いつたえです。さて、こちらが主寝室です。ごらんのとおり、朝日がさんさんと射しこむ向きに設計されてます。寝室は上品で広く――シャワーは強弱マッサージ機能つき――ここから廊下を少し進めば……」

たしかにすばらしい家だし、リッジデイル地区なら当然予期できることだ。しかし、最近何者かが家のなかにはいっていた形跡はどこにも見あたらない。

「充分ごらんになれました？」トムがたずねる。

「ああ、これだけ見れば充分だ。どうかな、なにか場ちがいなものに気がついたかい？」

「いえ、ひとつも。それはそうと防犯アラームは高性能です。もし何者かが本当に押し入ったら――」

「ああ」ホッジズはいう。「ともあれ、こんな寒い日に外へ引っぱりだしてすまなかったね」

「お気になさらず。どちらにしても外まわりをしなくてはいけませんでした。こうして、あなたにお会いできてうれしく思ってますし」ふたりはキッチンの裏口から外へ出る。トムがドアに施錠しなおす。「それはそれとして、ずいぶんすっきりスマートになられましたね」

「まあ、世間でもよくいうじゃないか。痩せるのも金もうけも、やりすぎはない、と」

トムは――かつて市民センターの事件で大怪我を負ったせいで体は痩せすぎになり、収入の面でも痩せすぎになったトムは――お義理の笑顔をむけると、家の正面側へむかいはじめる。ホッジズはそのあとから数歩ほど進んだところで、ぴたりと足をとめる。

「ガレージも見せてもらえるかな?」

「かまいませんが、なにもありませんよ」

「ひと目見るだけでいい」

「念には念を入れるというわけですな。了解しました。いま、あそこの鍵をさがします」

とはいえ、ホッジズには鍵が必要ではない。ガレージのドアは最初から五センチばかりひらいているからだ。ふたりの男は無言のまま、錠前のまわりの木屑を見つめる。しばらくしてトムがまず口をひらく。

「おやおや。これはいかがしたことか」

「アラームシステムは、どうやらガレージのドアまではカバーしていないようだね」

「ええ、そのとおりです。ここにはそもそも守るべきものがありませんし」

ホッジズは、木の壁とコンクリート打ち放しの床でつくられた四角い空間に足を踏み入れる。コンクリートには、はっきりと目につくブーツの足跡がある。ホッジズには自分の吐いた息が見えるが、見えたのはそれだけではない。左側の押しあげ式のオーバーヘッドドアのすぐ手前に椅子が置いてある。何者かがその椅子にすわって、外を見ていたのだろう。

少し前からホッジズは腹部の左側の違和感が次第に大きくなるのを感じている。違和感は触手を伸ばして、腰から下にからみついている。しかしこの種の痛みはいまや旧友であり、いまばかりは昂奮にかき消されている。

だれかがここにすわって一六〇一番地の家を監視していたんだ——ホッジズは思う。農場ひとつ賭けてもいい。もし農場をもっていれば。

ホッジズはガレージを歩いてドア近くまで行き、監視者がすわっていたところにすわる。ドア中央部には三つの窓が横ならびになっている。そのうちいちばん右の窓だけが、埃をきれいに拭きとられている。まっすぐ外をのぞけば、正面にあるのは一六〇一番地の家の居間にある大きな窓だ。

「すいません、ビル」トムが声をかける。「椅子の下になにか落ちてますよ」

ホッジズは椅子の下をのぞこうと体をかがめるが、その動きが胃腸に感じている熱さを押しあげる。見つけたのは黒い円板状の品だ。直径は七、八センチというところ。ホッジズは端だけを押さえるようにしてつかみあげる。円板には《**STEINER**《シュタイナー》》という一語だけが金文字で刻まれている。

「カメラのレンズカバーですか?」トムがたずねる。

「双眼鏡のだ。警察でも予算が潤沢な部署は、シュタイナー製の双眼鏡をつかってる」

高性能なシュタイナー製の双眼鏡をつかえば——ホッジズの知るかぎり、このメーカーの双眼鏡に〝低性能〟な品はない——監視者はエラートンとストーヴァーの住居の居間に身を置いているも同然になったはずだ。もちろんブラインドがあいていればの話だが、けさホリーとあの部屋を訪れたときにはブラインドはあげてあった。そうとも、あの居間で母娘がCNNを見ていたら、こっちにいる監視者はテレビの画面のいちばん下を流れていくニュースのテロップさえ読みとれたことだろう。

手もとにビニールの証拠品袋こそなかったが、ポケットには携帯サイズの〈クリネックス〉がある。ホッジズはティッシュを二枚引きだすと、慎重にレンズキャップを包み、コートの内ポケットに滑りこませる。それからホッジズは椅子から立ちあがり(その動作がまたもや刺すような痛みを引き起こす――きょうの午後は痛みが強い)、またほかのものに目がとまる。二枚のシャッター式の扉のあいだにある垂直な柱に、だれかが――おそらくポケットナイフをつかって――一文字だけを彫りこんでいた。

彫ってあったのはZの文字だ。

12

あと少しでドライブウェイにもどれるというときになって、ホッジズを新たな事態が見舞う――左の膝の裏に肉を切り裂くような激痛の電撃が走ったのだ。刃物で刺されたような感じだ。ホッジズは痛みばかりか不意討ちに驚いた叫び声もあげながら体を折り、

痛みを少しでも軽くしようと、痛みに疼《うず》く結び目のような部分を揉む。ほんのわずかと
はいえ、痛みが軽減する。
トムがその横で上体をかがめる――そのためホッジズもトムも、ヒルトップコートを
ゆっくりとのぼってきた年代物のシボレーを目にしない。色褪せたブルーの塗装がとこ
ろどころで剝げ、赤い下地がのぞいて斑《まだら》になっている。運転している年配の男はさらに
スピードを落とすが、それはふたりの男をまじまじと見られるようにだ。ついでシボレ
ーはスピードをあげ、テールパイプから青っぽい排ガスをひと噴きしつつ、エラートン
とストーヴァーという母娘が住んでいた家の前を通過し、通りの突きあたりにあるボタ
ンフックのような形のロータリーへむかっていく。

「どうしたんです？」トムはたずねる。「なにがありました？」

「足が攣《つ》ったんだ」ホッジズは痛みに歯を食いしばる。

「揉むんです」

ホッジズは乱れて垂れた髪の隙間から、苦しんでいるさなかのユーモアをのぞかせた
目をトムにむける。「わたしがなにをしていると思う？」

「わたしがやりましょう」

六年前にある就職フェアへ足を運んだことをきっかけに理学療法のベテランになった
トムは、ホッジズの手を横へずらす。手袋をはずし、指を食いこませる。遠慮会釈なく。

「うわ！　なにをする！　めちゃくちゃ痛いぞ！」

「わかります」トムはいう。「でも、こうするほかなくて。体重をできるだけ痛くないほうの足にかけてもらえますか？」

ホッジズはいわれたとおりにする。ぽつぽつと車体のそこかしこに下塗りをのぞかせているシボレー・マリブが、ふたたび徐行しながら通りかかる。今度は坂道をくだる方向に走っている。運転者は今回も目をむけずにはいられなかったようで、そのあとまた速度をあげて走っていく。

「ああ、楽になってきた」ホッジズはいう。「ちょっとしたことが、こんなにもありがたく思えるとは」

とはいえ腹は火がついたように痛むし、背中は強くねじったかのような感触だ。

トムは心配そうにホッジズを見る。「ほんとに大丈夫ですか？」

「ああ、ちょっとしたこむら返りみたいなもんだ」

「あるいは深部静脈血栓症かもしれませんよ。あなたはもう若者じゃない。そっちの検査もしてもらったほうがいい。わたしといっしょのとき、あなたの身になにかあったら、息子のピートから二度と許してもらえなくなる。あいつの妹からもね。うちの一家はあなたに大きな借りがありますからね」

「手抜かりなく調べているよ。あしたも医者の予約があるしね」ホッジズはいう。「さて、もうここから引きあげよう。ここは凍えるように寒い」

最初の二、三歩こそ足を引きずるが、それでもう膝裏の痛みはすっかり消えて、ホッジズはまったく普通に歩けるようになる。トムよりもよほど普通に歩いているといえる。二〇〇九年四月にブレイディ・ハーツフィールドと行きあったことで、トム・ソウバーズはこの先も死ぬまで足を引きずる体になっている。

13

自宅に帰りつくころには腹部も楽になっているが、ホッジズはとことん疲れている。このところめっきり疲れやすく、自分では食欲がどうにもふるわないせいだといいきかせてはいるが、はたして本当にそうだろうかという疑問もある。リッジデイルからの帰り道のあいだ、窓ガラスが割れる音とそれにつづく少年たちのホームランの大歓声が二回きこえたが、運転中は決して電話を見ない。ひとつには危険だからだが（もちろんこの州では違法行為でもある）、いちばん大きな理由は携帯電話の奴隷になることを拒否しているからだ。

それに超能力者でなくても、二通着信したテキストメッセージの片方がどこから来たものかはわかる。だからまずは玄関のクロゼットにコートをかけ、すばやく内ポケットを触ってレンズキャップがしっかりおさまっているかを確かめるまでは、携帯を見るのを先に延ばす。

最初のメッセージはホリーが送ってきたものだ。《ピートとイザベルに話をする必要がある。でもまず電話して。質問があるから》

もう一通の送信者はホリーではない。こんな文面だ。《ドクター・スタモスが緊急でお話ししたがっています。明朝九時に予約を入れてあります。どうか予約どおりにいらしてください！》

腕時計を確かめると、きょうという一日がはじまってから一カ月は経過しているように思えるのに、まだ四時十五分過ぎではないか。スタモスの診療所に電話をかけると、応答したのはマーリーだ。さえずるようなチアリーダーむきの声でわかる。しかしホッジズが名乗ると、マーリーの声は重くなる。検査結果はまだわからないが、いい結果であるはずがない。いみじくもかつてボブ・ディランがいったように、気象予報士でなくても風向きはわかる。

ホッジズは予約を九時から九時半にしてもらえないかと頼みこむ。医師と会う前に、ホリーとピートとイザベルの三人と話しあっておきたい。あしたドクター・スタモスの診察室をたずねても、よもや即刻入院ということにはなるまいと自分にいいきかせるが、ホッジズはリアリストでもあるし、先ほど前触れもなく足に激痛が走った件では死ぬほど怯えたこともある。

マーリーはホッジズの電話を保留にする。ホッジズがしばらくヤング・ラスカルズの曲に耳をかたむけるうち（このバンドのメンバーも、いまでは〝元気な年寄り《マイティ・オールド》ラスカルズ〟にちがいないと思う）、マーリーがまた電話に出てくる。「それではご予約を九時半に変更しました、ミスター・ホッジズ。しかしスタモス先生は、とても大事な話なので予約時間にはかならず来院してくださいと念を押してます」

「どのくらいわるいんです？」ホッジズは我慢できずにたずねる。

「あいにく、あなたについての具体的な情報はいっさい知らないんです」マーリーはホッジズにいう。「しかし、どこがどうわるいのかは、少しでも早く知っておいたほうがいいとは思いませんか？」

「たしかに」ホッジズは重い声で答える。「では、その時間にかならずうかがいます。いろいろありがとう」

　ホッジズは通話を切って電話を見つめる。ディスプレイには七歳のころの娘の写真が表示されている。にこにことお日さまのような笑みを見せて、裏庭のぶらんこを高く漕いでいる娘。一家がフリーボーン・アヴェニューに住んでいたころに、ホッジズが設置したぶらんこだ。まだ自分たちがひとつの家族だったころ。いま娘のアリーは三十六歳、離婚をして、いまはセラピーをうけていて、創世記なみに昔からあるつくり話――《妻とはもうすぐ別れるとも。でもいまは時期がわるくてね》――を吹きこむだけだった男との苦しいばかりの関係から立ち直りつつあるところだ。

　ホッジズは電話を下へ置くと、シャツを上へ引きあげる。腹部左側の痛みはふたたび低いつぶやき程度にまでおさまってきたし、これはこれでいいことだが、いま目にした胸骨真下の腫れが気にくわない。いましがた満腹になるまで食べたあとのように見えるが、現実には昼食は半分しか食べられず、朝食はベーグルひとつだった。

「おまえはいったいどうしちまったんだ？」ホッジズはふくれた腹部にたずねる。「あしたは予約どおり医者に行くとしても、その前にヒントをくれてもいいんじゃないか」

ヒントをもらいたければ、コンピューターを立ちあげてインターネット上の医学博士たちを訪ねればいいのはわかっているが、ネットを利用して自己診断をする連中は愚か者だというのがホッジズの信念だ。代わりにホッジズはホリーに電話をかける。ホリーは一五八八番地の家でなにか見つけたのかとたずねる。

「テレビの〈ラーフ・イン〉という昔のお笑い番組に出ていた男がいっていた科白《せりふ》じゃないが、とおっても興味深いものが見つかったぞ。しかし、そっちの話をはじめる前に、きみの疑問をきいておきたい」

「ピートなら、マーティーン・ストーヴァーがコンピューターを買っていたかどうかを調べられると思う？　あの人のクレジットカードの使用履歴を調べるとかして。だって、母親のコンピューターはすっごく古いんだもの。ストーヴァーがコンピューターを買っていれば、オンラインの資格講座の受講を前向きに考えていたことになる。前向きに考えていたのなら――」

「マーティーン・ストーヴァーと母親が法律でいう〝心中の合意〟をかわしていた可能

性は劇的に減る」

「ええ」

「しかし、そうなっても母親がひとりで実行を決断した可能性までもが除外されるわけじゃない。ストーヴァーが寝ているあいだに鎮痛剤を溶かしこんだウォッカを栄養チューブから流しこみ、そのあとバスタブで仕事の仕上げをしたことだって考えられる」

「でもナンシー・オルダースンが話していたように——」

「ああ、ふたりは幸せだったという話だね。わかってる。わたしはただ指摘しているだけだ。本心から信じちゃいない」

「疲れてる声ね」

「いや、いつもの〝一日のおわりスランプ〟というだけさ。なにか腹に入れれば、また元気になるとも」そうはいったものの、いまのホッジズは人生で前例のないほど食欲と無縁だ。

「たくさん食べるといいわ。痩せすぎてるもの。でもその前に、あの空家でなにを見つけたかを教えて」

「母屋ではなにも見つけなかった。ガレージで見つけたんだ」

　ホッジズはホリーに話す。ホリーは途中で口をはさまない。ホッジズが話しおわっても、やはりなにもいわない。たまにホリーは電話中だということを忘れるので、ホッジズは答えをうながしてみる。

「で、どう思う？」

「わからない。っていうか……ほんとにわからないの。なんというか……なにもかも薄気味わるくて。そう思うでしょう？　それとも思わないかな。というのも、わたしが過剰反応しているだけかもしれないから。わたし、そういうことがたまにあるし」

わざわざ教えてくれなくても知ってるよ――ホッジズはそう思うが、今回にかぎってはホリーは過剰反応などしていないと思えるので、そう伝える。

ホリーがいう。「あなたはいったわね――ジャニス・エラートンなら、パーカをテープで修繕して、作業着めいた服を着た男からなにかを受けとったりするはずはない、と」

「ああ、いったね」

「つまり、それは――」

今回口をつぐむのはホッジズのほうだ――黙ったまま、ホリーに考えをまとめさせる。

「それは、なにかを企んでいた男がふたりいた、ということね。ふたりよ。買い物中のジャニス・エラートンに〈ザピット〉とでっちあげのアンケートをわたした男、もうひとりは道の反対側からエラートンの自宅を監視していた男。それも双眼鏡で！　高価な双眼鏡で！　そのふたりの男が連携して動いていたわけじゃない可能性もあるのはわかる。でも……」

ホッジズは待つ。うっすら微笑みながら。ホリーが思考スピードを最高の10レベルにまでもあげると、ひたいの奥で動いている歯車の音さえきこえるように思える。

「ビル、ねえ、まだそこにいる？」

「いるよ。きみがすべてを吐きだすのを待ってる」

「ええと、ふたりは連携して動いていたのでは？　少なくとも、わたしにはそう思える。ふたりの女性が死んだ件にも、ふたりの男がなんらかのかかわりをもっているみたい。これで満足？」

「ああ、満足だ。本当にね。それで、あしたは九時半に医者の予約がはいっていて――」

「検査の結果が出たのね？」

「そうだ。で、その前にピートとイザベルのふたりと話す機会をもちたい。きみは八時半で大丈夫かな？」

「もちろん」

「その席でわたしたちはすべての情報を出そう――ナンシー・オルダースンのことも、きみが見つけたゲームマシンのことも、そして一五八八番地の家のことも。それで、あのふたりがどう考えるかを見る。そんな感じでどうかな？」

「いいわ。でも、あの女はどうせなにひとつ考えやしないけど」

「きみがまちがっているかもしれないじゃないか」

「ええ。あしたになったら、空が緑色に変わって、そこに赤い水玉模様があってもおかしくないし。さあ、そろそろなにか食べるものをつくりなさいな」

ホッジズはそうするとホリーに答え、夕方のニュース番組を見ながら缶詰のチキンヌードルスープを温めた。ひと缶の中身の大半を口にいれることができた――スプーン一杯分を口にいれるたびに、間を置いてゆっくり休み、そのあいだも自分を励ましながら。おまえならできる、おまえなら食べられる。

そのあとボウルを洗っているあいだにも、腹部左側の痛みと腰から下へ這い伸びていく触手の感覚がふたたび襲ってくる。心臓が鼓動を搏《う》つたびに痛みが強くなってはおさまっていくようだ。胃がきゅうっとよじれる。走ってトイレへ行こうと思ったが、すでに手おくれ。腰を曲げてシンクに顔を近づけ、ぎゅっと目を閉じたまま吐く。そして目を閉じたまま水道の蛇口を手さぐりし、水を流して汚れを洗い流そうとする。いま自分の体から出てきたばかりのものを目にしたくはない。口やのどに、ねっとり粘りつく血の味が残っているからだ。

まいったな、これは。面倒なことになってしまった。

そう、とんでもなく面倒なことに。

14

午後八時。

ドアチャイムが鳴ったとき、ルース・スキャペッリは馬鹿馬鹿しいリアリティ番組を見ている。しょせん、若い男女があられもなく肌をあらわにした服装で走りまわるシーンありきでつくられている番組だ。スキャペッリはすぐには玄関に行かず、スリッパをぱたぱたさせてキッチンへ行くと、ポーチ上に設置してある防犯カメラのモニターのスイッチを入れる。住んでいるのは治安のいい地域だが、危険を甘く見ては引きあわない。すでに故人となっている母親お気に入りの言葉のひとつが、《人間の屑どもは移動する》だった。

玄関先に立っている男がだれだかわかると、スキャペッリは驚き、落ち着かない気分になる。ひと目で高価だとわかるツイードのコートを着て、バンドに羽根飾りのついたトリルビー帽をかぶっている。帽子の下では理容店で非の打ちどころなくととのえられた銀髪が、こめかみまわりで流れるようなすばらしいウェーブをつくっている。片方の手には薄手のブリーフケース。そこにいるのは脳神経科の部長であり、湖畔地区脳神経外傷専門クリニックの総責任者、ドクター・フェリックス・バビノーだ。

ドアチャイムが重ねて鳴り、スキャペッリはバビノーを迎え入れるべく急ぎながら、こんなことを思う——きょうの午後、わたしがやったあのことを、バビノー先生が知っているはずはない。ドアはきっちり閉まっていたし、あの病室にはいるところはだれにも見られてなかった。だから用件はほかのことだろう。組合関係の話かもしれない。ただし——スキャペッリは過去五年のあいだ看護師組合の執行委員をつとめているが——バビノーから組合関係の話をされたことは一度もない。それどころか、制服姿ではないスキャペッリと街ですれちがったら、自分の病院の看護師だとはわからないのではないか。そう思ったことで、いまの自分の服装を思い出す。古びた部屋着と、それ以上に古びたスリッパ（しかも兎の顔がついている！）。しかし、服をどうこうするのはもう遅い。せめてもの救いは髪をカーラーで巻いていないことだ。

だいたい来るなら、事前に電話の一本もかけてくれればいいのに——スキャペッリは思う。しかし、そこからもっと落ち着かない思いが引きだされてくる。もしかしたら先生はわたしを不意討ちしたかったのかも。

「こんばんは、ドクター・バビノー。外は寒いので、どうぞおあがりくださいな。こんな部屋着でお迎えするのは心苦しいのですが、お客さまがお見えになるとは思っていなかったもので」

バビノーは玄関からはいってきても、ホールに突っ立ったままだ。ドアを閉めるのに、スキャペッリは横をまわらなくてはならない。モニター画面ではなく、こうやって直接すぐ近くから見たことで、ふたりとも身だしなみの乱れの点ではおたがいさまといえそうだ、とスキャペッリは思う。なるほど、自分は部屋着とスリッパだ。しかし、それをいうならバビノーの頰には白髪まじりの無精ひげがぽつぽつ突きでている。ドクター・バビノー（ドクター・フェリックスと呼びかけようとは、だれも夢にも思わない）は、たしかにファッションセンスのある伊達男《だておとこ》かもしれないが——首にふわりと巻いてあるカシミアのスカーフを見るといい——今夜はひげ剃りが必要だ。それも切実に。そればかりか、両目の下には紫色のたるみがある。

「コートをお預かりします」スキャペッリはいう。

バビノーは左右の靴のあいだにブリーフケースを置き、コートのボタンをはずすと、高価なスカーフともどもスキャペッリに預ける。ここにいたってもまだ、ひとことも発していない。夕食に食べたラザーニャ——そのときにはすこぶる美味だった——がぐんと重くなって、胃の底に積み重なっていくようだ。

「いかがしましょうか——」

「居間に来たまえ」バビノーはそういうと、ここを自分の家だと思っているような態度でスキャペッリの横を通りすぎる。スキャペッリはあわててあとを追う。

バビノーはスキャペッリの安楽椅子の肘掛けからリモコンをとりあげてテレビにむけ、ミュートボタンを押す。若い男女はあいかわらずばたばた走りまわっているが、いまではアナウンサーの頭のわるいおしゃべりがいっしょに流れることもなくなっている。スキャペッリはもう落ち着かない気分どころではない――恐怖を感じている。仕事のこともそうだし、刻苦精励で築いた地位のこともあるが、わが身を案じての恐怖でもある。いまのバビノーの目つきといったら、目でありながらなにも見ていない目つきだ――そこにはなにもない虚無がのぞくばかり。

「なにかおもちしましょうか？ ソフトドリンクでもいいですし、温かな飲み物でも――」

「わたしの話をききたまえ、スキャペッリ看護師。いまの地位をうしないたくないのなら、真剣に話をきくことだ」

「わ、わたしは……」

「真剣にきかなければ、きみは最後には仕事をうしなうことになるよ」バビノーはもっていたブリーフケースをスキャペッリの安楽椅子の座面に置くと、瀟洒《しょうしゃ》なつくりの金の留め金をはずす。ずっしりした音とともにブリーフケースが口をあける。「きみはきょう、精神的な能力に欠陥のある患者に虐待行為を働いたね――それも性的虐待と解釈しうるような行為だ。おまけにつづけて、法律では〝犯罪的脅迫言辞〟と呼ばれる発言までしていたな」

「わ、わたしは決して……」

そういった自分の声もろくにきこえない。腰をおろさないことには失神してしまいそうだ。しかしお気に入りの安楽椅子はブリーフケースが占拠している。そこで居間を横切ってソファを目指すが、途中でコーヒーテーブルに向こう脛《ずね》をぶつけてしまう。それもテーブルを押し倒しそうになるほど強く。細いひと筋の血が踝《くるぶし》にまで伝い落ちるのを感じるが、目をむけはしない。もし見たりしたら、それで失神しそうだ。

「きみはミスター・ハーツフィールドの乳首をつねった。さらにそのあとで、睾丸《こうがん》もおなじ目にあわせると脅迫していたね」

「あれは、あの男がわたしに卑猥《ひわい》なジェスチャーをしたからです！」スキャペッリは一気にぶちまけた。「わたしに中指を立てて見せつけたんですよ！」

「きみが二度と看護師の仕事につけないようにしてやる」バビノーはブリーフケースの深みをのぞきこみながらいい、スキャペッリは気をうしないかけながらソファにくずおれる。ブリーフケースの側面にはバビノーの頭文字を組み合わせたモノグラムがはいっている。もちろん金文字だ。愛車は新型のＢＭＷ。ヘアカットはおそらく五十ドルはかかっている。いや、それ以上の金額かもしれない。そもそもが高圧的で威張りちらすタイプのボスだが、そのバビノーがいまちょっとしたミスを理由にスキャペッリの人生を破壊するという脅しを口にしている。ほんのささいな判断ミスを理由に。

いま部屋の床がぱっくりとひらいて体が飲みこまれてもかまわない心境なのに、皮肉といえば皮肉、視界はあくまでも澄みわたっている。だからいまスキャペッリには、バビノーの帽子のバンドを飾る羽根の羽枝《うし》の一本一本が、血走った目の緋色の細い糸めいた血管のすべてが、そして左右の頬とあごの見苦しい白髪まじりの無精ひげの一本一本が、すべてくっきり見えている。もし染めていなければ、あの髪もおなじく汚らしい鼠の毛の色のはずだ。

「わたしは……」涙がこみあげる――ついで涙は冷えた頬を熱く伝い落ちていく。「わたしは……お願いです、ドクター・バビノー」

バビノーがどうやってあのことを知ったのかは見当もつかなかったが、そんなことは重要ではない。重要なのは、バビノーが知っているという事実だけだ。

「もう二度とあんなことはしません。お願いです。お願いです、から」

バビノーはいちいち答えない。

15

セルマ・ヴァルデス――午後三時から夜十一時までのシフトで〈刑務所《バケツ》〉に勤務している四人の看護師のひとり――は二一七号室のドアをおざなりにノックして、病室に足を踏み入れる。おざなりにしかノックしないのは、この病室の患者がぜったいノックに応じないからだ。患者のブレイディ・ハーツフィールドは窓ぎわの椅子に腰かけて、ただ外の闇を見ている。ベッドわきのスタンドが点灯しているので、髪の光があたっている部分が金色に光っている。このときもまだ《わたしはバーバラ看護師にひげを剃ってもらいました！》の缶バッジを服につけている。

セルマはこれから就寝準備にとりかかるが、ちょっとした手助けをしてもかまわないかと質問しようとして（ブレイディはシャツやズボンのボタンこそはずせないが、その部分さえ手伝えば、あとは自分で脱げる）、考えなおした。ドクター・バビノーが患者のカルテに伝言を、それもいかにも命令口調の赤いインクで書きのこしていた。《この患者が半覚醒状態にあるときには声をかけたりすることを禁じる。その種の状態にあるとき、あるいは患者の脳がいわば自発的な〝再起動〟状態にあり、そのたびにわずかではあれ、それとわかるほどの恢復を見せる可能性もないではない。その場合には三十分後に再度患者の確認をすること。この指示を無視するべからず》。

セルマはブレイディが再起動しているとかなんとか、そんな与太話を信じてはいない。あの男はただ大ぼけランドに行ったきりになっているだけ。しかし〈刑務所《バケツ》〉勤務の看護師たちの例に洩れず、セルマもバビノーにはわずかな薄気味わるさを感じているし、あの医者が時刻に関係なく――日付がかわった深夜や夜明け前の早朝であっても――いきなり病棟に姿を見せる癖があることも知っていて……いまはまだ午後八時をまわったばかり。

この前ようすを確かめたときからいままでに、ブレイディはベッドから起きあがって三歩あるき、ゲームマシンの置いてあるベッドサイドテーブルの前に来ている。マシンにプリインストールされているゲームをプレイするのに必要な手指の運動機能はない。マシンの電源を入れることはできる。電源を入れたマシンを膝に置いて、デモ画面をながめているのがお気に入りだ。大事な試験にそなえて猛勉強中の男のように背中を丸めて顔を近づけ、ときには一時間以上もそうやって画面を見つめている。なかでもいちばんのご贔屓《ひいき》は〝釣り場〟を意味する〈フィッシン・ホール〉というゲームのデモ画面で、いまもそれを見ているところ。子供時代に耳にした覚えのある素朴な曲が流れている。その歌詞は——《海のそば、海のそば、とってもきれいな海のそば……》。

あなたは本当にそれが好きなのねとかなんとか、そう話しかけようと思いながらセルマは近づいていくが、そこでご丁寧に線を引いて強調された《この指示を無視するべからず》の一節を思い出し、黙ったまま十二センチ×八センチほどのスクリーンに目を落とす。ブレイディがこれに心を引かれた理由が、セルマにもすぐにわかる。風変わりな魚が姿をあらわしては動きをとめ、いきなり尾びれをひらりとさせてたちまち姿を消していく……そのようすはどこか美しく、目が離せなくなる魅力に満ちている。赤い魚がいて……青い魚がいて……黄色い魚もいる……ああ、あのピンクのお魚のかわいいことといったら——

「見るのを・やめろ」

ブレイディの声は、めったにあけてもらえないドアの蝶番《ちょうつがい》のように耳ざわりなほどざらついている。単語のあいだにはっきりわかる空白がはさんであるので、言葉は明瞭にききとれる。いつものこの男の不明瞭なもぐもぐいう声とは大ちがい。現実には話しかけられただけだが、セルマはブレイディに敏感な部分をいきなりまさぐられたかのように飛びのいてしまう。同時に〈ザピット〉のスクリーンに青い閃光がひらめき、一瞬だけ魚がかき消されるが、すぐにまた見えるようになる。制服のスモックに留めてある上下さかさの看護師用時計に目をむけると、もう八時二十分だ。そんな馬鹿な……わたしは本当に二十分もここに突っ立っていたのだろうか？

「行け」

ブレイディはいまもまだスクリーンを見おろし、スクリーンでは魚が右へ左へ、右へ左へと泳いでいる。セルマはそこから目を引き離すが、それには努力が必要だ。

「また・あとで・来い」間《ま》。「おれが・見るのを」間。「おわったら」

セルマはいわれたとおりにする。ひとたび廊下に出ると、自分にもどったような気分になる。ブレイディが話しかけてきた——びっくり仰天だ。では、世間の男たちがビキニ姿の若い娘たちのバレーボールを見て楽しむように、ブレイディが〈フィッシン・ホール〉のデモ画面を楽しんでいたら？　それだって、びっくり仰天だ。心から疑問なのは、なぜあの手のゲームマシンをみんな平気で子供たちにもたせているのか、ということ。あのたぐいのものが、未発達の頭脳にいい影響をおよぼすはずがない。いや、考えなおしてみれば、いまの子供たちはしじゅうコンピューターゲームをしていて免疫ができているのかも。それはそれとして、いまのセルマにはやるべき仕事がたくさんある。ブレイディ・ハーツフィールドにはあのまま椅子にすわって、自分の電子メカを見ていてもらえばいい。

なんといっても、あの男はだれも傷つけていないのだから。

16

フェリックス・バビノーは昔のSF映画のアンドロイドのようにぎこちなく腰を折って前にかがみこみ、ブリーフケースに手を入れる。とりだしたのは、一見したところ電子書籍リーダーに似た薄いピンク色のマシンだ。スクリーンは灰色、なにも表示されていない。

「このマシンのなかにある数字が隠れていて、それをきみに見つけてほしい」バビノーはいう。「九つの数字。もしその数字を見つけられたらね、スキャペッリ看護師、きょうの出来事はわたしときみだけの秘密にしてもいい」

とっさに頭に浮かんできたのは、あなたは頭がおかしいにちがいないという科白だが、そんなことはとてもいえない——なにせいまは、この男に生殺与奪の権を握られている身だ。

「そんなことはわたしには無理です。わたしはその種の電子機器のことをなにも知らないんですよ！　自分の携帯電話の操作だっておぼつかないのに！」

「ナンセンス。きみは手術室看護師として引く手あまただったではないか。その手ぎわのよさゆえに」

それはそのとおりだが、スキャペッリがカイナー記念病院の外科手術エリアで働き、外科医たちに鋏《はさみ》や開創器やスポンジを手わたしていたのはもう十年も前のことだ。六週間におよぶ顕微手術講座の受講をすすめられたこともある――受講料の七割を病院が負担するという条件で。しかしスキャペッリは興味がなかった。というか、そのように主張した――本音をいえば、受講しても不合格になるのが怖かったのだ。ただし、バビノーのいうとおりでもある――全盛期のスキャペッリは、たしかに鮮やかな手ぎわのもちぬしだった。

バビノーがマシン上部にあるボタンを押す。スキャペッリは首を伸ばして画面をのぞきこむ。画面が明るくなり、《ザピットへようこそ！》という文字が表示される。つづいてスクリーンにあらゆる種類のアイコンがならぶ。どれもゲームだろう、とスキャペッリは思う。バビノーはスクリーンを一度、二度とスワイプしてから、スキャペッリに自分の隣に立つようにいう。スキャペッリがためらっていると、バビノーはにっこり笑う。もしかしたら愛想よく誘いかける意味での笑みだったのかもしれないが、スキャペッリは恐怖に震えあがる。というのもバビノーの目が空虚そのもので、およそ人間らしい表情がひとつも見あたらないからだ。

「さあ、来たまえ。大丈夫、きみに嚙みついたりしないから」

そんなことは当然だ。いや……もし本当に嚙みついてきたら？

それでもスキャペッリはスクリーンをのぞけるところまで近づいていく。スクリーンでは風変わりな魚が右へ左へ泳いでいる。魚が尾びれをすばやく動かすと、泡が立ちのぼっていく。どこかで耳にしたことがあるような素朴な曲が流れている。

「これが見えるかな？　これは〈フィッシン・ホール〉というゲームの画面だ」

「は……はい」スキャペッリは思う――この男は本当に頭がいかれてる。きっと働きすぎで神経を病んでしまったのだろう。

「画面のいちばん下をタップすればゲームがはじまり、音楽も変わる。しかし、きみにはそんなことをしてほしくない。きみに必要なのはこのデモ画面だけだ。探すべきはピンクの魚。めったに出てこないうえに動作がすばしこい。だから真剣に画面を見ている必要がある。一瞬たりとも画面から目を離してはいけないよ」

「ドクター・バビノー……あなたはなんともありませんか？」

それはスキャペッリ自身の声だが、なぜかずいぶん遠くからきこえているみたいだ。バビノーはなにも答えず画面を見ているだけ。スキャペッリも画面を見ている。画面の魚たちはじつにおもしろい。そしてこの素朴な音楽には催眠作用があるかのよう。スクリーンから青い閃光がひらめく。スキャペッリは目をぱちくりさせる。魚が画面にもどってくる。あちらに泳いで、こちらに泳ぐ。ひらひら尾びれをひらりひらり、ぶくぶく泡《バブル》をぶくぶくぶく。

「ピンクの魚を見つけたら、その魚をすばやくタップする。すると数字が出てくる。九尾のピンクの魚、九つの数字。それでやるべきことは完了、今回の一件すべてが水に流れて過去になる。わかったかな？」

出てきた数字を書きとめておくのか、それともただ記憶しておくだけでいいのかを質問しようかと思ったが、その質問そのものが途方もない難事に思えたので、ただイエスとだけ答える。

「けっこう」バビノーはスキャペッリにマシンを手わたす。「九尾の魚、九つの数字。でも、忘れないように——ピンクの魚だけだ」

スキャペッリは魚が泳ぐスクリーンをひたすら見つめる。赤と緑、緑と青、青と黄色。魚たちは小さな四角いスクリーンの左端に消えていき、すぐに右側からあらわれる。右側に消えていき、左側から画面にもどる。

左、右。

右、左。

高いところを泳ぐ魚もいれば低いところを泳ぐ魚もいる。

でも、ピンクの魚はどこだ？　ピンクの魚をタップしなくてはならないし、首尾よく九尾のピンクの魚をタップすれば、この件のすべてが水に流れて過去になる。

片目の隅に、バビノーがブリーフケースの留め金をかけなおしているところが見えている。バビノーはブリーフケースをつかみあげて居間から出ていく。帰るところだ。それも関係ない。だって自分はピンクの魚をタップしなくてはならないし、それを達成できればすべては水に流れて過去になる。スクリーンから青い閃光、そして魚がもどってくる。魚は泳ぐよ左から右、右から左。そして流れつづける音楽は――《海のそば、海のそば、とってもきれいな海のそば、きみとぼく、きみとぼく、どれだけ幸せになれるかな》。

ピンクの魚だ！　スキャペッリはタップする！　数字の11が画面に出てくる。よし、残る数字は八つ！

スキャペッリが二尾めのピンクの魚をタップするころ玄関ドアが静かに閉まり、三尾めのタップと同時に家の外でバビノーの車が発進する。スキャペッリは自宅居間のまんなかに立ち、キスにそなえているように唇をうっすらひらいたまま、スクリーンを見おろしている。左右の頬とひたいの上をカラフルな照り返しが滑ったり動いたり。大きく見ひらいた目はまばたきもしない。見えてくるのは四尾めのピンクの魚。今度の魚はゆっくり泳ぐ――スキャペッリの指のタップを誘っているように。でもスキャペッリは、この魚を見ているだけだ。

「ハロー、スキャペッリ看護師」

その声に顔をあげると、自分の安楽椅子にブレイディ・ハーツフィールドがすわっている。ブレイディは体の輪郭の部分が、幽霊っぽくちらちら揺れて光っているが、それでもブレイディには変わりない。着ているのは、きょうの午後に病室をスキャペッリが訪ねたときとおなじ服だ——ジーンズとチェックのシャツ。シャツには《**わたしはバーバラ看護師にひげを剃ってもらいました！**》の缶バッジがついたまま。しかし、〈刑務《バケ》所《ツ》〉勤務のスタッフ全員にとってなじみ深い、あのうつろな目つきは消え去っている。いまブレイディは生き生きとした興味の光をたたえた目でスキャペッリを見ている。そういえば——スキャペッリは思い出す——ペンシルヴェニア州ハーシイに暮らしていた子供時代、兄がおなじような目つきで蟻の飼育観察キットを見つめていたっけ。

あのブレイディは幽霊にちがいない。だって目のなかで魚が泳いでるから。

「あの男は人に話すだろうな」ブレイディはいう。「おまえはバビノーと自分の主張がぶつかりあうだけだと思っているかもしれないが、勘ちがいするな、それだけじゃすまない。あの医者はおれの病室に小型監視カメラをしかけてる。おれを研究するために。病室全体を見わたせる広角レンズタイプのカメラだ。魚眼レンズと呼ばれている種類のレンズだよ」

ほら、魚つながりだ——そういいたげにブレイディは微笑む。その右目を赤い魚が泳いで消え、次の瞬間、左目に姿をあらわす。スキャペッリは思う。あの男の脳みそには魚がいっぱい詰まってる。いまわたしが見てるのは、あの男の思考なんだ。

「そしてカメラはレコーダーにつながってる。バビノーは理事会の面々に、おまえがおれをいたぶっている映像を見せるだろうな。はっきりいえば、そんなに痛くはなかった——おれも昔みたいな痛みの感じ方をしなくなっているんでね。でもおまえのやったことを、バビノーは虐待と表現するだろう。それだけじゃおわらない。バビノーはあの映像をユーチューブにアップする。フェイスブックにも。医療告発サイトにも。あとはもう拡散の一途だ。おまえは有名人になるぞ。虐待看護師。だれかが弁護にきてくれるだろうか？　だれかが味方をしてくれるだろうか。いいや、ひとりもいるものか。おまえを好きな人間なんかいない。みんな、おまえをおぞましい人間だと思ってる。そうだ、おまえ自身はどう思う？　自分で自分をおぞましいと思うか？」

　そういわれて、その考えを真正面から見つめてみれば、なるほど自分はおぞましい人間だ。脳に障害を負った患者の金玉をひねってやると脅すような人間は、おぞましいに決まっている。いったいわたしはなにを考えていたのか？

「口でいうんだ」ブレイディは笑顔で身を乗りだす。

　魚が泳ぐ。青い閃光がひらめく。音楽が流れる。

「口に出していうんだよ、役立たずの腐れ売女《ばいた》」

「わたしはおぞましい人間です」スキャペッツリは、自分しかいない自分の居間で声に出していう。スキャペッツリは〈ザピット・コマンダー〉の画面をじっと見おろしている。

「口に出していえ——もっと本気でいっているみたいに」

「わたしはおぞましい人間です。わたしはおぞましい、役立たずの売女です」

「では、ドクター・バビノーはなにをするつもりだ？」

「あれをユーチューブにアップします。フェイスブックにアップします。医療告発サイトにアップします」

「おまえは逮捕されるだろうな」

「わたしは逮捕されるでしょう」

「おまえの顔写真が新聞に掲載されるぞ」

「それはもう当然です」

「おまえは牢屋行きだ」

「わたしは牢屋行きです」

「だれがおまえの味方をしてくれる？」

「そんな人はひとりもいません」

17

〈刑務所《バケツ》〉の二一七号室の椅子にすわり、ブレイディは〈フィッシン・ホール〉のデモ画面をじっと見おろしている。その顔にのぞいているのは、完全に覚醒して意識のあることを示す表情だ。これまでフェリックス・バビノー以外のだれからも隠し通してきた表情。そしてドクター・バビノーはもう問題ではない。もうドクター・バビノーは存在しないも同然だ。最近では、あの男はただのドクターZだ。

「スキャペッリ看護師」ブレイディはいう。「さあ、キッチンへ行こう」

スキャペッリは抵抗するが、それほど長くはもちこたえられない。

18

ホッジズは痛みの水面下を泳いで眠りつづけようとするが、痛みはしばしも休まずにホッジズを引っぱりあげ、結局ホッジズは根負けして水面を割り、瞼《まぶた》をひらくことになる。手さぐりでつかんだベッドサイドの時計を見ると、時刻は午前二時。目を覚ますには不吉な時間だし、最悪といえるかもしれない。退職したあとで不眠症に悩まされていた時分には、午前二時を〝自殺時間〟と考えていたくらいだ。そしていまは、こんなことを思う――ミセス・エラートンが踏み切ったのもこの時間かもしれない。午前二時。明るい日の光は永遠に訪れないのではないかと思える時間。

ホッジズはベッドから起きあがって、のろのろとバスルームへ行き、鏡にうつる自分の顔を見ないように気をつけながら、メディスンキャビネットから制酸剤のゲルシルの徳用ボトルをつかみだす。薬液をたっぷりと四口、ごくごく飲みくだし、すぐに腰を折ってシンクに顔を近づける——胃が薬を受け入れるか、ゆうべのチキンスープのように排出《イジェクト》ボタンを押すのかを見さだめるためだ。

薬は出てくるようすもなく、そればかりか痛みが引きはじめる。こんなふうにゲルシルが痛みに効くこともある。いつもとはかぎらない。

ベッドにもどることも考えないではないが、体を横にしたとたんあの鈍痛がぶりかえすのではないかという恐れもある。そこでベッドではなく、すり足で書斎へ行き、コンピューターを起動する。わかっている……自分が悩まされている症状の原因として、どんなことが考えられるかをネットで調べるには、いまは最悪の時刻だ。しかし、もう我慢できない。デスクトップの壁紙が表示される（ここもまた子供のころの娘、アリーの写真だ）。ホッジズはマウスカーソルを画面下へと移動させて、ブラウザのファイアフォックスをひらきかけ——凍りつく。画面下のドックと呼ばれる部分に、これまでなかったものが出現している。テキストメッセージ・アプリの風船アイコンと、フェイスタイムのカメラアイコンのあいだに、青い傘のアイコンが表示されている——その上に赤い《1》がかぶさった状態で。

「〈デビーの青い傘の下で〉に新着メッセージが一通」ホッジズはひとりごつ。「そんな馬鹿な」

いまよりもずっと若かったジェローム・ロビンスンが、SNSサイト〈デビーの青い傘の下で〉専用アプリをこのコンピューターにダウンロードしてくれたのは、かれこれ六年前のことだ。ミスター・メルセデスの異名をもつブレイディ・ハーツフィールドが、在職中に自分を逮捕できなかった元刑事と話をしたがっていたからで、ホッジズのほうも退職していたとはいえ、この男とぜひ話をしたい気持ちだった。というのもミスター・メルセデスのような人間クソ袋どもは（とはいえ、こいつの同類が少ないことは神に感謝しよう）、なんとか口を割らせさえすれば、わずか一、二歩でつかまえられるところまで迫れるからだ。とりわけ驕《おご》りたかぶっている犯人には、これがあてはまる——そしてブレイディ・ハーツフィールドは、驕りたかぶりが服を着て歩いているような男だった。

ふたりのどちらにも、機密保持性が高くて追跡不可能というふれこみのチャットサイト——サーバーは東欧でもっとも奥深く、もっとも闇深い土地にあった——を通じて意思をかわしあう動機があった。ホッジズは〈市民センターの惨劇〉の犯人の怒りを煽り立ててミスを犯させ、正体を突きとめるための手がかりを得るのが目的。そしてミスター・メルセデスの側は、ホッジズを煽って自殺に追いこむのが目的。それというのも、その前にオリヴィア・トレローニー相手ではまんまと成功していたからだ。

《あんたはどんな生活を送っている？》ホッジズに最初に接触してきたおりに、ブレイディはそう書いていた――昨今では〝かたつむり郵便《スネイル・メイル》〟と揶揄される普通の郵便で送られてきた紙の手紙のなかで。《〝狩りのスリル〟をうしなったいま、どんな生活を？》それからさらに――《ぼくに連絡をとりたい？　だったら〈デビーの青い傘の下で〉を試すといい。あんたのユーザーネームも用意してあげた――〝蛙のカーミット〟ならぬkermitfrog19だ》とも書いてあった。

ジェローム・ロビンスンとホリー・ギブニー両名の助けを大いに借りながら、ホッジズはブレイディを追いつめ、ホリーがブレイディを殴り倒した。この功績でジェロームとホリーは、十年間にわたって市の各種サービスを無料で利用できる特典を得た。ホッジズが得たのは心臓ペースメーカーだ。さらには――あれからもう何年もたっているにもかかわらず――いまもホッジズが思い起こしたくない悲しみや喪失があった。しかしこの市にとっては、なかでもあの夜ミンゴ・ホールのコンサート会場に来ていた人々にとっては、ハッピーエンドだったといえるだろう。

二〇一〇年からいままでのあいだのどこかで、青い傘のアイコンは画面下部のドックから消えていた。あのアイコンはどうしたのかとホッジズが疑問に思ったとしても（いっておけば疑問に思った記憶さえないが）、ジェロームかホリーがゴミ箱に捨てて消したのだろうと考えたかもしれない。無防備なマッキントッシュにホッジズが怒りを爆発させたおりには、それがどんな不調でも、ジェロームかホリーがメンテナンスに駆けつけていたからだ。いや、そうではなくて、ふたりのどちらかが傘のアイコンをアプリケーション・フォルダにしまったのかも知れない。その場合、アイコンはずっと存在してはいたが、姿を隠していただけということになる。いや、ホッジズが自分でアイコンを移動させながら、ころっと忘れていた可能性さえある。六十五歳になり、人の一生というレースの第三コーナーをまわってホームストレッチを走りだしたあたりから、記憶はおりおりに数個の歯車をとりこぼすようになった。

ホッジズはマウスカーソルを傘まで移動させ、ためらったのちにクリックする。デスクトップ画面が切り替わり、果てしない大海原の上を魔法の絨緞に乗って飛んでいる若いカップルのイラストが表示される。銀色の雨が降っているが、カップルは安全で濡れずにすんでいる――ふたりを守る青い傘の下にいるからだ。

ああ、これを見ると、いろいろな思い出がよみがえってくる……。

ホッジズはユーザーネームとパスワード双方の欄に kermitfrog19 と入力する――昔もそうしていたのではなかっただろうか。そう、ブレイディの指示にしたがって。はっきりとは思いだせないが、確認する方法がひとつだけある。ホッジズはリターンキーを強く押す。

マシンは一、二秒ほど（といっても、もっと長い時間に感じられる）考えこみ、それから――これはお見事！――ホッジズはログインしている。ホッジズはスクリーンを見て眉をひそめる。かつてブレイディ・ハーツフィールドはハンドルネームとして、メルセデス・キラーの綴りを縮めた merckill をつかっていた――ホッジズはそのことを造作もなく思い出している。しかし、いま表示されているのは別人だ。とはいえ、意外ではない。ホリーがいかれきったブレイディの脳味噌をオートミールに変えたからだが、それでもいくぶんかの驚きはある。

Z‐Boy があなたとチャットを希望しています！
Z‐Boy とのチャットを希望しますか？
Y　N

ホッジズはイエスを意味する《Y》をクリックする。一瞬後、画面にメッセージがあらわれる。ワンセンテンスだけ、語数ではわずか半ダースだ。それでもホッジズは、メッセージをくりかえしくりかえし読む――感じているのは恐怖ではなく昂奮だ。いま自分はここでなにかをつかんだ。正確になにかはわからないが、大物の予感がする。

Z‐Boy：あの男はおまえ相手の仕事をおわらせてはいない。

ホッジズは眉を寄せて、このメッセージを見つめる。ひとしきりそうしていたのち、すわったまま身を乗りだして返事を打ちこむ。

kermitfrog19：仕事をおわらせていないのはだれだ？　そしておまえは？

返答はない。

19

ホッジズとホリーは、〈デイヴズ・ダイナー〉でピートとイザベルのふたりと待ちあわせる。ちなみにこの油ぎったレストランは、〈スターバックス〉という名前で知られる朝の狂乱の館から一ブロック離れた場所にある。早い時間の朝食ラッシュが一段落していてテーブルを好きに選べるため、四人は店の奥の席に腰を落ち着ける。キッチンではバッドフィンガーの曲がラジオから流れ、ウェイトレスたちが笑い声をあげている。

「三十分しか時間がないんだ」ホッジズはいう。「このあと医者のところへ行かなくちゃいけないんでね」

ピートが気づかわしげな顔で身を乗りだす。「おいおい、深刻な話じゃないんだろうな？」

「ああ、ちがう。いたって気分爽快だよ」きょうの朝、その言葉に嘘はない――四十五歳に若返った気分。コンピューターで読んだあのメッセージは――謎めかした不気味な文面だが――ゲルシル以上の良薬らしい。「よし、じゃ、わたしたちの調べで判明したことを話そう。ホリー、こちらのふたりには証拠物件Aと証拠物件Bが必要だ。ふたりにわたしてくれ」

ホリーはこの会合に、小さなタータンチェックのブリーフケースを持参している。そこから（ためらいもなく）とりだしたのは、ゲームマシンの〈ザピット・コマンダー〉と一五八八番地の家のガレージで見つかったレンズキャップ。どちらもビニール袋におさめてあり、後者にいたってはティッシュペーパーでくるんだままだ。

「おいおい、ふたりしていったいなにをやってたんだ？」ピートはたずねる。ユーモアにくるんだ声を出そうとしているが、ホッジズはそこに潜むかすかな非難の響きをききとる。

「捜査を進めてたの」ホリーが答える。もとより他人とほとんど目をあわせないホリーだが、このときにはイザベル・ジェインズにすばやい一瞥を送る――〝これでわかった？〟といいたげに。

「説明して」そのイザベルがいう。

ホッジズが説明をしているあいだ、ホリーは隣にすわって目を伏せたまま、注文したカフェインレスコーヒー――ホリーが飲むコーヒーはこれだけ――に手もつけていない。ただしあごが小刻みに動いているので、ホリーがまた〈ニコレット〉を嚙みだしたとわかる。

「ちょっと信じられない話ね」ホッジズがひととおり話をおえると、イザベルがそういい、〈ザピット〉をおさめたビニール袋を指さす。「なにもいわずに、あっさりもちだしたとはね。それも魚市場でサーモンの切り身を買ったときみたいに新聞紙にくるんで、あの家からもちだしたなんて……」

ホリーは椅子にすわったまま、体が縮んだように見える。両手を膝に置いて、強くぎゅっと握りしめている――関節が白くなるほどだ。

普段ならホッジズはイザベルに、それなりの好意をいだいている――以前この女刑事に取調室で足をすくわれたことはあっても、だ（あれはミスター・メルセデス事件の渦中のことで、あのときホッジズは本来なら許されない独断捜査にどっぷりケツまでつかっていた）。しかし、いまばかりはイザベルをあまり好きになれない。ホリーをあんなふうに縮こまらせる者は、だれであろうと好きになれっこない。

「落ち着けよ、イジー。考えてもみろ。もしホリーが見つけなかったら――見つけたのも純粋に偶然だし――それはいまでもあの家にあったはずだ。きみたちはあの家の家宅捜索をしようとはしていなかったからね」

「それにあなたたちだったら、ハウスキーパーにも電話をかけようとしなかったかも」ホリーがいう。あいかわらず顔は伏せたままだが、声には金属の響きがある。そんな声を耳にできてホッジズは喜ばしい。

「わたしたちだって、いずれはオルダースンという女性にたどりついたはずよ」イザベルはいう。しかしいっているそばから、霞がかかったようなグレイの目がちらりと上をむき、つづいて左へとそれていく。古典的な嘘つきの目の動きだ。それを見ればホッジズにも、現時点ではふたりがハウスキーパーの件を話しあってもいないことが察しとれる――ただし、いずれふたりもハウスキーパーの件にたどりついただろう。ピート・ハントリーはいささか小まわりが効かないタイプかもしれないが、そういう者はこつこつ仕事に打ちこみ、調べるとなれば徹底的に調べる。その点は認めるべきだ。

「もしそのマシンに指紋がついていたとしても――」イザベルはいう。「――いまじゃきれいに消えてるわね。さよなら、お別れのキスを」

ホリーが不明瞭な発音でなにかをもごもごという。それをきいてホッジズは、初対面のころ（おまけに、この女性をまだ大幅に過小評価していたころ）、内心でホリーを〈ぼそぼそ女〉と呼んでいたことを思い出す。

イザベルが身を乗りだす。霞がかかっているような目からいきなり霞が晴れる。「ない、んといったの？」

「くだらない――ホリーはそういったんだ」ホッジズはいう――ただし、ホリーが本当は〝馬鹿丸だし〟といっていたことは充分すぎるほど知っている。「ホリーのいうとおりだ。そのゲームマシンは、エラートンがつかっていた椅子の肘かけとクッションのあいだにぎゅっと押しこんであった。指紋がついていたとしても、ぼやけてしまっていたはずだし、きみもそのことは当然知っている。そもそも、きみたちには家を隅から隅まで捜索するつもりはあったのか？」

「ええ、していてもおかしくなかった」イザベルはむっとした声でいう。「鑑識からの報告の中身次第では」

そうはいっても、マーティーン・ストーヴァーの寝室とバスルーム以外の場所には、鑑識技官たちは立ちいっていなかった。イザベルをふくむ全員がその事実を知っているし、いまここでホッジズが長々と述べ立てても無意味だ。

「頭を冷やせ」ピートがイザベルにいう。「カーミットとホリーをあの現場に招いたのはおれだし、きみだって同意したじゃないか」

「だってそれは、この話を知る前だもの——まさかこのふたりが、あの家を出るときに断わりもなく……」

イザベルの言葉が尻すぼみになる。ホッジズはイザベルが発言をどうしめくくるのか興味津々《しんしん》で待つ。もしや、《断わりもなく証拠物件をもちだすなんて》とつづけるつもりか。そもそもなんの証拠だというのか？　コンピューターのソリテアだの〈アングリーバード〉だの〈フロッガー〉だのの中毒だったことの証拠か？

「……ミセス・エラートンの私物をもちだすなんて」イザベルは弱々しい声でしめくくる。

「で、いまきみはその品を手にしたわけだ」ホッジズはいう。「話を進めてもいいかな？　たとえば食料品店でそのマシンをミセス・エラートンにわたし、すでに製造中止になった製品であることを伏せたまま、会社がユーザーからの意見をききたがっていると嘘をついた男のことを話しあうというのは？」

「それから、あの母娘を監視していた男のことも」ホリーはいまも顔を伏せたままでそう口にする。「道の反対側の家から双眼鏡でふたりを監視していた男よ」

　ホッジズの昔のパートナーは、ティッシュで包んだレンズキャップをおさめたビニール袋を指でつつく。「いちおう指紋検査はしてみるが、個人的にはあまり希望はもてないね。ほら、この手のキャップをレンズにつけたりはずしたりするとき、人がどんなふうにするかは知ってるだろう？」

「ああ」ホッジズはいう。「指先だけでへりを押さえるな。おまけにガレージは冷えこんでた。息が白く見えるほどの寒さだったよ。だから、監視の男はおそらく手袋をはめていただろうね」

「スーパーマーケットにいた男は、けちくさい詐欺を企んでいたんじゃないかしら」イザベルはいう。「なんだか、そんなにおいがする。一週間後くらいに電話をかけて、旧型のマシンを受けとったからには、最新式のマシンを購入する義務があるとかなんとかいって、ミセス・エラートンを説き伏せようとしたのに、ミセス・エラートンがお節介はお断わりといったのかもしれない。あるいはアンケートに記入された情報をもとに、ミセス・エラートンのコンピューターに侵入したのかも」

「あのコンピューターにかぎってそれはなし」ホリーがいう。「お話にならないほど古いんだもん」

「ずいぶん家のなかをよく見てまわったのね」イザベルがいう。「あなたなりの捜査を進めているあいだに、メディスンキャビネットの中身の薬品もチェックをおこたらなかったんでしょう?」

これにはさすがのホッジズも堪忍袋の緒を切らす。「イザベル、ホリーは本来きみがやるべき仕事をこなしていたにすぎん。きみだってわかっているくせに」

イザベルの頬が朱に染まりはじめる。「わたしたちは、あなたがたを厚意で呼んだだけ。でも、こんなことなら呼ばなきゃよかった。あなたたちふたりは、いつも厄介の種だもの」

「そこでやめておけ」ピートがいう。

しかしイザベルは身を乗りだし、ホッジズの顔とホリーの頭頂部のあいだに目を往復させる。「ふたりの謎の男だけど——まあ、そんな男たちが実在すると仮定して——どうせあの家での出来事とは無関係よ。片方は詐欺を働こうとしていただけ、もうひとりはただの覗き魔ね」

ホッジズには、友好的な態度を崩してはならないことくらいわかっている——平和な状態を拡張するとかなんとかだ。しかし、どうにもこうにも自分を抑えられない。「八十歳の女性が服を脱ぐところや、四肢麻痺の女性がベッドで体をスポンジで拭いてもらうところをのぞけると思うと、よだれをだらだら流す変態がいるとでも？　ほう、それなら、まあ筋だけは通る」

「いいから話をきいて」イザベルはいった。「母親が娘を殺して自殺した。遺書といえなくもないものも残してる――おわりをあらわすZの文字を。これ以上ないほど明らかな事件よ」

Z‐Boy だ――ホッジズは思う。今回〈デビーの青い傘〉の下にはいってきたのがだれかは知らないが、そいつは **Z‐Boy** というハンドルネームをつかっている。

ホリーが顔をあげる。「ガレージにもZの文字があったわ。ふたつのドアを仕切る木の柱に彫りこまれていたの。見つけたのはビル。それに、もうわかってると思うけど、〈ザピット〉の最初の文字もZよ」

「そうね」イザベルはいう。「ケネディとリンカーンのどちらもアルファベット七文字の苗字だという事実こそ、ふたりの暗殺犯が同一人物であることの証拠だわ」

ちらりと腕時計を盗み見たホッジズは、もうすぐここを出発しなくてはならないことに気づく。しかし、それはかまわない。ホリーを動揺させ、イザベルを怒らせたこと以外、この会合の成果はいまのところゼロだ。そもそも成果があがるはずもない――というのも、ホッジズにはきょうの早朝コンピューターで調べたことをピートとイザベルに明かすつもりがなかったからだ。あの情報がくわわれば、捜査は高いギアにシフトするはずだが、ホッジズとしては自前でもう少しだけ調べてみるまでは秘密にしておきたかった。ピートが不器用にもこの情報を台なしにしてしまうとは思いたくないが、しかし――

しかし、その可能性もないではない。なぜなら徹底的《ソロウ》に調べる態度は――単語の綴りこそ似ているが――思慮深く《ソウトフル》なれない場合の貧弱な代用品にすぎないことが多いからだ。ではイザベルは？　この女性刑事は、謎めいたアルファベットだの正体不明の男たちだのといったパルプ雑誌の通俗小説めいたものが詰まった蛆虫《うじむし》の缶をあけるのはまっぴらだと思っている。エラートン家でふたりの死人が出た件がすでに新聞の一面を飾っているばかりか、マーティーン・ストーヴァーが四肢麻痺になったいきさつが改めて記事になって隣に掲載されているいま、そんな缶はあけたくない。おまけに現在のパートナーが退職したら、できるだけ早い機会に署内の出世階段をさらにあがりたいと思っているいま、そんな缶はなおさらあけたくないだろう。

「ざっくりまとめさせてもらうよ」ピートがいう。「今度の件は殺人後の自殺――俗にいう無理心中として処理し、おれたちは次の事件に移ることにする。先へ進むしかないんだよ、カーミット。おれはじきに退職だ。そうなりゃイザベルにはどっさり山ほど未解決事件が残されるし、あのクソな経費削減のあおりでしばらくはパートナーと組ませてもらえない。その手の品物には――」いいながらふたつのビニール袋を指さして、

「――興味をかきたてられなくもないが、だからといって、なにがあったのかは明らかだという事実を変えるものじゃない。それともなにか、この一件はすべて天才犯罪者が

周到に仕組んだものだとでも？　ぽんこつの古い車を走らせ、パーカをマスキングテープで補修していたようなやつかい？」

「いや、わたしはそうは思わないな」いいながらホッジズが思い出しているのは、きのうホリーがブレイディ・ハーツフィールドを指して口にした一語だ。あのときホリーは〝設計者〟という単語をつかっていた。「おまえのいうとおり。これは殺人後の自殺だ」

ホリーは傷ついた驚きの視線をちらりとホッジズに送るが、それっきりまた目を伏せてしまう。

「とはいえ、やってもらえることはあるんだろう？」ホッジズはたずねる。

「できることはするよ」ピートはいう。

「ゲームマシンの電源を入れようとしたんだが、スクリーンは明るくならなかった。たぶん電池切れだろうな。ただ電池ケースをあけたくはなかった。指紋を調べるのなら、電池ケースのスライド式のふたこそ最適の場所だからね」

「指紋の検出はやらせるように手配する。しかし、それをしたところで――」

「ああ、わたしだって期待できないと思う。本音をいえば警察のサイバー班スタッフにこいつを起動してもらって、インストールされているいろんなゲーム・アプリを確かめてほしいんだよ。常道をはずれたようなものがあるかどうかをね」

「オーケイ」ピートはそう答える。それをきいてイザベルがあきれたといいたげに目を回し、ピートはわずかにすわった姿勢を変える。ホッジズには断言できないが、いましがたピートはテーブルの下でイザベルの踝《くるぶし》を蹴って警告したのではないだろうか。

「さて、そろそろ行かないと」ホッジズはそういって財布をつかみあげる。「きのうは医者の予約をすっぽかしちまった。きょうもすっぽかすわけにはいかなくてね」

「ここの勘定はわたしたちがもつわ」イザベルがいう。「こんなに貴重きわまる証拠物件を提供してくださったのですもの、せめてここのお代くらい払わせてもらわないと」

ホリーがぎりぎりまで忍ばせた声でなにかいう。ホリーの声をきく経験を積んだ〝ホリー耳〟のもちぬしのホッジズにも断言できない。それでも、〝くそビッチ〟だったかもしれないとホッジズは思う。

20

外の歩道に出たホリーは、ファッショナブルではないが、なぜか魅力的なチェックのハンチングをかぶって耳まで引きおろし、両手をコートのポケットに突っこむ。それからホッジズには目もむけず、一ブロック離れたオフィスのほうへすたすた歩きだす。車は〈デイヴズ〉の店先にとめてきたが、ホッジズは早足でホリーを追う。

「ホリー」

「あの女のようす、あなたも見てたでしょう？」歩調をさらに速めながら。あいかわらずホッジズには目をむけずに。

　腹部の痛みがこっそり忍び寄ってきて、ホッジズは息切れを起こす。「ホリー、待ってくれ。きみに追いつけない」

　ホリーがふりむいてホッジズに顔をむける。ホリーの目が涙をいっぱいにたたえているのが見えて、ホッジズはと胸を衝《つ》かれる。

「あれだけですむ話じゃない！　もっともっといろいろたくさんあるのに！　それなのにあのふたりは全部残らずカーペットの下に押しこめて見なかったふりをするつもりで、そんなことをする理由は話してくれなかったけど、それはやっぱりピートがすてきな退職パーティーをひらいてもらうためで、どういうのがすてきなパーティーかといえば、あなたはメルセデス・キラーの事件が未解決のまま退職するしかなかったけどピートはそんなふうに未解決事件が頭の上にぶらさがって辞めるのがいやで、なにもなければ新聞にあれこれ取りざたされる心配もないし、あなたはこの件にはまだ奥があるってわかってて、あなたにわかってるってことはわたしにもわかってて、それにあなたが検査結果をききにいかなくちゃいけないのもわかってて、ええ、あなたにちゃんと結果をきいてほしいのはすっごく心配してるからだけど……でもあのかわいそうなお母さんと娘さん……あのふたりがあんな目に……ふたりがあんな目にあっていいはずはない——あっさりカーペットの下に押しこめられていいわけないでしょう！」

ホリーは体をわなわなさせて、やっと口を閉じる。涙はもう頬で凍っている。ホッジズはホリーの顔に指をあてて、自分のほうをむかせる。そうしながらも、自分以外の人間からこんなふうに直接触れられれば、ホリーが身をすくめるはずだとわかってもいる――そう、たとえ相手がジェローム・ロビンスンであってもだ。しかもホリーはジェロームを愛している。たぶんジェロームとふたりで、オリヴィア・トレローニーのコンピューターにブレイディが仕込んだ幽霊プログラムを――オリヴィアに最後の一線を越えさせて薬物の過剰摂取に追いこんだプログラムを――発見したあの日から。

「ホリー、わたしたちはここで引き下がったりしないよ。それどころか、まだようやく調査にかかったばかりのようにさえ思ってる」

ホリーはまっすぐ正面からホッジズの顔を見つめる――これも他人が相手だと、ぜったいにホリーがしないことだ。

「それはどういう意味？」

「新しい情報が浮かんだんだ――ただしピートとイジーには話したくなかった。どう解釈すればいいか、まだ見きわめられなくてね。いまきみにすっかり話している時間はないが、病院から帰ったらすっかり話すよ」

「わかった、それならいいの。さあ、行ってらっしゃい。そうそう、わたしは神なんか信じちゃいないけど、あなたの検査結果がいいものでありますようにと祈るつもり。ちょっとしたお祈りをしても損にはならないでしょう？」

「そうだね」

ホッジズはホリーを手早くハグして――長時間のハグはホリーには無理だ――車へむかって引き返しはじめるが、このときもまだきのうのホリーの言葉に――ブレイディ・ハーツフィールドを形容した〝自殺の設計者〟という言葉に――思いを馳せている。手すきの時間にポエムを書く趣味のあるホリーならではの冴えた言いまわしだが（といってもホッジズはホリー作のポエムを読んだことはないし、この先も読ませてもらうことはなさそうだ）、ブレイディ本人がきいたら鼻先でせせら笑い、一キロ以上も的をはずれた言葉だというだろう。ブレイディなら、自分を〝自殺のプ、リ、ン、ス〟と思いこんでいてもおかしくない。

ホッジズはホリーにせっつかれて買ったプリウスに乗りこむと、ドクター・スタモスの診療所へむかう。ホッジズ自身もちょっとしたお祈りをとなえている――どうかただの潰瘍でありますように。たとえ出血性潰瘍でもいい、開腹手術で縫いあわせる必要のある潰瘍でもいい。

ただの潰瘍でさえあれば。

どうかそれ以上悪質なものではありませんように。

21

きょうは待合室で長く待たされることはない。ホッジズは予約時間よりも五分早く到着したうえに、待合室は月曜日とおなじように満員だが、それでも受付デスクのマーリーは、ホッジズが椅子に腰をおろす間さえないうちに診察室に招きいれる。

ドクター・スタモスのところで看護師をつとめるベリンダ・ジェンセンは、年一回の身体計測に来るホッジズをいつも陽気な笑顔で迎えるが、けさその顔に笑みはない。ホッジズも体重計に乗りながら、年一回の身体計測なのに、いささかごぶさただったことを思い出す。四カ月遅れ。いや、実際には五カ月近い。

古風な体重計の針が示したのは七十五キロ。二〇〇九年に警察を退職した時点では——退職時に義務づけられている身体計測では——百五キロあった。ベリンダはつづけて血圧を測り、耳になにかを入れて体温を測ると、ホッジズの先に立って検査室を素通りし、まっすぐに廊下のいちばん奥にあるドクター・スタモスの診察室にまで案内する。ノックに応じてスタモスの「おはいりください」という声がきこえると、ベリンダはホッジズをその場に残してすぐに立ち去る。いつもは実におしゃべりで、手を焼かされる子供たちや偉ぶっているご亭主の話をたっぷり披露するベリンダが、きょうはほとんど口をきかない。

これはいい結果のわけがないな――ホッジズは思う――でも、そうわるい結果でもないのかもしれない。ああ、神さま……そんなにわるくない結果をお願いします。あと十年は生きていたいといったら、高望みにすぎるでしょうか？ いや……十年が無理なら……あと五年では？

医師のウェンデル・スタモスは、髪の生えぎわが急速に後退しつつある五十代の男。肩幅が広くて腰が締まっているところは、現役引退後も体のコンディションを保っているプロのフットボール選手のようだ。いまスタモスは真剣な顔でホッジズを見つめ、すわるようにうながす。ホッジズはいわれたとおりにする。

「どの程度わるいんです？」

「かなり」スタモスはいい、急いでいい添える。「しかし、望みがないわけではありません」

「まわりくどい話はやめて、ずばり教えてもらえますかな？」

「膵臓癌《すいぞうがん》です。あいにく、こうして見つかった時点で……いささか……進行している状態でして。肝臓にも関係しています」

気がつけばホッジズは、笑いだしたいという奇妙で理解しがたい衝動としゃにむに戦っている。いや、笑いたいどころではない――頭をぐいっとのけぞらせて天を仰《あお》ぎ、アルプスの少女ハイジのお祖父さんみたいにヨーデルじみた声で呵々大笑《かか》してやりたい。そんな気分になった理由は、スタモスの《結果はわるいが希望がないわけではない》という言葉だろう。この言葉にホッジズは古くからあるジョークを思い出す。ひとりの医者が患者に、いいニュースとわるいニュースがあるが、どちらを先にききたいかとたずねる。では、先にわるいニュースをきかせてください――患者はいう。そうですか――医師はいう――あなたには脳腫瘍があり、あいにく手術は不可能です。患者はうろたえ、不明瞭な言葉を垂れ流しはじめ、こんな話のあとでどんな話なら〝いいニュース〟といえるんだ、とたずねる。医者はぐっと身を乗りだし、自信満々な笑みを顔に貼りつけてこういう。わたしは受付係の女とファックしてます……それがまたすこぶるつきにいい女でしてね。

「いますぐ消化器専門医の診察をうけてください。ええ、きょうにでも――という意味です。このあたりで最上の医師となると、カイナー病院のヘンリー・イップですね。イップ先生なら優秀な腫瘍専門医も紹介してくれます。腫瘍専門医は、化学療法と放射線照射の両方からあなたの治療にとりかかろうとするはずです。患者さんにとっては体力を消耗させせられる苦しい治療ですが、わずか五年前とくらべてもずいぶん苦痛も軽減されていますし――」

「そこまで」ホッジズはいう。ありがたいことに、笑いだしたい衝動はもう消えている。

スタモスは口をつぐみ、一月の太陽が投げかけるまぶしい光の柱のなかでホッジズをじっと見つめる。ホッジズは思う。これから奇跡でも起こらないかぎり、これがおれの見る最後の一月の光になるのか。ふうむ。

「この先の見こみはどの程度です？　甘い話でごまかすのは禁物ですよ。というのも、いまこの時点では、まだ解決できていない問題があって……それも、かなり大きい話になるかもしれない……そんな事情なので知っておきたいんです」

　スタモスはため息を洩らす。「見こみはあまり明るくないといわざるをえません。膵臓癌は、きわめて発見しにくいんです」

「余命は？」

「治療をした場合ですね？　おそらくは一年。二年でもおかしくない。癌が寛解する可能性も完全には排除できませんし――」

「治療については、じっくり考えないと」ホッジズはいう。

「この種の診断を患者さんに伝えるという、あまり愉快ではない仕事をすませたあとで、患者さんからその科白をきかされたことは何度もあります。そういった患者さんに決まって話していることを、いまここでもお話ししましょう、ビル。あなたはいま火事になっているビルの屋上に立っています。そこにヘリコプターが近づいてきて、縄梯子《なわばしご》をおろしてきた。さあ、縄梯子をつかんでのぼる前に、いちいち考えたりしますか？」

　ホッジズがこの問題に考えをめぐらせるあいだ、声をあげて笑いたい衝動がぶりかえす。衝動を抑えこむことはできても、笑みまでは隠せない。大きくにこやか、魅力的な笑みだ。

「ええ、考えるかもしれません」ホッジズは答える。「飛んできたヘリコプターの燃料タンクに、ガソリンが七、八リットルしか残っていなければ」

22

ルース・スキャペッリは二十三歳のころ——後年に本人をすっぽり包むことになる硬い殻がまだ育ちはじめてもいないころ——あまり誠実とはいえないボウリング場所有者と、短期間で御難つづきの交際を経験した。交際の果てに妊娠し、産み落とした女の子をシンシアと名づけた。舞台はスキャペッリの生まれ故郷、アイオワ州ダヴェンポート。この街でスキャペッリは登録正看護師になるために、カプラン大学に通った。母親になったことはスキャペッリ自身にも驚きだった。それ以上の驚きだったのは、シンシアの父親が、毛深い腕に《生を愛し、愛のために生きる》というタトゥーを入れていて、腹の肉がたるんだ四十男だったことだ。この男からプロポーズされたら（現実にはされなかったが）、スキャペッリは内心でおぞけをふるいつつ拒絶しただろう。子供を育てるにあたっては、叔母のウォンダが力を貸してくれた。

シンシア・スキャペッリ・ロビンスンはすてきな夫（ちなみにタトゥーなし）とふたりの子供たちともども、いまはサンフランシスコに住んでいる。年長の子はハイスクールの優等生名簿に名前が載っている。家庭はぬくもりに満ちていて、シンシアはその雰囲気を維持しようと力をそそいでいる。というのも、子供時代の大半を過ごした叔母の家は（それはまた、母親があの忌まわしい殻をつくりはじめた時代でもある）いつも寒々しく、いつも決まって《おまえは忘れた》という言葉からはじまる非難の応酬や叱責の言葉にあふれていた。感情という大気の温度はおおむね氷点下以上だが、摂氏七、八度を超えることはなかった。ハイスクールに通うようになると、シンシアは母親を、ルースというファーストネームで呼びはじめた。ルース・スキャペッリはこれに異をとなえなかった――むしろ、いささか肩の荷がおりた気分さえ感じた。母ルースはシンシアの結婚式に欠席したが、結婚祝いの品は送ってきた――ラジオと一体型の時計だった。このごろではシンシアと母親はひと月に一度か二度は電話で話し、おりおりにメールをやりとりする関係だ。《ジョシュは学校でいい成績、サッカーチームにも加入できたの》と娘が書き送れば、《それはけっこう》と、そっけない返信がある。シンシアが心の底から母親を懐かしく思ったことは一度もない。そもそも母親には、懐かしく思えるような点がないも同然だ。

そしてけさ、シンシアは朝の七時に起床し、夫のハンクとふたりの息子のために朝食をこしらえ、出勤する夫を見送り、登校する息子たちを見送ったのち、食器をざっと洗って食洗機にセットする。ここまでの仕事をおえると、シンシアは洗濯室へ行って洗濯機に汚れものを詰めこみ、こっちの機械も作動させる。こういった朝の家事をこなしていくあいだも、決して《あれを忘れてはならない》と考えているわけではない。しかし頭のどこか奥深いところではたしかに考えているし、これからもずっと考えるだろう。子供時代に播《ま》かれた種は、いまもなお深くまで根を張っている。

九時半、シンシアはきょう二杯めのコーヒーを淹《い》れてテレビ（めったに目をむけないが、仲間のような存在）の電源を入れ、さらにノートパソコンを立ちあげる。アマゾンやアーバン・アウトフィッターズといった大手通販サイトのダイレクトメール以外のメールが届いていないかを確かめるためだ。けさは母親からのメールが一通ある。送信時間はゆうべの午後十時四十四分。シンシアがいる西海岸では、ゆうべの午後八時四十四分だ。件名欄を見て、シンシアは眉をひそめる。そこにはたった一語、《ごめんなさい》とあるだけだ。

シンシアはメールをひらく。文面を読むにつれて、心臓の鼓動がぐんぐん速まる。

わたしはおぞましい人間。わたしはおぞましく役立たずの売女。わたしの味方をしてくれる人はひとりもいない。これこそがわたしのなすべきこと。愛してる。

《愛してる》。最後に母親からこの言葉をかけられたのはいつだろうか？　シンシア

——息子たちには一日に最低でも四回はこの言葉をかけるシンシア——には、正直にいって思い出せない。カウンターで充電中だった自分の携帯をつかみあげると、最初は母親の携帯に電話をかけ、そのあと固定電話にもかける。どちらからも、ルース・スキャペッリの短く真面目なメッセージがきこえただけだ——「メッセージをどうぞ。必要だと判断すればこちらから電話をかけます」。シンシアは母親に、いますぐ電話をかけてくれとメッセージを残す。しかし、母親が電話をかけられない状態なのではないかと思うと死ぬほど恐ろしい。いまは電話をかけられず、あとになっても無理、もしかしたらずっと無理なのではないか。

シンシアは爪を嚙みながら日当たりのいいキッチンを二周してから、ふたたび携帯電話を手にとり、カイナー記念病院の番号を調べる。そのあと電話が脳神経外傷専門クリニックに転送されるのを待ちながら、またうろうろ歩きはじめる。ようやくつながった電話の相手はスティーヴ・ハルパーンと名乗った看護師だ。いいえ——ハルパーンはシンシアに告げる——スキャペッリ看護師は出勤していません、めったにないことです。スキャペッリ看護師の勤務は八時からだが、中西部ではもう午後の一時二十分前だからだ。

「ご自宅に電話をかけたらどうでしょう？」ハルパーンはそう助言する。「きょうは病欠かもしれません——といっても、その連絡もしてこないのは、あの人らしくありませんが」

あなたはあの人のことを半分も知らないのよ――シンシアは思う。ハルパーンが、《おまえは忘れた》という言葉が呪文のようにくりかえされる家で育っていないかぎりは。

シンシアはハルパーンに礼を述べ（たとえどれほど心配でたまらなくても、礼の言葉は忘れてはならない）、つづいて三千二百キロ以上離れたところにある警察署の番号を調べる。電話の相手に氏名などをきちんと述べたのち、シンシアは精いっぱい冷静な口調を心がけつつ問題を説明していく。

「母はタネンボーム・ストリート二九八番地に住んでいます。名前はルース・スキャペッリ。カイナー病院にある脳神経外傷専門クリニックの看護師長です。じつは、けさ母からメールが送られてきまして、その内容から……」

……母がひどい鬱状態にあるように思えた？　だめだ。その程度では警官に現地まで出動してもらえまい。だいたい自分が本当に考えているのはそんなことではない。シンシアは深々と息を吸いこむ。

「その内容から、母がひょっとしたら自殺を考えているのではないかと感じられたのです」

23

市警察のパトカー五四号は、タネンボーム・ストリート二九八番地の家のドライブウェイにはいっていく。アマリリス・ロザリオとジェイスン・ラヴァティ——通称のマルドゥーンとトゥーディーは、ふたりのパトカーが五四号車なので、古い警察もののシチュエーションコメディ〈パトカー54／応答せよ！〉の警官たちになぞらえた綽名《あだな》だ——はパトカーからおりて玄関ドアに近づく。ロザリオが玄関の呼び鈴を鳴らす。返事がないので、ラヴァティがノックする——それも強く叩いて大きな音を出しながら。それでも返事はない。ラヴァティは、ひょっとしたらという希望的観測からドアに手をかける——ドアはすんなりひらく。ふたりは顔を見あわせる。このあたりは治安のいい地域だが、やはり市街地は市街地、大多数の住民はドアに施錠している。

ロザリオがひらいたドアから頭を突っこむ。「ミセス・スキャペッリ？　わたしはロザリオ巡査です。よろしければ、大きな声で返事をしてもらえますか？」

大きな声はきこえない。

パートナーが調子をあわせる。

「ラヴァティ巡査です、マダム。娘さんが心配なさってます。なんともありませんか?」反応はない。ラヴァティは肩をすくめ、ひらいたドアをさし示す。「レディファーストだ」

ロザリオは屋内に足を踏みこみ、同時に官給品のリボルバーをおさめているホルスターのスナップボタンを、なにも考えずにはずしている。ラヴァティがつづく。居間にはだれもいないが、テレビはついていて音声はミュートされている。

「トゥーディー、トゥーディー、どうにもいやな気分」ロザリオはいう。「ね、におわない?」

ラヴァティもにおいを嗅ぎつけている。血のにおいだ。ふたりはにおいの発生源をキッチンで見つける――ひっくりかえった椅子の横で、ルース・スキャペッリが床に横たわっている。床に倒れる途中で衝撃をやわらげようとしたかのように両腕を広げている。スキャペッリが自分でつくった深い切り傷が、ふたりにも見える。前腕にある何本もの長い切り傷は肘の近くまで達し、何本もの短い切り傷は手首を横に走っている。掃除が簡単なイージークリーンタイルには血飛沫《しぶき》があり、それ以上の血糊がテーブルに残されている――スキャペッリはここにすわって決行したのだ。トースターの横にある木のブロック型のナイフラックから抜いたとおぼしき肉切り庖丁が、回転トレイの上に置いてある。それも塩と胡椒の容器とナプキン立てのあいだに、グロテスクなほどの几帳面さで。血は黒っぽく凝固している。ラヴァティは、この女性の死亡時刻を少なくとも十二時間前だろうと推測する。

「もしかしたら、テレビがひとつもおもしろくなかったのかもしれないな」ラヴァティはいう。

ロザリオはラヴァティに険悪な目をむけ、遺体近くに膝をつく。しかし、制服に血がつくほど近くではない——制服は前日にクリーニング業者から返ってきたばかりだ。

「この人は意識をなくす前に、なにかを描いてる」ロザリオはいう。「ほら、右手横のタイルが見える？　自分の血で描いてる。あれはなんだと思う？　数字の2か？」

ラヴァティはもっと近くから見ようと、両手を膝について体をかがめる。

「なんともいえないな」ラヴァティはいう。「数字の2かアルファベットのZだ」

ブレイディ

「うちの息子は天才よ」デボラ・ハーツフィールドはよく友人たちにそう話していた。そのあとは勝ち誇った笑みとともに、こういい添えた。「いいかげんな自慢話じゃないわ——だって本当のことだもの」

　これはデボラが酒びたりになる前、まだ友人がいたころのことだ。かつてデボラには、息子がもうひとりいた——名前はフランキー。フランキーは天才ではなかった。フランキーは脳に障害を負っていた。そして四歳のときのある夜、フランキーは地下室に通じる階段から落ち、首の骨を折って死んだ。いずれにしても、デボラとブレイディはそう世間に話していた。しかし、事実は多少異なる。これよりは、いささかこみいった話だ。

　当時のブレイディは発明が大好きだった。そしてある日、ついに親子ふたりを金持ちにしてくれそうな品、〈悠々自適〉の名で呼ばれる有名な道にふたりを導いてくれそうな品を発明した。デボラはそうなることを確信し、ブレイディにもたびたびそう話した。ブレイディはその話を信じた。

学校では大半の科目でせいぜいBかCの成績がやっとだったブレイディだが、コンピューター・サイエンスにかぎってはⅠとⅡの両方でオールAの優等生だった。ノースサイド・ハイスクールを卒業するころには、ハーツフィールド家にはありとあらゆる種類の電子機器がそなわっていたし、犯罪行為すらおこなわれていた――たとえばテレビをブルーボックス化して、ミッドウェスタンヴィジョン社が有料で配信している全ケーブルテレビ局の番組を違法視聴できるようにしたことだ。ブレイディは、母デボラがめったに足を運ばない地下室に作業場をつくり、そこで研究と開発を進めていた。

そこに、じわりじわりと不安が忍びこんできた。くわえて、不安の双子の兄弟である怒りも。ブレイディがどれだけ独創的な発明品をつくっても、金を産んだ品はひとつもなかった。カリフォルニアには自宅ガレージで日曜工作もどきのことをして、信じられないほどの財産を築いただけでなく、世界を変えた男たちがいる――その一例がスティーヴ・ジョブズだ。しかしブレイディがつくった品々のうち、そのレベルに達したものはひとつもなかった。

たとえば、ブレイディが設計した〈ローラ〉だ。実現すればコンピューターを援用した自走式掃除機になるはずだった――ジンバルの働きで方向転換し、障害物に行きあたるたびに進行方向を変える掃除機だ。これこそ大成功まちがいなし――と、そう思えていたのも、ブレイディがレースメイカー・レーンの気取りくさった高級電気器具店のショーウィンドウで〈ルンバ〉を見つけるまでのこと。そう、ブレイディに一歩先んじていた者がいたのだ。〝遅きに失した〟を意味する〝一日遅れで一ドル足りず《ア・ディ・レイト・アンド・ア・ダラー・ショート》〟という昔からの言いまわしが頭をかすめた。ブレイディはこの言葉を頭から押しだしたが、眠れない夜や持病の頭痛に見舞われて横になったおりなどには、また頭にもどってきた。

しかしブレイディの発明品のうち二種類は——どちらも発明としては二流だったが——市民センターでの大虐殺を可能にしてくれた。どちらもテレビのリモコンを改造した品で、ブレイディは〈アイテム1〉と〈アイテム2〉と名づけた。〈アイテム1〉は交通信号を赤から青に、あるいは青から赤に変えることができた。〈アイテム2〉はもうちょっと洗練された機器だった。車の電子キーから送信される信号を受信し、さらに保存できる機器である。これをつかえば、不注意なドライバーが車から離れた隙をついて、ドアロックを解除することが可能だった。最初のうちブレイディは〈アイテム2〉を車上荒らしの道具にしていただけだった——他人の車のドアを勝手にあけ、現金や貴重品をもとめて車内を漁るのだけが目的だった。ついで、大きな車を走らせて群衆に突っこんでいくというアイデアが（大統領かクソ有名な映画スターを暗殺するという考えといっしょに）頭のなかでかたちをとりはじめたころ、ブレイディはミセス・オリヴィア・トレローニーのメルセデスに〈アイテム2〉を使用し、グラブコンパートメントに保管してあったスペアキーを見つけた。

そのときにはこの車からなにも盗まず、スペアキーの存在という情報を後日のために記憶するにとどめた。それからほどなくして、この宇宙を動かしている暗黒のパワーからのメッセージだったのだろうか、ブレイディは新聞で四月十日に市民センターで就職フェアが開催されるという記事を目にした。

　数千人の来場者が予測されていた。

　家電量販店〈ディスカウント・エレクトロニクス〉のＰＣ修理サービス〈サイバーパトロール〉でアルバイトをはじめて、コンピューターを社員割引で購入できるようになると、ブレイディは地下室にノーブランド品のノートパソコンを七台ならべ、そのすべてを接続した。一度につかうパソコンはおおむね一台だけだったが、ブレイディはこれで地下室の見た目が変わったことが気にいっていた――ＳＦ映画か〈スター・トレック〉のエピソードの一場面のようになったからだ。さらにブレイディは音声作動スイッチもとりつけ、接続したすべてのコンピューターを声で起動できるようにもした――アップルが〈Ｓｉｒｉ《シリ》〉という音声作動プログラムを一躍有名にするのに先立つ数年前のことだった。

　そう、このときもまた〝一日遅れで一ドル足りず《ア・ディ・レイト・アンド・ア・ダラー・ショート》〟だった。

　いや、この場合には数十億ドルを逃したことになる。

　こんな不遇の境地に押しこめられたら、だれだって大量殺人のひとつもしたくなって当然では？

　市民センターでブレイディが仕留めたのは八人にとどまったが（これは負傷者を含めない数字で、そのなかにはかなり重い障害を残してやれた者もいる）、ロックコンサートでは数千人をまとめて始末できていたはずだった。そうなれば、ブレイディは永遠に人々の記憶に残ったことだろう。しかし、スイッチを押せなくなった——あのスイッチさえ押しこめていれば、爆発の威力で多数のボールベアリングがジェット推進なみのスピードで飛散し、ひたすら広がる死の扇《デスファン》となって悲鳴をあげる数百人の思春期前の女の子たちに襲いかかり（子供を甘やかしすぎている太りすぎの母親族にも襲いかかることはいわずもがな）、彼らの手足をもぎとり、首を刎《は》ねたはずなのに、それができなかったのは、だれかがブレイディの頭のなかの明かりをいきなり消してしまったからだ。

この部分の記憶は、どうやら永遠に黒く塗り潰されたままのようだが、あえて思い出す必要はなかった。あんなことができた人物はひとりしかいない——カーミット・ウィリアム・ホッジズ。もともとブレイディの計画では、ホッジズもオリヴィア・トレローニーとおなじように自殺しているはずだった。しかしあの男は自殺を巧くかわしたばかりか、ブレイディが車に仕込んだ爆弾もなぜかかわした。そしてあの老いぼれ退職刑事はコンサートの場にあらわれ、ブレイディがあとほんの数秒で永遠の命を得られるというときに横槍を入れてきたのだ。

どっかん、どっかん、明かりが消える。

天使よ天使、おれたちいっしょに舞いおりる。

偶然とは、手を焼かされるあばずれのようなもの。ブレイディが第三消防署の二三号救急車でカイナー記念病院に搬送されたのも、そんな偶然だった。ロブ・マーティンは乗車していなかったが――このときはアメリカ合衆国政府のあごあしつきでアフガニスタン周遊旅行中だった――ジェイスン・ラプシスが救急医療士として乗りこんでいた。ブレイディが生きるか死ぬかの賭けをもちかけられたら、ラプシスは後者に賭けたはずだ。この若い男が激しい痙攣をくりかえしていたからだ。心搏数は百七十五、血圧は乱高下をくりかえしていた。しかし二三号がカイナー病院に到着した時点で、ブレイディはまだ生者の国の住民だった。

病院でブレイディを診察したのはドクター・エモリー・ウィンストンだった。この病院のなかで人間の切り貼りや継ぎ接ぎをする病棟――ベテランたちからは〈土曜夜のナイフ&拳銃クラブ〉という名前で呼ばれるセクション――の古株医師のひとりだ。ウィンストンは、たまたま救急救命室のまわりをうろついて看護師たちとおしゃべりをしていた医学生を手伝いに引っぱりこんだ。それからこの医学生に、いま到着した新規患者をざっくり簡単に診察して評価するようにいった。医学生は、反射の低下、左瞳孔はひらいたまま大きさが変化せず、右足指にバビンスキー反射が見られる、と報告した。

「つまり?」ウィンストンはたずねた。

「つまり、この男性は恢復不能の脳損傷を負っているということです」医学生は答えた。

「いわゆる植物状態ですね」

「すばらしい。きみをもう医者にしてやってもいいくらいだ。この先の予測は?」

「朝までもたないでしょう」医学生は答えた。

「そうかもしれないな」ウィンストンはいった。「むしろ、そうなってほしいくらいだ。こんな状態になったら二度とこっちへ帰ってこないからね。ただしコンピューター断層撮影《CATスキャン》はやっておこう」

「なぜです？」

「まず手順として決まっているからだよ、若いの。もうひとつ、この男性がまだ生きているうちに、じっさいにはどの程度の脳損傷なのかを確かめておきたいと、わたしが強く思っているからだ」

それから七時間後、ドクター・アンヌ・シンが——ドクター・フェリックス・バビノーという有能な助手を得て——開頭手術をおこなったときにもブレイディはまだ生きていた。この手術では、ブレイディの脳組織を圧迫して刻一刻と損傷を広げて、すばらしく特殊化した脳細胞を百万単位で絞め殺しつつあった巨大な血の塊がとりのぞかれた。手術がおわると、バビノーはシンにむきなおり、血が点々と飛び散っている手袋をはめたままの手をさしだした。

「まさに——」バビノーはいった。「驚くべき手術でした」

シンはバビノーの手を握ったが、顔には相手を軽く見るような笑みがのぞいていた。

「ま、定番の手術だね。これまでに千回はこなしたよ。いや……ま、二百回くらいか。むしろ驚くべきなのは、あの患者の体力だ。手術がおわっても、まだ生きていることが信じられないよ。あの男の脳がどれだけ損傷していたかを思えば……」シンはかぶりをふった。「いやはや」

「もちろん、あの患者がなにをやろうとしていたのかはご存じですね？」

「ああ、知らされたよ。かなり大規模なテロだ。このあともしばらくは死ななそうだが、あの男が法廷で罪を裁かれることはなさそうだし、たとえ死んでも世界にとって多大な損失にはなるまいね」

バビノーがブレイディ——完全な脳死状態ではなかったが、その一歩手前だった——にある実験段階の新薬をこっそり投与しはじめたときには、このシンの言葉が念頭にあった。その新薬をバビノーはセレベリンと呼んでいて（といっても、それはこの医者の頭のなかだけのこと。正確を期すなら、まだ六桁の数字で呼ばれているだけの薬だった）、すでに確立されている標準的な処置——高濃度酸素療法、利尿薬、抗痙攣薬、およびステロイド剤——にくわえての投与だった。実験段階の新薬６４９５５８は動物実験で期待できる結果を出してはいたが、関係官庁が繰りだす複雑にからみあった諸規制のせいで、じっさいに人体に投与する治験はまだ何年も先になりそうだった。この新薬はボリビアのある脳神経研究所で開発されたもので、これが手続の遅れに拍車をかけていた。このぶんでは、たとえ治験がはじまるとしても、そのころには——妻の心づもりどおりになればの話だが——バビノーはフロリダのゲートつき高級住宅地で余生をすごしていそうだ。退屈で泣きそうになりながら。

脳神経学の研究にかかわって活動しているあいだに結果が見たければ、これはまさしく好機だった。多少の運に恵まれれば、ノーベル生理学・医学賞も夢ではなくなる。いずれ人間を実験台にした治験が開始されるまで、新薬の投与結果を自分ひとりの秘密にしておけば、好ましくない要素はひとつもない。くだんの男は殺人鬼の変態野郎で、どうせこの先意識をとりもどすあてもない。奇跡かなにかが起こって意識をとりもどしたところで、せいぜい重度のアルツハイマー患者が経験している薄暗くぼんやりした意識でしかあるまい。いや、それでも目を覚ましたこと自体は驚くべき成果になるが。

もしかしたら、きみはいずれあらわれるだれかの役に立つかもしれないんだよ、ミスター・ハーツフィールド——バビノーは昏睡している患者にむかってそういった。シャベルですくうほどの悪行のかわりに、ほんのスプーン一杯の善行を。有害な副作用が出たらどうなる？　脳の機能が少しも改善せず、完全な脳死状態に陥るかもしれないし（といって、いまの状態とはあまり変わらない）、さらには死んでしまうかもしれないが、そうなったら？

たいした損失ではない。きみにとっては損失ではないし、きみの家族にとっても損失でないのは確実——そもそも家族がいないのだから。

また世界にとっても損失ではない。むしろ世界は、きみがあの世へ行くのを喜ぶはずだ。

バビノーは自分のコンピューターに、《ハーツフィールド・セレベリン治験》という名前の新規ファイルを作成した。この実験薬投与は、二〇一〇年から二〇一一年にかけての十四カ月のあいだに全部で九回おこなわれた。バビノーには患者の変化が見てとれなかった。子飼いの人間モルモットに蒸留水を与えていたも同然だった。

バビノーはあきらめた。

当の人間モルモットはそれから十五カ月間を闇のなかで過ごした――その未発達の精神が、十六カ月めのいずれかの時点でふと自身の名前を思い出した。自分はブレイディ・ウィルスン・ハーツフィールドだ。最初はそれしか存在しなかった。過去もなく、現在もないばかりか、名前をあらわす六音節以上の自己はどこにも存在していなかった。それから、いよいよブレイディがあきらめ、また茫漠とただよってしまおうかと思い立ちかけたころ、もうひとつの単語がやってきた。その単語は《コントロール》。以前にはこの単語になにやら重要な意味があったが、いまはその意味がわからない。

病室でベッドに横たわったまま、ブレイディは乾燥予防にグリセリンを塗られた唇を動かして、その単語を声に出した。病室にはだれもいなかった――ブレイディが目をあけ、母親に会いたいという言葉を口にするところを看護師が目撃するのは、さらに三週間あとだった。

「コン……トロール」

そして明かりがともった。キッチンからおりていく階段の上から声をかけて音声作動スイッチを入れると、〈スター・トレック〉風にしつらえたコンピューター関連作業室の照明がすべて点灯したように。

そう、このときブレイディがいたのはそこ――エルム・ストリートの自宅の地下室だった。地下室は、最後に出てきたあの日のまま、ひとつも変わっていないように見えた。ほかの機能を目覚めさせるには、また異なる単語が必要だったが、こうしてこの地下室に身を置いているいま、その単語もすんなり思い出された。なぜなら、すてきな単語だったからだ。

「混沌《ケイオス》!」

頭のなかではこの一語を、それこそシナイ山のモーセにも匹敵する大音声《だいおんじょう》で響かせたことになっていた。病院のベッドの上では、しゃがれた囁きにすぎなかったが、ちゃんと役目を果たした。ずらりとならんだノートパソコンがいっせいに起動したのだ。それぞれのディスプレイにまず20が表示され……それが19に変わり……18に変わって……。

これはなんだ? いったい全体どういう意味がある?

パニックに見舞われたその一瞬のあいだ、なにも思いだせなかった。わかっていたのは、七台のノートパソコン上でのカウントダウンがこのままゼロまで進んでしまえば、全コンピューターがフリーズしてしまうということだけだった。そうなったらコンピューターをすべてうしない、この部屋をうしなうばかりか、ようやく手に入れた細長く小さな意識のかけらすらうしなってしまう。おれは生きたまま、自分だけの暗黒に沈められてしまう——

それだ、その単語だ！　まさしくその一語だ！

「暗黒《ダークネス》！」

ブレイディは出せるかぎりの大きな声で叫んだ——少なくとも自身の頭のなかでは。頭の外側では、今回も長いあいだつかわれていなかった声帯が出す、しゃがれた囁き声にすぎなかった。脈搏と発汗と血圧がいっせいに上昇しはじめた。まもなく看護師長のベッキー・ヘルミントンがようすを確かめにやってくるだろう。急いではいても、決して走らない足どりで。

そしてブレイディの地下作業室では全コンピューターのカウントダウンが14で停止し、それぞれのディスプレイに異なる写真が表示された。いまは昔、コンピューター群は起動すると映画〈ワイルドバンチ〉のスチール写真を表示した（ちなみにいまは七台とも、証拠物件AからGまでのラベルをつけられて、警察署の広大な証拠品室に保管されている）。しかしいま各コンピューターのディスプレイに表示されているのはブレイディの人生のさまざまな段階を示す写真だ。

一号のディスプレイには弟フランキーの写真。弟は林檎《りんご》をのどに詰まらせて息ができなくなった結果、後年の兄とおなじく脳に損傷を負い、そののち地下室の階段から落ちた（そのお手伝いをしたのが、兄ブレイディの片足である）。

二号のディスプレイにはデボラその人の写真。着ているのは体にまとわりつくような白いローブで、ブレイディはひと目でそのローブを思い出す。母さんはおれをハニーボーイと呼んでいた――ブレイディは思う――おれにキスをするとき、母さんの唇はいつもねっとり湿っていて、おれは勃起したものだ。おれが子供のころ、母さんはそれを〝かちんこちん〟と呼んでいた。バスタブにはいっているとき、母さんはお湯をふくませたタオルであれをさすって、気持ちいいかいとたずねてくれたっけ。三号に表示されているのは〈アイテム１〉と〈アイテム２〉。どちらも実際の役に立った発明品だ。

四号のマシンにはミセス・オリヴィア・トレローニーのグレイのメルセデスのセダン。ボンネットは凹み、フロントグリルから血がしたたり落ちている。

五号のディスプレイには車椅子の写真。一瞬、自分とどんな関係があるのかがわからなかったが、すぐに合点がいった。ラウンドヒアのコンサートがひらかれたあの夜、自分はこの車椅子をつかってミンゴ・ホールに入場した。車椅子にすわっている障害者を怪しむ者はいなかった。

六号のディスプレイには笑顔を見せているハンサムな若者の顔写真。ブレイディにはあいにく――いまのところはまだ――名前が思い出せないが、何者だったかは覚えている。老いぼれ退職刑事の庭の芝刈りをしていた黒人小僧だ。

そして七号マシンのディスプレイには、そのホッジズの写真が表示されていた。フェドーラ帽を小粋に傾けてかぶり、片目を隠して微笑んでいる。つかまえたぞ、ブレイディ——笑顔はそう語っていた。おれが特製の靴下棍棒でぶん殴ったから、いまのおまえは病院のベッドで寝ているだけ。いつそこから起きて歩きだす？　そんな日は、未来永劫くるまいて。

クソったれホッジズ——すべてを台なしにした元凶だ。

この七枚の画像はいずれも接点——ブレイディが本来の自分を再構築していくにあたっての足掛かり——になった。その作業を進めていくにつれて、地下室の壁が——つねに変わらぬ隠れ場所、愚かしく冷酷な世界から身を守る砦《とりで》の壁が——薄くなりはじめた。そのため壁ごしに自分以外の者の声がきこえるようになり、そのうちいくつかは看護師の声で、またいくつかは医者の声だということがわかった。また——おそらくは——法執行機関の関係者らしき声もちらほらきこえた——ブレイディが意識不明をよそおってはいないかと確かめにきているのだろう。詐病でありながら詐病ではないともいえた。真実は——弟フランキーの死をめぐる情況とおなじように——こみいったものだった。

最初のうちは、病室にほかの人間がひとりもいないと確信できたときにしか目をあけなかったし、そもそもめったに瞼をひらかなかった。病室には見るべきものもほとんどなかったからだ。遅かれ早かれ完全に覚醒した状態になる必要があるが、いざそうなったときにも考える力がかなりあることを——それどころか、現実には日に日に明晰な思考力を獲得していることを——彼らに知られてはならない。知られれば、裁判にかけられてしまう。

ブレイディは裁判にかけられたくなかった。

やり残したことがあるのに、裁判にかけられてたまるものか。

ノーマ・ウィルマー看護師に話しかける一週間前、ブレイディは夜中にふっと目を覚まし、ベッド横に立ててある点滴スタンドに吊り下げられた生理食塩水のパックを見あげた。退屈したこともあり、ブレイディは片手をあげてパックを押そうとした——いや、ひょっとしたら点滴スタンドごと床に押し倒せるかも。どちらも実行できなかったが、食塩水のパックはフックの先で前後に揺れており……そして気がついた。左右の手はどちらも上がけに置かれたままだということに。手の指は筋肉萎縮のため、わずかに内側に曲がっていた。理学療法では筋肉萎縮のペースを落とせても、完全には防げない——少なくとも、脳波の活動が乏しいまま長期にわたって眠ったままの患者の場合には。

あれを動かしたのはおれか？

ブレイディはふたたび手を伸ばしてみた——両手はほとんど動かなかったが（利き手である左手だけはわずかに震えていた）、それでも手のひらが食塩水のパックを押して、ふたたび揺らしはじめるのをはっきりと感じとった。

ブレイディは、これは興味深いぞ……と思って眠りこんだ。ホッジズのせいで（いや、あの黒人の芝刈り小僧のせいかもしれない）この忌ま忌ましい病院のベッドに押しこめられて以来、ブレイディにとって初めての本物の睡眠といえた。

翌日からは夜ごとに――ようすを確かめにくる者がいないと確信できる深夜になってから――ブレイディは自分の〝幻の手〟をためした。そのあいだハイスクール時代のクラスメートのことを思い出すのも珍しくなかった。友人はヘンリー・クロスビーといい、綽名は〈鉤《フック》〉、交通事故で右手をうしなっていた。なくした右手には義手を装着していたが、ひと目でつくりものだとわかるので手袋をはめていた。しかし、日によってはステンレススチールのフックを装着して登校することもあった。フックのほうが落ちたものを拾うのが簡単だし、ボーナスもついてくる――ヘンリーはそう話していた――女の子たちにうしろからこっそり忍び寄ってフックでふくらはぎとか腕の素肌をそっと撫でてやると、めちゃくちゃ怖がっておもしろいぜ。そんなヘンリーが一度ブレイディに教えてくれた。手をなくしてもう七年にもなるのに、いまでもたまに手がちくちくしたり、ぴりぴりしたりするように感じるんだ……痺れていた手が感覚をとりもどしていくときみたいにね、と。それからヘンリーはなめらかな切り株のようになったピンクの手首を見せながら、こうも話した。

「そんなふうに手がちくちくしているのが感じられるときは、なくなってるはずの手で頭を掻けそうな気分になるんだ」

当時のヘンリーがどんなふうに感じていたか、いまのブレイディには正確にわかった……ただし、ブレイディのほうは幻の手でちゃんと頭を掻くことができた。やってみたのだ。さらに、日が暮れると看護師が窓におろすベネチアンブラインドの小札《こざね》を揺らすことができると判明した。もともと窓はベッドから距離があり、腕を動かせても手が届くはずはなかったが、幻の手なら届かせることができた。またベッド横のテーブルに、だれかが造花を活けた花瓶を置いていたが（のちのちブレイディは、看護師長のベッキー・ヘルミントンが置いたものだと知ることになる――全スタッフ中でも、ブレイディにそれなりの気づかいを見せて対応するのはヘルミントンだけだった）、この花瓶を前後に動かすのはしごく簡単だった。

ひとしきり苦闘を強《し》いられたあとで――記憶が穴だらけになっていたせいだ――こういった現象にどういう名前がついていたかを思い出した。念動力《テレキネシス》だ。意識を集中させることだけで物体を動かす能力。ただし、真剣に精神を集中させようものなら猛烈な頭痛に見舞われたし、いまのブレイディの精神はあまり集中にむいていないようだった。その能力を発揮しているのは手、それも利き手の左手だった――ただし本物の左手はベッドの上がけの上で指を広げたまま、ぴくりとも動いていなかった。

驚くべきことといわざるをえない。バビノー――いちばんひんぱんに状態を確認しにやってくる医者（だったが、最近では関心が薄れたかに思える）――なら歓喜のあまり天にも舞いあがりそうになるだろうと予想できたが、この能力は自分だけの秘密にしておくつもりだった。

いずれはなにかの役に立つかもしれないが、ブレイディは懐疑的だった。たとえば耳をひくひく動かせるのも才能といえば才能だが、実用面ではなんの価値もない。そう、点滴スタンドの輸液パックを揺らすことはできるし、ブラインドを揺らして音を出すことはできるし、写真立てを倒すこともできる。揺れるさざなみを毛布につくりだして、いかにも大きな魚が毛布の下を泳いでいるように見せかけることも可能だ。病室に看護師がいるときを狙って、その手の芸当をやってみることもあった――彼らの驚きの反応が愉快だったからだ。ただし、この新しい能力もそのあたりが限界のようだった。ベッドの上に設置されているテレビの電源を入れようとしても入れられなかったし、病室専用のバスルームのドアを閉めようとしても果たせなかった。クロームめっきのハンドルを握ることはできても――指がしっかりと金属ハンドルにからみついて、冷たさや硬さをまざまざと感じとれても――ドアそのものが重すぎて、幻の手はあまりにも無力だった。そう、これまでは。そしてブレイディは、このまま怠らずに修錬をつづけていれば、幻の手がどんどん強くなっていくのではないかと感じていた。

目を覚まさなくては――ブレイディは思った――たとえ、癪《しゃく》にさわるこのクソな頭痛を鎮めるのにアスピリンを飲み、まっとうな本物の食べ物を口にするためだけでもいい。病院のカスタードですらごちそうに思えるだろう。もうすぐ目を覚ましてやる。それこそ、あしたにでも。

しかし、ブレイディは目を覚まさなかった。翌日、自分がこれまでいた場所――どんな場所かはともかく――からもち帰ってきた新しい能力が念動力だけではないことに気づかされたからだった。

ほぼ毎日、午後になると病室へやってきてブレイディの生命徴候の数字を控え、夜にはブレイディのベッドタイムの準備を（といっても最初からベッドにいるのだから、改めてベッドについたりはしない）ととのえてくれるのは、セイディー・マクドナルドという若い女性看護師だった。髪は黒、洗いざらしたような雰囲気で化粧っ気のない、それなりに愛らしい女性。ブレイディは半分閉じた目でマクドナルド看護師を観察していた――最初に意識をとりもどした地下の作業室から壁を越えてこっちへ来て以来、ブレイディは病室にやってくるあらゆる人間をこの流儀で観察していた。

マクドナルドはブレイディを怖がっているように思えたが、やがて自分だけが特別扱いされているのでないこともわかってきた。マクドナルド看護師はだれかれかまわず、ひとしなみに怖がっていた。普通に歩くのではなく、小走りにこそこそと歩くタイプ。二一七号室でなすべき仕事をしているあいだに、ほかの人間が入室してくると――たとえば看護師長のベッキー・ヘルミントン――マクドナルドは目立たない隅に体を縮こまらせがちになった。この看護師がことのほか恐れているのはドクター・バビノーだった。バビノーと病室でいっしょにならざるをえないおりには、セイディー・マクドナルドの恐怖心がブレイディの舌先に感じられるほどだった。

そしてほどなくブレイディは、この表現が決して誇張ではないことに気づいた。

ブレイディがカスタードに思いを馳せながら眠りについた日の翌日、セイディー・マクドナルドは午後三時十五分に二一七号室へやってきて、まずベッドの頭側にあるモニター画面をチェックし、ベッドの足もとに吊ってあるクリップボードになにやら数字を書きこんだ。つづいて点滴スタンドの輸液パックを確かめたのち、クロゼットに行って清潔な枕をとりだす。マクドナルドなら片腕だけでブレイディの体をもちあげて――小柄だが腕の力は強い――枕を清潔なものと交換できた。本来は看護助手の仕事なのかもしれない。しかしブレイディは、マクドナルドが病院のスタッフ序列で底辺に位置しているように感じていた。いってみれば、トーテムポールの下部にいる看護師である。

よし、枕の交換がおわった直後、ふたりの顔がいちばん接近している瞬間を狙いすまして目をぱっちりひらき、マクドナルドに話しかけてやろう――ブレイディは思った。さぞや怯えることだろうし、ブレイディは他人を怯えさせるのが大好きだ。昔とくらべて生活には変化したことが多々あるが、これは変わらない。もしかすると悲鳴をあげてくれるかも――上がけにさざなみをつくって、ひとりの看護師にあげさせたような悲鳴を。

しかしマクドナルドはクロゼットへ行く途中、窓の外のなにかに気を引かれてしまっていた。窓から見えるのは立体駐車場のビルだけ……それなのにマクドナルドはその場に立ちつくし……一分たち……二分過ぎて……三分になった。どうして？　クソつまらない煉瓦《れんが》の壁を、なんでまたうっとり見つめたりする？

いや、煉瓦しか見えないわけではない——マクドナルドといっしょにおなじ方向を見たブレイディはそう気づいた。立体駐車場の各フロアには横に細長い開口部があり、車がビル内のスロープをのぼっていくと、短時間ながらフロントガラスに日光がまぶしく反射していた。

ぴかっ。それから……ぴかっ。それから……ぴかっ。

たまげたね——ブレイディは思う。昏睡状態にあるのはおれだという話じゃなかったのか？　見たところ、この女はなにかの発作でも起こしてるみたいだ。それも、てんかん

いや、待て。おれはこうしてただベッドに横になってるのに、なんでこの女といっしょに外を見ていられる？

錆だらけのピックアップトラックが走っていた。つづいてジャガーのセダン——どこぞの金持ち医者の車だろう。そしてブレイディはまた気がついた。マクドナルドといっしょに外を見ているのではなく、マクドナルドの目から外を見ていることに。いってみれば、他人が運転する車の助手席に乗って風景を見ているようなものだ。

そして——まちがいない、セイディー・マクドナルドはまちがいなくてんかん状の発作を起こしていた。ただしきわめて軽度なので、おそらく本人も発作にさえ気づいてい

ないかもしれない。あの光が発作を誘発した。走っていく車のフロントガラスに反射している日光が。スロープをあがっていく車の列が途切れたり、日光の角度が少しでも変わったりすれば発作はおさまって、マクドナルドは我に返り、なにごともなかったように仕事をつづけるのだろう。自分が発作を起こしていたことも知らないまま、発作状態から出てくるわけだ。

ただしブレイディは知っていた。

なぜかといえば、この女のなかにいたからだ。

試しに多少深くまではいりこむと、マクドナルドの思考が見えることに気づいた。驚くほかはなかった。思考が右へ左へと閃き、ここかと思えばまたあちらと飛び、高く、また低く飛び、ときには交差しているのが本当にまざまざと見えた。その舞台になっているのが暗緑色の媒介物のようなもので、これこそが——おそらくじっくり考えをめぐらせる必要があるだろうし、慎重に見さだめるべきだったが——マクドナルドの意識の核部分かもしれない。セイディー・マクドナルドらしさの基礎をなしている部分。飛びかう思考魚《ソートフィッシュ》の正体を見きわめたくなって、ブレイディはさらに深くまで潜ろうとしたが……それにしても、思考魚たちのすばしっこいことといったら！　ただし……。

自宅アパートメントに置いてあるマフィンにまつわる、なんらかの思考。

ペットショップのウィンドウで見かけた猫にまつわる思考——黒猫だが、胸もとだけは白いのがかわいらしい。

それから……この思考の題材は……岩？　岩でまちがいない？　父親にまつわる思考。この思考魚の色は赤、赤は怒りの色。あるいは恥辱の色。はたまたその両方。

マクドナルドが窓から顔をそむけてクロゼットにむかいはじめると、ブレイディは一瞬だけ体をぐるりとまわされたような眩暈《めまい》を感じた。その感覚がおさまると、ブレイディは自分の体内にもどって自分の目で外界を見ていた。マクドナルドは、ブレイディが自分の内部にいることを意識しないまま、ブレイディを外部へ排出したのだ。

そのあとマクドナルドに上体をもちあげられて、洗濯したばかりの清潔な枕カバーにおさめたふたつの低反発枕を頭の下に入れてもらっているあいだも、ブレイディは目を半眼に閉じたまま中空の一点を見すえていた。結局は、ひとこともしゃべらなかった。これについては、本当にあえて考えをめぐらせる必要もなかった。

それからの四日間、ブレイディは病室へやってくるさまざまな人物の頭に侵入をこころみた。ただしある程度の成功をおさめたのは、そのうちひとりだけにとどまった——病室の床のモップがけにやってきた看護助手の若者だった。この若者は知的障害があるというほどではなかったが、〈メンサ〉のような天才クラブの会員候補ともいえなかった。若者は自分が動かしているモップがリノリウムの床に残している濡れた縞模様を見おろしていて、そのせいでわずかながらブレイディが忍びこめる隙間がひらいたのだ。

ブレイディの訪問はさしたる収穫もなく、短時間でおわった。若者が考えていたのは、今夜はカフェテリアでタコスが食べられるだろうかということだけ——若者にはこれが大問題だった。

そのあとは……眩暈と体をぐるりとまわされる感覚。若者はモップを振り子のように左右に動かす手をいっときもとめることなく、ブレイディを西瓜《すいか》の種のようにぷっと吐きだした。

おりおりに病室へやってくるそれ以外の人間が相手のときには一度も成功せず、この失態が痒《かゆ》いときでも顔を掻けないこと以上にもどかしかった。いまの自分の総ざらえをしてみたブレイディは、結果に落胆した。骨と皮ばかりに痩せた体の上に、ずっと痛みっぱなしの頭が載っている。体を動かせない。完全に麻痺しているわけではないが、全身の筋肉は萎縮し、片方の足を左右に数センチ滑らせるだけでも超人的な努力が必要だ。一方ではセイディー・マクドナルド看護師の体に侵入したときには、魔法の絨緞に乗っているようにさえ思えた。

しかしマクドナルドに侵入できたのは、ひとえにこの女性看護師がてんかんのような発作を起こしていたからだ。きわめて軽度の発作……ドアをわずかにひらく程度の発作だった。ほかの人間には生来の防衛機構がそなわっているようだった。看護助手の若者の場合も、内部《ドービー》にとどまれたのはほんの数秒だった。もしあの若者が白雪姫の仲間のこびとだったら、おとぼけと呼ばれていたことだろう。

それがきっかけでブレイディは有名なジョークを思い出した。初めてニューヨークにやってきた旅行者が、ひとりのビートニクにこうたずねた。「カーネギーホールへ行くにはどうすればいいんですか？」

ビートニクはこう答えた。「練習、ひたすら練習あるのみ」

それこそがおれに必要なことだ、とブレイディは思った。練習を重ねて強くなること。なぜなら、カーミット・ウィリアム・ホッジズがまだどこかで生きているからだし、あの老いぼれ退職刑事が自分は勝ったと思っているからだ。そんなことは許せない。そんなことを許してなるものか。

そして二〇一一年十一月中旬の雨のそぼ降る日の夜、ブレイディはぱちりと目をあけ、頭が痛い、母親に会わせてほしいと声に出していった。悲鳴はあがらなかった。セイディー・マクドナルドは非番で、この夜の当直についていたノーマ・ウィルマーはマクドナルドよりもよほど気丈な看護師だった。それでもノーマは驚きに小さな声をあげ、ドクター・バビノーがまだ医師ラウンジにいるかどうかを走って確かめにむかった。

ブレイディは思った——いよいよ残りの人生の開幕だ。

ブレイディは思った——練習、ひたすら練習あるのみ。

黒もどき
ブラッキッシュ

1

ホッジズはホリーを正式にファインダーズ・キーパーズ社の共同経営者《フルパートナー》にしていたし、予備のオフィスもちゃんとあるが（狭くても街路を見わたせる窓がある）、ホリーは以前のまま受付エリアを根城とすることを選んだ。ホッジズが十一時十五分前に出社すると、ホリーはやはり受付デスクに腰をすえてコンピューターのディスプレイを見つめている。ホリーはすばやく手を動かして、デスクの足をいれる空間の上のセンター抽斗になにかを隠すが、ホッジズの嗅覚は（鼻よりずっと南方に位置し、重度の機能不全を起こしている某臓器とは異なり）いまもまだ良好に作動中であり、まちがえようのない食べかけの〈トゥインキー〉の香りをたしかにとらえる。

「なんの記事を読んでるんだい、ホリーベリー？」

「その呼び方はジェロームの真似でしょう？　わたしがきらっているのも知ってるくせに。あと一回でもわたしをホリーベリー呼ばわりしたら、一週間ばかり母のところへ行かせてもらう。顔を見せろとしつこくいわれてるし」

さあ、どうだか……とホッジズは思う。きみはあのお母さんに耐えられない。それにいまきみは怪しいにおいを追いかけているところだ。ヘロイン依存症者みたいな捜査中毒。

「ごめん、わるかった」ホッジズはいいながらホリーの肩ごしにのぞきこみ、表示されているのが、経済や金融が専門の〈ブルームバーグ・ビジネス〉に二〇一四年四月に掲載された記事だと見てとる。見出しは《ザピット・クラッシュ》。「ああ、この会社は経営に失敗して倒産したんだ。たしか、きのう話しておいたんじゃなかったかな」

「ええ、話してもらった。わたしが興味をもっているのは──まあ、興味をもつのはわたしくらいかも──会社がかかえていた在庫よ」

「というと？」

「売れ残っていた数千台……ことによったら数万台単位の〈ザピット〉のこと。それだけの在庫の山がどうなったかを知りたくて」

「で、わかったのかい？」

「まだ」

「もしかしたら、中国の貧しい子供たちに送られたのかもしれないな──子供のころのわたしが食べるのを拒んだ野菜すべてといっしょにね」

「子供たちの飢餓は笑いごとじゃないわ」ホリーはいかめしい顔になっていう。

「ああ、そうだ、もちろん」

ホッジズは体をまっすぐに伸ばす。ドクター・スタモスの診療所からここへ来るまでのあいだに、処方箋の薬を出してもらってきたので——強力な薬だったが、もうじき処方されるはずの薬ほどの強い効きめはない——痛みをほとんど感じずにすんでいる。そればかりか、腹のあたりがほんのかすかながら空腹を訴えて動きだしてさえいる。歓迎すべき変化だ。

「売れ残りは破壊処分されたんじゃないか」ホッジズはいう。「ほら、売れなかったペーパーバックが廃棄されるみたいに」

「廃棄するには量が多すぎる」ホリーはいった。「たくさんのゲームがプリインストールされてて、まだちゃんと動くマシンならなおさらよ。ラインナップのうちの最上位機種だった〈ザピット・コマンダー〉には、Wi-Fi機能までそなわってた。さあ、そろそろ検査結果を教えて」

ホッジズは、控えめでありながらもうれしそうに見えることを期待しつつ笑顔をとりつくろう。「意外かもしれないが、いいニュースだったよ。潰瘍は潰瘍だが、ごく小さなものだそうだ。これからどっさり薬を飲む必要はあるし、食生活にも気をつけなくちゃならない。スタモス先生の話だと、そういったことを守っていれば、あとは自然に治るだろうということだ」

ホリーが輝くような笑みを見せ、ホッジズはあきれるほど真っ赤な嘘を口にした甲斐があったとうれしい気持ちになる。もちろんそれだけではなく、古靴にへばりついた犬の糞になったような後ろめたい気分にも。

「ほんとによかった！　もちろん先生のいいつけにはきちんと従うんでしょう？」

「もちろん」またもや犬の糞気分だ。世界じゅうの味気ない食い物を食べつくそうとも、自分にとり憑いている病気は治せない。ホッジズは決してあっさりあきらめる男ではない。これが普段なら、膵臓癌に打ち勝てる確率がどれだけ低かろうと、いまごろは消化器専門医のヘンリー・イップの診察室に駆けつけているはずだ。しかし、〈デビーの青い傘の下で〉というサイトでうけとったメッセージで、事情が変わった。

「でも、本当によかった。だって、あなたがいなくなったらどうすればいいのか、わたしにはまったくわからないから。そう、まったくわからないの」

「ホリー――」

「でも、本当をいうとわかってる。実家に帰るのね。そんなことになれば、わたしにとっては災難だけど」

おいおい、本気か？　わたしが最初にきみと会ったとき、きみが伯母さんのエリザベス・ウォートンの葬式のためにこの街へやってきたあのとき、きみの母親は飼っている犬をリードで引きまわすみたいに娘のきみを引きまわしていたじゃないか。これをしなさい、ホリー、あれをしなさい、ホリー。それからね、どうかお願いだから、人前で恥ずかしいことだけはしないでね。

「さあ、教えて」ホリーはいう。「新しい情報というのを教えてほしい。教えて教えて教えて！」

「とりあえず十五分の猶予《ゆうよ》をくれ。そのあとで、ちゃんと一切合財を話すよ。それまでの時間をつかって、きみは〈ザピット・コマンダー〉の在庫がその後どうなったかを調べるといい。重要ではないかもしれないが、やはり重要なことかもしれないしね」

「オーケイ。それにしても、あなたの検査結果は最高にすばらしいニュースだったわ、ビル」

「そうだね」

ホッジズは自分のオフィスへはいっていく。ホリーは回転椅子をぐるりとめぐらせて、ホッジズのあとを目で追いかける。というのも、ホッジズがオフィスにいるときにドアを閉めることはめったにないからだ。とはいえ、前例がなかったわけではない。ホリーはコンピューターにむきなおる。

2

「あの男はおまえ相手の仕事をおわらせてはいない」

ホリーは低い声でくりかえす。それから半分食べかけのベジタブルバーガーを紙皿に置く。ホッジズはすでに、しゃべりながら自分のバーガーをむしゃむしゃ食べて完全撃破している。ただし、夜中に激痛で目を覚ましたことは話さない——ホリーに話したバージョンでは、眠れないまま起きだしてネットサーフィンをしようとして、このメッセージを見つけたことになっている。

「そう、それが向こうからのメッセージだ」

「ハンドルネーム Z‐Boy からのメッセージ」

「ああ。なんだかスーパーヒーローの助手役っぽい名前じゃないか？　《来週もゴッサムシティを犯罪から守るヒーロー、ZマンとZボーイの活躍をお楽しみに》という感じでね」

「それならバットマンとロビンよ。ゴッサムシティをパトロールしてるのはそのふたり」

「わかってる。こっちはきみが生まれる前からバットマンのコミックスを読んでたんだ。ものの譬《たと》えだよ」

ホリーは自分のベジタブルバーガーを手にとるが、レタスをひと切れ抜きだしただけで下へおろす。「あなたが最後にブレイディ・ハーツフィールドを訪ねたのはいつ？」

いきなり本題に切りこんできたな——ホッジズは感歎しながらそう思った。それでこそ、われらがホリーだ。

「ソウバーズ家の件が片づいた直後に一回、そのあともう一回だけ行った。だとすると、夏の盛りかな。そのあときみとジェロームに迫られて、もう行ってはいけないと申しわたされた。で、そのいいつけに従ったわけだ」

「あなたのためを思って、やめさせたの」

「わかっているよ、ホリー。さあ、バーガーを食べてしまいなさい」

ホリーはバーガーをひと口かじって、口の端についたマヨネーズを指先で拭い、最後に病室を訪ねたときにはブレイディがどんなようすだったかをたずねる。

「それまでとおなじだったかな……おおむねは。ただ椅子にすわって、窓から立体駐車場ビルを見ていただけだ。こっちが話しかけたり質問をしたりしても、なにもいわない。あれが脳損傷の演技だったら、アカデミー賞ものの名演を披露してたといえるね。ただし、ブレイディについてはいろんな噂が流れてはいた。あの男が不思議な精神の力をもっているというような噂だよ。ベッドに寝たまま、バスルームの蛇口から水を出したり止めたりしてスタッフを怖がらせたとかね。他愛ない与太話だといいたいところだが、ベッキー・ヘルミントンがまだあそこの師長だったころ、二度三度と妙な現象を目にしたと話してる——ブラインドがかたかた揺れたことや、テレビの電源がひとりでにはいったこと、点滴スタンドに吊るした輸液パックがぶらぶら揺れていたことなどがあった、とね。ベッキーは、わたしにいわせれば信頼できる証人だ。容易には信じがたい話だと思うが——」

「そうでもない。念動力《テレキネシス》は——ときには観念動力《サイコキネシス》とも呼ばれるけど——記録が残っている現象だもの。病室を訪ねたときに、あなた自身がそういった現象を目撃したことはなかった？」

「そうだね……」ホッジズは口をつぐんで記憶をさぐる。「最後から一回前の訪問のときに、変なことがあったな。ベッドの横のテーブルに写真が飾ってあったんだ——ブレイディと母親がたがいの体に腕をまわして、頰っぺたをくっつけあってる写真だよ。どこかへ旅行にいったときの写真だ。エルム・ストリートの自宅には、もっと大きく引き延ばしたものが飾ってあった。きみも覚えてないか？」

「もちろん覚えてる。あの家で目にしたものはひとつ残らず覚えてる——ブレイディが自分のコンピューターに保存していた、母親のセクシー写真のあれこれも」そういってホリーは小ぶりな胸の前で腕を組み、不快感もあらわなしかめ面になる。「あの親子は、とんでもなく不自然な関係だったわ」

「いわれなくてもわかってる。で、ブレイディがじっさいに母親と肉体関係をもっていたかどうかは知らないが——」

「おえええっ！」

「——ブレイディはそれを望んでいたかもしれず、母親は少なくとも息子がそんな幻想に耽《ふけ》ることができるようにしてやっていたと思うよ。ともかく病室でわたしは写真のフレームを手にとり、母親についてあることないこと話してやった。やつの感情をかきたて、やつの反応を引きだしたかった。やつはあの体のなかにいた——精神のすべてがちゃんとそろった状態で。あのときもそう確信していたし、いまもその確信は揺らがない。やつはすわってるだけだった――でも体の内側には、市民センターであれだけの人を殺し、ミンゴ・ホールでもっとたくさんの人を殺そうとしたあの人間スズメバチ野郎が昔のまま存在していたんだ」

「そしてブレイディは〈デビーの青い傘〉をつかって、あなたと話をしようとした――そのことを忘れないで」

「ゆうべあんなことがあったんだ、忘れるものか」

「で、病室にいったときの出来ごとを最後まですっかりききかせて」

「ほんの一瞬だったが、あの男は窓の外の立体駐車場ビルを見るのをやめた。あいつの目玉が……眼窩《がんか》のなかでごろりと動いて……わたしを見たんだよ。視線をむけられて、こっちはうなじの毛が一本残らず逆立ったし……病室の空気が……どういえばいいのか……電気を帯びたみたいだった」ホッジズは自分に鞭打つようにして残りの部分を話していく。巨大な石を押して急勾配《きゅうこうばい》の坂をあがっていくときのようだ。「現役刑事だったころには、ずいぶんたくさんの悪人をつかまえたものだ――なかには、文句なく最低最悪の悪人もいたよ――たとえば、端金《はしたがね》でしかない保険金目当てに自分の三歳の子供を殺した母親だな。しかし、いったんつかまえた連中から邪悪なエッセンスのようなものの存在を感じたことは一度もない。そういう邪悪さは禿鷹のようなもので、ひとたび愚かな悪人が牢屋にぶちこまれると飛び去ってしまうようだ。しかし、あの日は邪悪さのエッセンスを感じたんだよ、ホリー。本当に感じた。ブレイディ・ハーツフィールドにそれを感じたんだ」

「あなたを信じる」ホリーは囁き声も同然の小さな声でぽつりという。

「そしてブレイディの手もとには〈ザピット〉があった。それこそ、わたしが突きとめようとしていたつながりだった。ただの偶然ではなく、本当に関連があることを示すものならね。あの病棟にひとりの男がいる——男の苗字は知らないよ。ただ、みんな〈図書室《ライブラリー》アル〉と呼んでいてね。病棟を巡回するときには、カートから電子書籍リーダーの〈キンドル〉やペーパーバックを貸しだすかたわら、〈ザピット〉も貸しだしてた。アルが看護助手なのか、ただのボランティアなのかも知らない。もしかしたら清掃スタッフのひとりで、仕事のかたわらにちょっとした善行を積んでいるのかも。とにかく、そのことをすぐ思い出さなかったのは、きみがエラートン家で見つけた〈ザピット〉がピンクだったからだ。ブレイディの病室にあったのはブルーだったんだよ」

「ジャニス・エラートンとその娘さんの身に起こった出来事が、いったいどんなふうにブレイディ・ハーツフィールドと関係していたというの？　それとも……ブレイディの病室以外の場所でも念動力がらみの出来事があったと、だれかが報告しているとか？　それとも、そういった噂が流れていたとか？」

「いや。ただソウバーズ家の件が解決したころ、脳神経外傷専門クリニックにいた看護師のひとりが自殺してる。ブレイディ・ハーツフィールドの病室の少し先にあるトイレの個室で手首を切ってね。名前はセイディー・マクドナルド」

「あなたの考えでは……」

ホリーはまたバーガーを手にとり、レタスを細くちぎってからまた皿にもどして、ホッジズの言葉を待っている。

「先をつづけてごらん、ホリー。きみの言葉を代わって引き受けるつもりはないんだ」

「あなたは……ブレイディが言葉巧みに誘いこむとかして……そんなことをさせたと考えてるの？　どうすればそんなことができるのか見当もつかないけど」

「わたしにだって見当もつかないね。しかしブレイディが自殺に魅せられていることは、わたしもきみも知ってる」

「そのセイディー・マクドナルドという看護師だけど……その人もやっぱり〈ザピット〉をもっていたとか？」

「それは不明だ」

「ええと……その人はどんな方法で……」

この質問にはなら答えられる。「手術室からくすねてきたメスをつかった。この情報は、解剖を担当した監察医の助手に教えてもらったよ。イタリアン・レストランの〈ディマジオ〉のお食事券をこっそりわたしてね」

ホリーはまたレタスを細くちぎっていく。皿の上でいっぱいになっている緑の小片の山は、アイルランド伝説に出てくる妖精レプレコンの誕生パーティーに用意された紙吹雪のようだ。見ていると頭が変になりそうだが、ホッジズはホリーにやめさせたりしない。いまホリーは、ひとつの言葉を口に出そうと努めているところだ。そしてようやく、その言葉を口にする。

「あなたはブレイディ・ハーツフィールドに会いにいくつもりね」

「ああ、そのとおり」

「なにかをききだせると本気で思ってる？　これまでも、ずっと空《から》ぶりだったのに」

「いまは知っていることも少し増えているしね」とはいったが、実際には自分がなにを知っているというのか？　だいたい、自分がどんな疑念をいだいているのかもさだかではない。しかし、もしかするとブレイディ・ハーツフィールドは人間スズメバチ野郎ではないのかもしれない。あの男は毒蜘蛛で、〈刑務所《バケツ》〉の二一七号室は蜘蛛の巣の中心点、ブレイディはそこで蜘蛛の糸を紡《つむ》いでいるのかも。

いや、なにもかも偶然にすぎないのかもしれない。癌がすでに脳味噌を食いはじめていて、そのせいで妄想じみた考えが次々に浮かんでいるのかもしれない。

ピートならそんなふうに考えそうだし、麗しのグレイアイズ嬢――この綽名が頭にこびりついたいま、ピートのパートナーをほかの名前では考えられなくなってしまった――なら、大声でそういいはなつだろう。

ホッジズは立ちあがる。「よし、思い立ったが吉日だ」

ホリーは食べ残しのバーガーを細くちぎったレタスの山に落として、ホッジズの腕を手でつかむ。「気をつけて」

「そのつもりだ」

「自分の思考を忘れずに守って。いかれた言葉にきこえるのは承知してるけど、わたし自身がいかれた女だから──いかれるときもある女だからこそ──これがいえる。もし、ほんの少しでも……どんなものであっても……自分を傷つけようという考えが頭に浮かんできたら……電話して。その場ですぐわたしに電話をかけること」

「オーケイ」

ホリーは腕を組み、左右の手それぞれで反対の肩をぎゅっとつかんでいる──昔は動揺したおりにみせていたものの、最近はめっきり見かけなくなっていたしぐさだ。「ジェロームがいてくれたら心強かったのに」

ジェローム・ロビンスンはいまアリゾナ州にいる──大学を一学期のあいだだけ休学し、世界各地で住宅問題にとりくんでいる国際NGO〈ハビタット・フォー・ヒューマニティ〉のメンバーとして住宅建設の仕事をしているのだ。以前、ジェロームのこの活動に関連してホッジズが〝履歴書に箔《はく》をつける〟というフレーズを口にしたところ、ホリーからお叱りをうけた。ジェロームがこのボランティアに参加しているのは、ひとえにジェロームが善意の人だからだ、といって。これについてはホッジズも同意するしかなかった──ジェロームが善意の人であることにまちがいはない。

「わたしなら大丈夫だ。それに、結局はなんでもないかもしれないし。いうなればわたしたちは、角の空家には幽霊がいるかもしれないと怯えている子供みたいなものだ。もしこんな話をちょっとでもしゃべっていたら、ピートはわたしたちふたりを入院させただろうよ」

実際そんなふうに入院させられた経験が（二回も）あるホリーは、本当に幽霊が出る空家があってもおかしくないと信じている。ホリーは指輪をしていない小さな手の片方を肩から離して、ふたたびホッジズの腕をつかむ――今回はホッジズが着ているコートの袖の上から。「向こうに着いたら電話して。そのあと、向こうを出るときにも電話をかけてほしい。ぜったい忘れないでね。わたしはきっと心配するはずだし、でもこっちからは電話をかけられない、というのも――」

「〈刑務所《バケツ》〉では携帯電話の使用が禁止されているから――だね。ちゃんと電話で連絡するよ。そのあいだ、きみに頼みたい用事がふたつある」すかさずホリーの手がメモ帳へ伸びたのを目にして、ホッジズはいう。「いやいや、わざわざ書きとめる必要はないよ。簡単な用事だからね。ひとつめは、ｅＢａｙ《イーベイ》でもどこでもいいが、新品市場で入手できない品が買えるところへ行って、〈ザピット・コマンダー〉を一台注文してほしい。できるかな？」

「簡単。もうひとつの用事って？」

「ザピット社を買収したサンライズ・ソリューションズ社はそのあと破産した。破産にあたっては管財人の役目を果たした人物がいるはずだ。管財人は弁護士や会計士や清算人を雇って、倒産した企業から少しでも多くの金を絞りだそうとする。管財人の名前を突きとめてくれ。わかったら、きょうのうちに時間を見つけて……あるいはあした電話をかけよう。倒産した時点で売れ残っていた〈ザピット〉の在庫がそのあとどうなったかを知りたいんだ――何者かがジャニス・エラートンに一台進呈したのは、ザピット社もサンライズ社も存在しなくなってから、ずいぶんたったあとだからね」

ホリーは顔を輝かせる。「めちゃくちゃすっごい名案！」

名案ではなく、ただの警察仕事だよ――ホッジズは思う。わたしは末期の癌患者かもしれないが、仕事のやり方まで忘れたわけじゃないし、これはちょっとしたものだ。そう、ちょっとした役に立つものである。

3

ターナー・ビルディングから出てバスの停留所を目指して歩くあいだ（街の反対側へ行くのだから、プリウスをとってきて自分で走らせるよりも、五番ラインのバスに乗るほうが時間の節約になるし、楽でもある）、ホッジズはまわりが見えないほど深く考えに没頭した男になっている。考えているのは、どうやってブレイディに接近しようか、どうやってあの男の口を割らせようかということ。現役時代には取調室のエースという名声をほしいままにしていたのだから、手だてはあるはずだ。以前はただブレイディをからかったり煽ったりしつつ、この男が半昏睡状態を装っているだけだという直観の正しさを裏づけるという、それだけのために訪問していた。しかし今回は実体のある質問をたずさえての訪問だし、その質問の答えをブレイディから引きだせる方法がどこかにかならずあるはずだ。

毒蜘蛛をつつく必要がありそうだ——ホッジズは思う。

これから控えている対決のために策を練ろうという努力を妨害してくるのは、つい先ほど医者からくだされた診断にまつわる思いや、いやでもそこにつきまとう恐怖だった。そう、命をうしなうことへの恐怖。それだけではなく、遠からぬ将来に自分がどれだけの苦痛を味わうことになるのかという疑問や、知っておくべき人々にどのように伝えればいいかという問題もある。別れた妻のコリンヌと娘のアリーは知らせに動揺するだろうが、基本的には大丈夫だろう。おなじことがロビンスン一家にもいえる。ただしジェロームとその妹のちっちゃなバーバラ（いや、数カ月後には十六歳になるのだからもう〝ちっちゃな〟とはいえない）には衝撃の知らせになるのではないか。とはいえホッジズの心配の大半はホリーにむけられている。さっきオフィスではあんなふうにいっていたが、ホリーは決して頭がおかしいわけではない——壊れやすいだけだ。それもすこぶるつきに。過去には二回の神経衰弱歴がある。最初はハイスクール時代に、二度めは二十代初めのことだ。いまではずいぶん強くなっているが、そんなホリーを過去数年のあいだもっぱら支えてきたのはホッジズ自身と、ふたりで経営しているこの探偵社だ。ホッジズがいなくなって会社がなくなれば、ホリーは危険にさらされる。そのことで自分をごまかしてはならない。

ホリーが壊れるようなことだけはあってはならない――ホッジズは考える。顔を伏せ、両手をポケットに突っこみ、白い息を吐きながら歩く。そんなことだけはあってはならない。

こうした考えごとに深く没頭しているせいで、ホッジズは車体のそこかしこに下塗りが斑点のようにのぞいているシボレー・マリブに気づかない――気づかなかったのは二日間で三度めだ。マリブは道の先にとまっている――いまホリーがサンライズ・ソリューションズ社倒産時の管財人を突きとめようとしている建物の反対側に。車の横で歩道に立っているのは、陸軍放出品の古いパーカを着た年配の男。パーカはマスキングテープで補修してある。男はホッジズが路線バスに乗りこむのを見とどけると、コートのポケットから携帯をとりだして、どこかに電話をかける。

4

交差点にあるバス停へむかって歩くボスの姿を、ホリーは窓から見ている——ボスは、たまたまこの世界でホリーがいちばん愛している人物だ。こうして見るとホッジズはずいぶん痩せている——六年前に初めて会ったときの恰幅《かっぷく》のいいホッジズとくらべると、あのころの影も同然の姿だ。しかも歩いているあいだ、片手で脇腹を押さえている。気がつけば、このところよくそこに手を当てているが、本人が気づいているとは思えない。ただの小さな潰瘍だった……ホッジズはそういっていた。ホリーもその言葉を信じたい——ホッジズのことを信じたい。しかし信じられるかどうかは迷うところだ。

バスがやってきてホッジズが乗りこむ。ホリーは窓辺に立ったままバスが遠ざかるのを見まもりながら、爪を嚙み、タバコがあればいいのにと思う。〈ニコレット〉の禁煙補助ガムならどっさりあるが、タバコでなければ用をなさない場合もある。

ぐずぐず時間を無駄にするのはやめなさい——ホリーは自分を叱る。性根の腐った薄汚い覗き屋になるのなら、いまが絶好のチャンスよ。

そこでホリーはホッジズのオフィスへ足を踏み入れる。

ホッジズのコンピューターのディスプレイは暗いが、ホッジズがマシンを完全にシャットダウンするのは夜になって帰宅するときだけだ。だから、自動で切れたディスプレイを生き返らせるだけでいい。しかしいざ実行する前に、キーボード横に置いてある黄色い法律用箋に目が吸い寄せられる。ホッジズはいつもこの用紙を手もとに置いて、たいていはメモやいたずら描きにつかっている。そんなふうに手を動かして頭で考えるのだ。

いちばん上の用紙には、ホリーもよく知っている一行が書きつけてある——最初にラジオであの曲を耳にしたときからずっとホリーと共鳴しつづけている歌詞だ。《すべて孤独な人々》。ホッジズはこの一行に下線を引いている。その下には、ホリーも知っている人名が書いてある。

オリヴィア・トレローニー（未亡人）
マーティーン・ストーヴァー（未婚。ハウスキーパーは〝オールドミス〟と表現）
ジャニス・エラートン（未亡人）
ナンシー・オルダースン（未亡人）

ほかにも名前が書いてある。ホリーの名前ももちろんある——ホリーもオールドミスだ。ピート・ハントリー、離婚ずみ。ホッジズ自身の名前もあり、離婚ずみとある。

独身者の自殺率は平均の二倍。離婚した者の自殺率となると四倍だ。

「ブレイディ・ハーツフィールドは自殺を楽しんでた」ホリーはひとりつぶやく。「自殺はあの男の娯楽だった」

名前の下に走り書きのメモがあって丸で囲ってあったが、ホリーには意味がわからない。《訪問許可者リスト？　訪問許可者とは？》

ホリーがキーボードのキーのひとつを押すと、ホッジズのコンピューターのディスプレイが明るくなり、ありとあらゆるファイルが乱雑に散らばっているデスクトップ画面があらわれる。これについてホリーはおりおりにホッジズを叱り、こんなのは自宅玄関のドアをあけっぱなしにしたうえ、ダイニングテーブルの上に貴重品をずらりとならべて《わたしを盗んで》というプレートを置いているも同然だといってきかせるが、ホッジズはいつも、わかったわかった、これからはちゃんとするというだけで、結局はなにもしない。しかしホッジズが行動を改めたところで、ホリーの事情は変わらなかったはずだ――ホッジズのコンピューターのパスワードを知っているからだ。ホッジズが自分で教えてくれた。自分の身になにかあったときのために、と。いまがその〝なにかあったとき〟なのではないか――ホリーはそう恐れている。

ディスプレイをひと目見ただけで、〝なにか〟が潰瘍ではないことがわかる。デスクトップに新しいファイルが作成されている――それも不気味な名前のファイル。ホリーはファイルのアイコンをクリックする。最上段に表示されたおどろおどろしいゴシック体の文字が、この文書こそカーミット・ウィリアム・ホッジズの遺言状であると明言している。ホリーはすぐファイルを閉じる。ホッジズの遺書の中身をほじくりかえしたい気持ちは、これっぽっちもない。そういった文書が存在し、きょうこの日にもその文書に目が通されていたことだけで充分だ。いや、実際には充分すぎるほどだ。

ホリーはその場に棒立ちになったまま、両手で両肩をつかみ、唇を嚙む。次の一歩は、こそこそ嗅ぎまわること以上に悪質な行為になる。覗き見だ。不法侵入のこそ泥だ。

乗りかかった船だから、思いきって先に進みなさい。

「そうよ、先に進まなくちゃ」ホリーは囁き、郵便切手のアイコンをクリックしてメールソフトをひらく――そうしながら、なにもないかもしれないと自分にいいきかせる。なにもないわけではなかった。最新のメールは、ホッジズが今日の早朝〈デビーの青い傘の下で〉で見つけたことをホリーと話しあっていたあいだに着信していたらしい。差出人の欄には、スタモスとある――きょうホッジズが会ってきた医者だ。ホリーはメールをひらいて文面を読む。《ご参考までに、あなたの最新の検査結果を添付ファイルでお送りします》。

ホリーはメール本文に記載されているパスワードで添付ファイルをひらくと、ホッジズの椅子に腰をおろし、膝の上で痛いほど両手を握りしめて身を乗りだす。八ページある文書の二ページめまでスクロールさせたときには、もうホリーは泣き濡れている。

5

五番ラインのバス後部の座席にホッジズが尻を落ち着けるか落ち着けないかのうちに、コートのポケットの奥でガラスの割れる音が響き、つづけてミセス・オリアリーの居間の窓ガラスを割ったホームランをたたえる少年たちの歓声が湧きあがる。ビジネススーツ姿の男がウォールストリート・ジャーナル紙を下げ、新聞のへりごしに不快感もあらわな目をホッジズにむける。

「いやはや、すまんすまん」ホッジズはいう。「前々からこの音を変えるつもりなんだが」

「だったら、変更を最優先課題にするべきだね」ビジネスマンはそういうと、また新聞をもちあげる。

テキストメッセージの送り主は昔のパートナー。今度もだ。強い既視感《デジャ・ヴュ》をおぼえながら、ホッジズはピートに電話をかける。

「ピートか?」ホッジズはいう。「なんでまた、今度もメッセージを寄越す? こっちの番号はもう、おまえの携帯の短縮ダイヤルに登録されてないみたいじゃないか」

「どうせおまえのスマートフォンの設定はホリーがやったんだろうし、だとしたら素《す》っ頓狂《とんきょう》な着信音が入れてあるにちがいないと思ってね」ピートはいった。「ああいうのが、ホリーの考える大笑いのネタなんだな。それにくわえて、耳がすっかり遠くなったおまえさんのことだから、どうせボリュームを最大にしてるだろうとにらんだんだ」

「たしかにメッセージの着信音は最大ボリュームにしてあるよ」ホッジズは答える。「だけど普通の電話がかかってきたら、ポケットに入れてある携帯が太腿のすぐ横でミニオーガズムに達して震えるだけだ」

「だったら着信音を変えればいい」

つい数時間前、ホッジズは余命がわずか数カ月だと知らされた。それがいまは、携帯電話の音量について話しあっている。

「ああ、そのうち必ず変えるさ。で、なぜ連絡してきたかを教えてもらえるかな」

「例のゲームマシンだが、コンピューター関連の解析をしている鑑識技官が、それこそクソにたかる蝿にも負けないほどすばやく飛びついてきたよ。気にいったみたいだ――レトロだ、とかいってね。信じられるか？　五年ばかり前につくられたゲームマシンだぞ。それがいまじゃもうレトロときた」

「世界はぐんぐん加速しているのさ」

「世界はたしかに、なにかやらかしてるな。ともあれ、あの〈ザピット〉はおしゃかだったぞ。うちの鑑識技官が新品の乾電池を入れたら、五、六回ばかり青い光をぱぱっと出して、それっきりぶっ壊れちまった」

「なにが原因だったのかな？」

「厳密にいうならウイルスみたいなものがはいりこんでた可能性はないでもない――あのマシンにはWi‐Fi機能があるってふれこみだったし、ウイルスのたぐいは電波を通じてダウンロードされがちだからね。ただ鑑識のやつがいうには、チップが不良品だったとか基板がイッちまったとかだろうと。要点だけをいうなら、あのマシンにはなんの意味もなかった。ミセス・エラートンがあのマシンをつかえたはずがないからね」

「それならなぜミセス・エラートンは、娘さんのバスルームのコンセントに、そのゲームマシンの充電ケーブルをつなぎっぱなしにしていたんだろうね？」

この質問にピートはしばし黙りこむ。それからまた口をひらき、「オーケイ、だったらしばらくは動いていて、そのあとチップがいかれたのかも。というか、なんやかやで壊れたのかも」

そのマシンはちゃんと動いていたんだよ――ホッジズは思う。ミセス・エラートンはキッチンテーブルで、ひとりでもできるゲームで遊んでいたんだ。〈クロンダイク〉とか〈ピラミッド〉とか〈ピクチャー〉とか、とにかくさまざまなゲームでね。なあ、ピート、おまえさんだってナンシー・オルダースンから話をきいていれば、そんなことは知っていたはずだぞ。おおかた〝死ぬまでにしたい百のことリスト〟に追加したままなんだろうが。

「わかった」ホッジズはいう。「捜査情報のアップデートをありがとう」

「アップデートは今回が最後だぞ、カーミット。おまえさんが警察をやめてからは、いまのパートナーとじつに良好な関係を築きあげたし、パートナーにはおれの退職祝いのパーティーに来てほしい。あの女刑事が署のデスクにぽつねんとすわって、なんでピートは最後の最後までわたしよりもビルを贔屓にしてたんだろう、なんて仏頂面で考えてるなんてごめんだ」

ホッジズとしてはこの話題をさらに追いかけてもいいが、あいにく目的地の病院がもう目と鼻の先だ。さらにいま気がついたのだが、自分はピートとイザベルのふたりと距離を置き、単身この件を追及したいというのが本音だ。ピートはのろのろとながら進もうとするが、イザベルはわざとぐずぐず足踏みをする。ホッジズはこの件で走って進みたかった——膵臓がわるかろうとなんだろうと。

「話はわかった」ホッジズはいう。「重ねて礼をいわせてくれ」

「調査終了《フィニート》にするな？」

「おわりだよ」

そういったあとホッジズの目はさっと上をむき、そのあと左へむけられる。

6

ｉＰｈｏｎｅをコートのポケットにもどしているホッジズから十九ブロック離れると、そこはまったくの別世界だ。あまり品のいい世界ではない。ジェローム・ロビンスンの妹はいまそんなところで困ったことになっている。

愛らしく慎《つつ》ましやかなチャペルリッジ校の制服姿（グレイのウールのコート、グレイのスカート、白いニーハイソックス、首まわりに巻いた赤いスカーフ）のバーバラは、マーティン・ルーサー・キング・アヴェニューを歩いている。手袋をした両手で黄色い〈ザピット・コマンダー〉をもったまま。スクリーンでは——日中の冷たくまぶしい日ざしのせいでほとんど見えなくなっているが——〈フィッシン・ホール〉の魚がひらりひらりと泳いでいる。

ＭＬＫという略称で呼ばれるマーティン・ルーサー・キング・アヴェニューは、この市でロウタウンと呼ばれる地域の二本ある目抜き通りのひとつ。このあたりの住人はほとんどが黒人で、バーバラにも黒人の血が半分流れているが（だから肌はカフェオレ色だ）、この地域に来たことは一度もなかったし、その事実ひとつとってみても自分が愚かで無価値に思えてくる。ここの人々はバーバラの同胞たち、この人たちの祖先と自分の祖先は、昔はいっしょに平底荷船を漕いだり、おなじプランテーションで綿花の梱《こり》をかついで運んだりしていたかもしれないのに、でもここへはただの、一、度、と、し、て、来たことがなかった。両親だけではなく、兄からもこの界隈《かいわい》に近づいてはならないと警告されているからだ。

「ロウタウンっていうのはね、たむろしている連中がビールを飲んでは、その空き瓶を食べるような街だぞ」前にジェロームがそんな話をしていた。「おまえみたいな女の子が行くところじゃない」

わたしみたいな女の子――バーバラは思う。わたしのように上品な中流の上の家庭出身の女の子。お上品な学校に通い、上品な白人の女の子たちを友だちにもっていて、プレッピー風のお上品な服をいっぱいもっていて、お小遣いもたくさん……っていう女の子。それだけじゃない、銀行のキャッシュカードだってもってる！　いつでもその気になれば、ＡＴＭで六十ドル引きだせるんだ！　これってすごくない？

バーバラは夢のなかの女の子のように歩いている。そればかりか、実際に少し夢のようにさえ感じられる。家からは――しゃれたケープコッドコテージに車を二台入れられるガレージが付属し、住宅ローン完済ずみの自宅からは――距離にして三キロ前後しか離れていないのに、周囲のすべてが異質だ。バーバラは小切手換金屋や、ギターとラジオと柄《え》に真珠母を嵌《は》めこんだ剃刀《かみそり》がずらりとならぶ質屋の前を通って歩く。また、一月の寒さを防ぐために扉をきっちり閉めていてさえ、ビールのにおいを外にまでただよわせるバーの前を歩く。あなぐらのように狭苦しく、油の臭気をまきちらしているレストランの前を通る。ピザを売る店があり、中華料理を売る店がある。ある店の窓には、《みんなのおふくろの味そのまま――ハッシュパピーズとコラードグリーンズ》と書いてあるプレートが内側から立てかけてある。

そういわれても、わたしの母さんはちがう、とバーバラは思う。そもそもコラードグリーンとはなにかを知らない。ほうれんそう？　キャベツ？

道の角には――それも、角という角すべてに思えるのだが――丈の長めなショートパンツやずり落ちかけているようなジーンズ姿の若い男たちが、錆びたドラム缶で熾《おこ》した焚火《たきび》で暖をとりながら、小さなボールをサッカーのリフティングのように蹴って遊ぶフットバッグをしたり、この寒さのなかジャケットの前をくつろげたまま、馬鹿でかいスニーカーを履いて体をただリズミカルに揺らしたりしている。地元仲間が通りかかれば〝よお〟と声をかけ、車が通りかかれば呼びとめようとする。とまる車があれば、ひらいた窓を通じてグラシン紙の小さな封筒がやりとりされる。バーバラは何ブロックも何ブロックもＭＬＫを歩くが（九か十ブロックか十二ブロックか、もう途中からわからなくなっている）、どこの角にも、ハンバーガーやタコスの屋台ではなく、ドラッグのドライブスルー窓口があるかのようだ。

バーバラは、ホットパンツと着丈の短いフェイクファーのジャケットにぴかぴかブーツといういでたちで寒さに震えている女たちとすれちがう――女たちはそれぞれ驚くようなカラーバリエーションのウィッグを頭にかぶっている。窓に板が打ちつけてある建物の前を通りすぎる。あらゆる部品が剝ぎとられて車軸だけになったうえ、スプレーペンキの落書きだらけになった車の残骸の横を通りすぎる。片目の上に不潔な繃帯を巻きつけた女とすれちがう。女は金切り声をあげている幼児の腕をひっぱって歩かせている。地面に敷いた毛布にすわってワインをボトルからじかに飲んでいる男の前を歩く――男がバーバラへむけて灰色の舌を突きだし、もぞもぞ蠢《うごめ》かせる。それは貧困、それは絶望、どれもこれもずっと前からここにあったのに、これまで自分はこのためになにひとつしなかった。なにもしなかった？　それどころか考えることすらしなかったではないか。なにをしていたかといえば学校の宿題だ。なにをしていたかといえば、夜になると〝永遠の大親友《BFF》〟たちと通話したりメッセージしたりしていただけだ。なにをしていたかといえばフェイスブックを更新したり、自分の容姿について気を揉んでいただけだ。自分はどこにでもいるティーンズ寄生虫。母や父としゃれたレストランで食事をとったりしているけれど、お上品な住宅街にある自宅からほんの三キロ程度しか離れていないここでは、兄弟姉妹が安酒を飲んだりドラッグをやったりして、惨めな人生を塗りつぶしている。いまはすっきり肩まで垂れている自分のなめらかな髪が恥ずかしい。真っ白い清潔なニーハイソックスが恥ずかしい。肌の色が恥ずかしい――彼らとおなじ色あいだから。

「やあ、黒《ブラッキッシュ》もどき！」道の反対側からそう声をかけられる。「こんなところでなにしてる？　ここはおまえなんかに縁のないところだぞ！」

黒《ブラッキッシュ》もどき。

それは夜になると一家が見ては笑っているテレビのコメディの題名であり、バーバラ自身のことでもある。黒そのものではなく黒もどき。白人たちが住む界隈に住み、白人たちの暮らしを送る。そんなことができるのも、両親が大金を稼いでくれ、とことん偏見のない人たち——それこそ子供たちがきょうだい喧嘩で相手を〝のろま〟と罵っただけで身をすくませるような人たち——ばかりが住む地区に家を買えたからだ。そんなふうにすばらしい白人の暮らしを送っていられるのも、バーバラがだれにとっての脅威でもなく、あえて波風を立てたりしないからだ。自分の好きにふるまい、友だちと男の子のことや音楽のことや男の子のことや服のことや男の子のことやみんなが見ているテレビ番組のことをおしゃべりし、バーチヒル・モールでどの女の子がどの男の子といっしょに歩いていたかを話題にしているだけだ。

そう、わたしはただの〝黒もどき〟だ。役立たずといわれているも同然。だから、こんなわたしは生きていたってしょうがない。

「だったら、すっぱり自分でおわらせるべきかもしれないよ。自分でそう宣言すればいい」

その考えは声だ——これがバーバラには天啓のごとき論理に思える。かつてエミリー・ディキンスンは、自分の詩は世界に宛てた手紙で、世界は自分に手紙をよこしたためしはない、と語った。学校でその詩を読まされたのだ。しかしバーバラ自身についていえば、およそ手紙を書いたことはない。馬鹿馬鹿しいエッセイや読書レポートや電子メールはたくさん書いてきたが、本当に意味のある文章を書いたことはない。

「もしかしたら、ひと思いに決行する頃合かもね」

バーバラの声ではなく友人の声だ。

バーバラは、占い師が人の運勢を見て、タロットカードが人の未来を教える店の前で足をとめる。店の汚れたままの窓ガラスをのぞいたところ、だれかが自分の隣にいるように見えたからだ。少年っぽい顔に笑みをたたえた白人男、ひたいにひと房の髪が垂れている。バーバラはあたりを見まわすが、近くにはだれもいない。ただの思いすごしだ。バーバラはゲームマシンのスクリーンに目を落とす。占いの店の庇《ひさし》が落とす影のなかにいると、泳ぎまわる魚がふたたびくっきり明るく見えてくる。右に左に魚は泳ぎ、合間合間には、まぶしいほどの青い閃光。これまで歩いてきた方向に目をむける。車体をぴかぴかに輝かせた黒いトラックが、せわしなく車線変更を繰り返しながら大通りを自分のほうへ走ってくるのが見える。やたらに大きなサイズのタイヤを履いているトラック、学校の男子たちが〈でか足《ビッグフット》〉とか〈極道でかトラ《ギャングスタ・ラージ》〉とか呼んでいるトラックだ。

「せっかくその気になったのなら善は急げだね」

まるで、本当にだれかがすぐ隣に立っているかのよう。事情のわかっているだれかが。

おまけに声のいうことは正しい。バーバラが自殺を考えたことは一度もないが、いまこの瞬間には自殺が完璧に筋が通った行動だと思えている。

「おまけに遺書を残す必要はないよ」友人はそういっている。その友人の姿がまた窓ガラスに映りこんでいる。幽霊のように朧《おぼろ》に。「だって、ほら、きみがここで決行したということ自体が世界への手紙になるんだから」

ほんとにそのとおり。

「ここまで深く自分のことを知ってしまったら、もうこれまでどおりの暮らしをつづけるのは無理だね」友人がそう指摘する声をききながら、バーバラは泳ぐ魚に視線をもどす。「きみはもう知りすぎちゃったうえに、どれもこれもよろしくない話ばっかりだ」それから友人は急いだ口調でいい添える。「だからといって、きみがおぞましい人間ってわけじゃないけどさ」

バーバラは思う。そう、おぞましい人間なんかじゃない。役立たずなだけ。

い、い、黒もどき。

トラックがぐんぐん近づく。〈極道でかトラ《ギャングスタ・ラージ》〉。トラックを出迎えるつもりで歩道と車道の境にむかって足を踏みだすとき、ジェローム・ロビンスンの妹の顔は熱望の笑みに光り輝いている。

7

ドクター・フェリックス・バビノーは千ドルのスーツの上に羽織った白衣をひらひらとはためかせて〈刑務所《バケツ》〉の廊下を大股で歩いていくが、無精ひげはこれまで以上に剃ったほうがよくなっているし、いつも優雅に整えられている銀髪も乱れきっている。当直デスクのそばに数人の看護師たちがあつまり、昂奮を隠しきれていない押し殺した声で話をしているが、バビノーは彼らには目もくれない。

看護師のノーマ・ウィルマーがバビノーに近づく。「ドクター、あの話はもうおききになりましたか――」

バビノーはウィルマーに目をむけもせず、ウィルマーは突き飛ばされるのを避けるため、すばやく脇へ飛びのくほかはない。ついでウィルマーはあっけにとられてバビノーの背中を見おくる。

バビノーは診察用白衣のポケットに常備している《入室禁止》のプレートをとりだすと、二一七号室のドアノブに吊して病室へはいっていく。ブレイディ・ハーツフィールドは顔をあげない。その意識はすべて、膝に置いてあるゲームマシンにむけられている。

画面では魚が行ったり来たり泳いでいる。音楽は流れていない——マシンは無音《ミュート》にしてある。

この病室にはいると、フェリックス・バビノーが消えてドクターZが顔を出すことは珍しくない。しかし、きょうはちがう。ドクターZはブレイディの別バージョンのひとつ、すなわち投影された存在にすぎないし、あいにくきょうブレイディは忙しくて投影どころではない。

ラウンドヒアのコンサートのさなかにミンゴ・ホールを爆弾で吹き飛ばそうとしたことについての記憶はいまなお混乱したままだが、目覚めてからの日々でひとつだけはっきりしたことがある。明かりがふっつりと消える前、最後に目にした人物の顔だ。あれはバーバラ・ロビンスン、ホッジズの家で芝刈りをしている黒人小僧の妹だ。あのときバーバラは、ブレイディから通路をはさんで、ほぼ反対側の席にすわっていた。いまそのバーバラがここにいる——ふたりがふたつのスクリーンで同時に見ている魚といっしょに泳いでいる。ブレイディはすでにスキャペッリを仕留めた——乳首をねじりあげてきたあのサディスティックなクソ女を。さて、いよいよバーバラ・ロビンスンを始末してやろう。あのメスガキが死ねば兄が傷つくだろうが、いちばん肝心なのはそこではない。少女の死は老いぼれ元刑事の心臓にナイフを突き立てる。それがいちばんの勘所だ。

そしていちばんの美味でもある。

ブレイディはバーバラをなだめ、きみはおぞましい人物ではないと話しかける。その言葉がバーバラを歩かせるのに役立つ。なにかがＭＬＫ上をバーバラへと近づいているが、なにかは判別できない。いまもまだバーバラが心の奥深くでブレイディに抵抗しているからだが、とにかく大きなものだ。きっちり仕事を果たすに足りるほど大きい。

「ブレイディ、話をきいてくれ。Ｚボーイから電話があった」Ｚボーイの本名はブルックスだが、ブレイディはもう本名で呼ぶことを拒否している。「あの男はきみの指示どおり監視をつづけていた。そうしたらあの刑事……元刑事……いや、肩書はなんだっていいが――」

「黙れ」顔をあげないまま。ひたいで髪の毛が揺れている。強烈な日ざしを浴びているその姿は三十歳よりも二十歳に近く見えている。

他人に話をきかせることにすっかり慣れているバビノーは、自分がいまでは家来という身分であることをまだ理解しきっておらず、ブレイディの言葉もとりあわない。

「ホッジズはきのうヒルトップコートへ行ったそうだ。最初はエラートンの家へ行き、そのあと道をはさんで反対の家へも行った。ほら、あの家では――」

「黙れといったんだ！」

「ブルックスは、ホッジズが五番ラインのバスに乗りこむところも見てる。つまり、やつがここへ来るかもしれないんだぞ！　やつが来たとしたら、それはやつに知られたということだ！」

ブレイディは爛々《らんらん》と燃える目でちらりとバビノーを見やったきり、注意をゲームマシンのスクリーンにもどす。いま手綱を離したら……この高等教育をうけた愚者のせいで精神集中を揺らがされたら……。

しかし、そんなことをむざむざ許すものか。ホッジズを傷つけてやりたいし、黒人の芝刈り小僧を傷つけたい。あのふたりには借りがある。そして、これはその借りを返す手だてだ。ただの復讐にとどまるものではない。バーバラ・ロビンスンは、あのコンサート会場にいた人間のうち最初のテストケースになる。しかも、これまでの簡単に操縦できた連中とは勝手がちがう。とはいえ、いまはあの少女を操っているし、必要なのはあと十秒の時間だけだ。バーバラに近づいてくるものの正体がブレイディにもわかる。トラック。それも黒くて大きなトラックだ。

さあ、ハニー——ブレイディ・ハーツフィールドは思う——迎えの車が来たよ。

8

バーバラは縁石の上に立ち、近づくトラックを見つめてタイミングを測っている——しかしいざ膝を伸ばして足を踏みだそうとしたその瞬間、背後からだれかに体をつかまれる。

「おいおい、お嬢ちゃん、どうしたんだ？」

バーバラは抵抗するが、両肩を押さえている手は力づよく、トラックはそのあいだにゴーストフェイス・キラーの音楽を大音量で鳴らしながら走り過ぎていく。バーバラはさっと身をひるがえして手をふり払う――向かいに立っていたのは同年代の痩せた男の子。トッドハンター・ハイスクールで学校代表チームの選手であることを示すレタージャケットを着ている。背はかなり高くて――百九十五センチはありそうだ――顔を見るのにバーバラは上を見あげなくてはならない。褐色の巻毛がタイトな帽子《キャップ》をつくり、下あごにひげを生やしている。首には細い金のチェーン。少年はにこにこ笑っている。緑色の瞳をもつ目に楽しげな光をいっぱいにたたえて。

「そりゃきみはかわいい子だよ――ありのままの事実だし、褒め言葉でもある。でも、このへんの子じゃないね？　だろ？　そんな服を着てるもんな。だいたい横断歩道のないところで道をわたっちゃいけないって、母さんに教わらなかった？」

「ちょっかい出さないで！」バーバラは怯えてなどいなかった――ひたすら激しい怒りを覚えていただけだ。

少年は笑い声をあげる。「おまけに気が強い！　おれは気が強い子がタイプなんだよ。ピザとコークを奢《おご》らせてくれ」

「あんたになんか奢ってほしくもなんともない！」

さっきまでそばにいた友だちはいなくなっている――たぶん、わたしに愛想をつかしたんだろう。でも、わたしのせいじゃない――バーバラは思う。この男の子のせいだ。この……ダ、サ、メ、ンのせい。

ダサメン！　黒もどきっぽい《ブラッキッシュ》言葉があるのなら、これは代表格だ。顔がかっと熱くなるのを感じて、バーバラは〈ザピット〉のスクリーンの魚に目を落とす。魚を見ていれば気持ちも落ち着くはず。これまでずっとそうだったように。あの男からこのゲームマシンをもらったときには、すぐ捨ててしまおうと思っていただなんて！　でもあれは魚を見つける前のこと！　魚はいつだってわたしを遠くへ連れてってくれるし、ときには友だちを連れてきてくれる。しかしスクリーンをほんの一瞬見ただけで、ゲームマシンが消え失せる。ふっと消える！　ぱっと消える！　見ればダサメンが指の長い手で〈ザピット〉をつかみ、いまは夢中になってスクリーンを見つめているではないか。

「すっげえ、えらく昔のマシンじゃんか！」

「わたしのよ！」バーバラは声を高める。「早く返して！」

道の反対側でひとりの女が笑い声をあげ、ウィスキーでしゃがれた声を張りあげる。

「いってやんな、お嬢ちゃん！　のっぽをいい気にさせちゃだめ！」

バーバラは〈ザピット〉にむかって手を伸ばす。背高のっぽ《トールボーイ》はゲームマシンを頭の上にもちあげ、にやにや笑ってバーバラを見おろしている。

「返してっていったでしょ！　ガキくさい真似しないで！」

まわりで見ている人の数はさらに増えていて、トールボーイはギャラリーを意識して遊んでいる。左にさっと動いたかと思うと、スタッターステップで右へ。バスケットボールのコートでいつも実演している身ごなしなのだろう。そのあいだも、得意げな笑みを絶やさない。緑の瞳がきらめき踊る。トッドハンター・ハイの女子生徒の全員があいつの瞳に恋してるのだろうし、バーバラはもう自殺のことも考えず、自分が黒もどき《ブラッキッシュ》であることも考えなくなっている。社会にとっては、自分が良心のかけらもない屑でしかないことも考えない。いまバーバラはひたすら怒っていて、相手の男子がキュートだという事実が怒りをさらに煽りたてる。バーバラはチャペルリッジ校では学校代表サッカーチームの一員だ――いまバーバラは渾身の力をこめ、最上のペナルティキックをトールボーイの向こう脛にお見舞いする。

　少年は痛みに悲鳴をあげる（が、どこか痛みを愉快に思っている気配があって、それが怒りの炎に油を注ぐ――バーバラとしては会心の強烈なキックだったこともあいまって）。ついで少年は身をかがめて痛む脛をつかむ。それで少年とバーバラが互角の背丈になり、バーバラは大切な四角く黄色いプラスティックのマシンをひったくる。すばやく体の向きを変えてスカートをひるがえし、車道に走りだす。

「ちょっと、危ないよ！」ウィスキー焼けした声の女が金切り声をあげる。

　バーバラの耳に鋭いブレーキ音がきこえ、熱く焦げるゴムの臭気がつんと鼻をつく。左にむけた目に飛びこんでくるのは迫りくるパネルトラック。運転手が必死にブレーキをかけるなか、トラックの前部が左に傾いている。汚れたままのフロントガラスの奥で、運転手の顔はうろたえきった両目と大きくあけた口だけだ。バーバラは両手を大きくふりあげる。〈ザピット〉が落ちる。突然、いまこの瞬間バーバラ・ロビンスンはなにをおいても死ぬことだけはぜったいに避けたいと思うようになるが、それでもいまバーバラはここに、結局は車道に出てきてしまっていて、もはや万事休す。

バーバラは思う――迎えの車が来たんだ。

9

ブレイディは〈ザピット〉の電源を落とし、満面の笑みでバビノーを見あげる。

「あの女を仕留めたぞ」ブレイディはいう。その言葉は明瞭で、くぐもった箇所はひとつもない。「ホッジズとハーヴァードの蛮人小僧が、その知らせを気にいってくれるかどうかを確かめないと」

バビノーは〝あの女〟がだれなのか、大方の見当はついている。その上で心配したほうがいいと思うが、心配してはいない。いま心配しているのは自分のことだ。どうしてブレイディが自分をこんなことへ引きずりこむのを許してしまったのか？　自分はいつから選択肢をうしなってしまったのか？

「わたしがここへ来たのはホッジズの件だ。いまあの男はここへむかっていると見てまちがいない。きみに会うためにね」

「ホッジズなら何度もここへ来てるじゃないか」ブレイディはいう。とはいえ、あの老いぼれ退職刑事がしばらく来ていなかったのも事実だ。「あいつが緊張症を芝居だと見抜いたことはないぞ」

「あの男は情報の断片を組みあわせはじめている。ホッジズは決して愚か者ではない――きみ自身がいっていたじゃないか。ホッジズは、まだブルックスでしかなかったころのZボーイを知っていたのだろうか？　きみの病室を訪ねてきたときに、Zボーイの姿を見たことがあったにちがいないぞ」

「さあ、どうかな」ブレイディは疲れきっていて、満ち足りた思いだ。いまはなにをおいてもロビンスンの娘っ子の死という美味を心ゆくまで味わい、そのあと昼寝をしたい一心だ。やるべき仕事は多く、偉大なる計画が進行中だが、いま現在はとにかく休息がとりたくてたまらない。

「いまのような状態のきみをホッジズに見せるわけにはいかないな」バビノーはいう。「肌は紅潮しているし、汗もびっしょりかいている。シティマラソンを走りおわったばかりの人間みたいに見えるぞ」

「だったら、やつを近づけないでくれ。おまえならできるはずだ。おまえは医者だし、ホッジズはしょせんは禿げかけた年金暮らしの老いぼれだ。いまじゃ警察官でもなんでもないんだから、パーキングメーターが時間切れになってる車を見つけても、違反チケットは切れないね」いいながらブレイディは、黒人の芝刈り小僧がこの知らせをどう受けとめるだろうかと考えていた。名前はジェローム。やつは泣くだろうか？　力なく膝をつくだろうか？　悲嘆のあまり服を引きちぎり、胸をがんがん叩くだろうか？

それからホッジズを責めるだろうか？　まずそうはならないだろうが……万一そうなれば最高だ。そうなってくれれば文句なしだ。

「ああ、わかった」バビノーはいう。「そうだ、きみのいうとおりだ。わたしなら、そのくらいできる」という言葉は自分に語りかけていると同時に、自分のモルモットだったはずの男に語りかけているものでもある。それがこんなことになるとは、とんだジョークもあったものではないか。「いまのところ、それでしのげる。ただ、あの男にはいまでも警察内部の友人が何人もいる。もしかしたら多くの友人がいるかもしれないぞ」

「警察の連中など怖くはないし、ホッジズも怖くないね。ただ会いたくないだけだ。さしあたりいまは」ブレイディはにたりと笑う。「会うのなら、あの娘っ子のことをやつが知ったあとがいい。そうなったらやつと会おう。さあ、もう出ていってくれ」

だれがここのボスかをようやく理解しはじめているバビノーは、いわれたとおり、ブレイディの病室をあとにする。自分が自分のまま病室をあとにすることができて、いつものようにほっとする。ドクターZになったあとでバビノーにもどるたびに、帰りつく先のバビノーが毎回ほんの少しずつ減っているからだ。

10

ターニャ・ロビンスンが娘の携帯に電話をかけるのは、二十分間でもう四回めだ。そして、娘バーバラの陽気な留守電応答メッセージしかきこえないのも、これで四回めだ。「これ以前のわたしのメッセージはみんな無視して」発信音のあとで、ターニャはそう吹きこむ。「母さんはまだ怒ってはいるけれど、いまはもう病気になりそうなくらい心配してる。とにかく電話をちょうだい。あなたの無事を確かめずにいられないの」

ターニャは携帯をデスクに置くと、自分のオフィスという狭い空間をうろうろ歩きはじめる。夫に電話をかけようかと頭のなかで検討して、その案を却下する。いまはまだ早い。夫はバーバラが学校をサボったかもしれないと知れば、それだけで頭に血が昇り、サボったにちがいないと思いこむに決まっている。チャペルリッジ校で出席管理係をつとめているミセス・ロッシから電話があり、きょうバーバラは病欠なのかとたずねられたときには、ターニャも真っ先にそう疑った。これまでずる休みをしたことのないバーバラだが、どんな素行不良にも初回があるし、ティーンエイジャーならなおさらだ。ただしバーバラなら学校を無断欠席するにしても、ひとりでサボるとは思えない。そこでさらにミセス・ロッシと話をした結果、きょうバーバラの親友たちはひとり残らず学校に来ていることを知らされた。

それを境にして、ターニャの思考はもっと暗い方向に進みはじめ、脳裡にひとつのイメージがとり憑いて離れなくなる。クロスタウン・エクスプレスウェイの上にある横断電光掲示板――未成年者の誘拐や行方不明事件が発生したことを警察が地域に知らせる〈アンバーアラート〉につかわれる電光掲示板だ。ターニャはその掲示板上で《**バーバラ・ロビンスン**》の名前が――地獄の映画館で上映作品を知らせるネオンサインのように――くりかえし点滅している光景を何度も想像してしまう。

携帯電話から〈歓喜の歌〉の最初の数音が流れはじめる。ターニャは急いで電話にむかいながら、こう考える――ああ、よかった、ほんとによかった、あとは冬がおわるまで、あの子に外出禁止令を――。

しかし、携帯の着信画面に表示されているのは娘の笑顔の写真ではない。発信者IDだ――それも《**市警察本部　代表番号**》とある。腹部を恐怖の波が駆け抜けていき、腸が一気にゆるくなる。ひとときは電話に出ることもできない。親指が動こうとしないからだ。ようやく緑の《**通話**》ボタンを押して着信メロディをおわらせる。オフィス内のありとあらゆるものが――とりわけデスク上の家族写真が――あまりにもまぶしい。そして携帯電話は、自然に耳まで浮きあがってきたかのように感じられる。

「もしもし？」

ターニャは相手の話をきく。

「ええ、娘です」

さらに話をきく。片手が上にあがってきて口を覆い、のどの奥から外へ飛びだそうとしてきた声を抑えこむ。こんな質問をしている自分の声がきこえる。「まちがいなくうちの娘なんですか？　バーバラ・ロゼリン・ロビンスンなんですね？」

電話で知らせを伝えてきた警官は、この質問にイエスと答える。まちがいありません。現場の路上で身分証を見つけました。しかし、警官がターニャに伏せていた事実がある――名前を確かめるのに、身分証から血液を拭う必要があったことだ。

11

カイナー記念病院本館と湖畔地区脳神経外傷専門クリニックをつなぐ空中連絡通路《スカイウェイ》をわたりおえて、壁が心なごむピンクに塗られて静かな音楽が昼夜を問わず流されているクリニックに一歩足を踏みこむなり、ホッジズはあたりのようすがおかしいことを察しとる。いつものパターンが乱されて、いまは仕事がほとんど進んでいないかのようだ。昼食のカートが放置されたままだ――カート内には麵料理《ヌードル》らしきもののはいった食器が詰めこまれたままだし、出来あがったときにはカフェテリア流の中華料理だったとおぼしき料理の表面は凝固しかけている。看護師たちはあちこちであつまり、低い声で囁きかわしている。ひとりは泣いているようだ。ドリンクコーナーのそばで、ふたりのインターンがひたいを寄せあっている。ひとりの看護助手が携帯電話でだれかと話をしている——厳密には停職処分の理由になりうる行為だが、この看護助手は安泰だろうとホッジズは思う。だれもこの男に目をむけてさえいないからだ。

少なくともルース・スキャペッリ看護師長の姿はどこにも見あたらない。ということは、ブレイディ・ハーツフィールドのようすを見られるチャンスが増したことになる。当直デスクにいるのはノーマ・ウィルマーだ。ホッジズが二一七号室への訪問をやめる前には、ベッキー・ヘルミントンとならんでノーマがブレイディがらみ全般の情報源になってくれていた。ただし、あいにく当直デスクにはブレイディの主治医の姿もある。ホッジズもこの医者となんとか良好な関係をつくろうと努力はしたが、結局そんな関係はつくれずじまいだ。

そこでホッジズはぶらぶらとドリンクコーナーを目指す——ドクター・バビノーに姿を見られていないことを祈り、この医者がもうじきPETスキャンの結果だかなにかを見にいってウィルマーがひとりになり、改めて近づけるようになることを祈りながら。ホッジズは飲み物のコップを手にとると（かがめた腰をまっすぐに伸ばしながら痛みに顔をしかめ、脇腹に手をあてがう）、ふたりのインターンに話しかける。

「ここでなにかあったのかな？　きょうはちょっとぴりぴりした雰囲気みたいだからね」

ふたりは口ごもり、たがいに顔を見あわせる。

「そのことは話せないんです」インターン1がいう。思春期のにきびがまだ残る顔だちからは十七歳あたりとしか思えない。この若者が親指に刺さった棘《とげ》を抜くこと以上に複雑な手術の助手をつとめていると思うと、ホッジズの体がぞくりと震える。

「患者になにかあったのかな？　ひょっとしてハーツフィールド？　いや、そんなことをきいているのもわたしが昔は刑事で、あの男がここへ入院していることにいささかの責任を負っているからだが」

「ホッジズ」インターン2がいう。「あなたは元刑事のホッジズさんですね？」

「いかにも」

「あいつをつかまえたんでしょう？」

ホッジズは即座にうなずくが、もしホッジズひとりだけだったら、ブレイディは市民センターでの死者とは比較にならないほど大勢の人々をミンゴ・ホールで殺害していたかもしれない。そのとおり――ブレイディが手製のプラスティック爆弾という悪魔の武器を起爆させる寸前、その企みを阻止したのはホリーとジェローム・ロビンスンにほかならない。

インターンたちはここでもまた顔を見あわせ、1が口をひらく。「ハーツフィールドはこれまでどおり、なにもせずにぼうっとしてるだけです。今回は〈ラチェッド師長〉がらみで……」

インターン2が1に肘鉄を食らわせる。「死人をわるくいうもんじゃないぞ、馬鹿。話をきいてる相手が、ひょっとしたら口の軽い人間かもしれないんだからなおさらだ」ホッジズはすかさず唇に沿って親指を滑らせる――危険なほど軽い口をしっかり封じてますよ、というかのように。

インターン1は憤然とした顔だ。「スキャペッリ看護師長のことですよ。師長がゆうべ自殺したんです」

ホッジズの脳内にある明かりがひとつ残らず明るくともり、きのう以来初めて、自分がもうじき死ぬかもしれないという事実を忘れる。「本当の話なんだね？」

「腕と手首をざくざく切ったあげくの失血死です」2がいう。「というか、そういう話を耳にしました」

「遺書はあったのかな？」

ふたりともその点は知らない。

ホッジズは当直デスクへむかう。デスクにはまだバビノーが残っていて、ウィルマー看護師といっしょになにかのファイルを調べているが（ちなみにウィルマーは、あたふた泥縄式に昇進させられて面食らった顔を見せている）、もう待ってはいられない。これはブレイディ・ハーツフィールドがらみの情報だ。具体的にどう関係しているかはわからないが、どこにもかしこにもブレイディの署名が書かれている。クソったれな自殺のプリンス。

　ホッジズはウィルマー看護師をうっかりノーマとファーストネームで呼びそうになるが、土壇場で本能がホッジズを制止する。

「ウィルマー看護師、わたしはビル・ホッジズといいます」ノーマがとうに知っていることをあえて述べる。「市民センターでの事件の捜査にかかわり、ミンゴ・ホールの事件にもかかわりました。そこでぜひミスター・ハーツフィールドにお会いしたいのですが」

　ノーマが口をひらくが、バビノーが先まわりして口をはさむ。「問題外だな。現在ミスター・ハーツフィールドは、地区検事局からの命令で面会謝絶になっている。しかし、かりに面会が許されているとしても、あなたに面会許可を出すわけにはいかない。あの患者には、平穏で落ち着いた状態が必要だ。以前あなたが無許可で病室に侵入したときには、その状態が粉々に打ち砕かれたからね」

「それは知りませんでした」ホッジズは穏やかな口調を崩さない。「病室を訪ねても、毎回あの男はじっとすわっているだけでした。オートミールを入れたボウルみたいに静かでした」

　ノーマ・ウィルマーは顔を右へ左へと動かしつづけている。テニスの試合を観戦している人のように。

「あなたはご自分が帰ったあとに、わたしたちが見せられたものをごらんになってないんだ」

無精ひげがぽつぽつ生えているバビノーの頰が紅潮しはじめる。両目の下には黒い隈《くま》がある。ホッジズは昔――それも車にまだフィンテールがあり、女の子がボビーソックスを履いていた先史時代に――教会の日曜学校でくばられたワークブック『イエスとともに生きる』に載っていた漫画を思い出す。ブレイディの主治医のバビノーは、いまあの漫画に出ていた男そっくりだ――ただし漫画の男はマスターベーション中毒で目の下に隈をつくっていたが、この医者の隈の原因はちがうだろう。その一方でホッジズは、以前ベッキー・ヘルミントンが教えてくれた話を――脳神経科の医者たちが患者以上にいかれていることも珍しくないという話を――思い出す。

「というと、どんなことがあったんです？」ホッジズはたずねる。「もしや心霊現象《サイキック》の発作があった？　わたしが帰ったあとは、よく物がひとりでに落っこちた？　病室の専用バスルームで便器の水がひとりでに流れたとか？」

「馬鹿馬鹿しい。あなたが帰ったあとに残されていたのは精神《サイキック》のめちゃくちゃにされた残骸だ。ミスター・ハーツフィールドは脳損傷を負ってはいるが、あなたの妄執の対象になっていることも感じとれないほどの損傷ではない。しかも、あなたの妄執には害意がたっぷり盛りこまれている。お引きとりいただきたい。わたしたちは悲しい出来事に見舞われたばかりで、多くの患者のあいだに動揺が広がっているのでね」

ホッジズが見ていると、ノーマ・ウィルマーが医師の言葉に目をわずかに見開いている。それでホッジズは、理解力のある患者たちも——そもそもその手の患者は〈刑務所《バケツ》〉にはあまりいない——看護師長の自殺についてはまったく知らないことを察しとる。

「ほんの二、三の質問をしたいだけで、それをすませたらすぐ退散しますって」

バビノーはぐっと身を乗りだす。金縁眼鏡の奥の目玉は赤く血走っている。「しっかり話をきくんだ、ミスター・ホッジズ。ひとつ、ミスター・ハーツフィールドはあなたの質問に答えられる状態ではない。質問に答えられる状態なら、いまごろあの男自身の罪を裁くための裁判所へ引き立てられているはずだ。ふたつ、いまのあなたには正式な権限がない。三つ、お引きとりいただけない場合は警備スタッフに連絡し、あなたを病院の敷地外に連れだしてもらう」

ホッジズはいう。「つかぬことをうかがいますが……先生、どこかおかげんでもわるいんですか？」

バビノーはホッジズからいきなり顔面をぶん殴られたかのように、ぎくりと身を引く。

「出ていけ！」

少人数であつまって立っていた病院関係者が口を閉じ、あたりを見まわしている。

「了解」ホッジズはいう。「引きあげますよ。ええ、お望みどおり」

連絡通路に通じている出口のわきにスナックの自動販売機のコーナーがある。先ほどのインターン2が両手をポケットに突っこんで、壁によりかかって立っている。

「とんだ災難でしたね」2はいう。「お小言を食らってしまって」

「まあ、そんな感じだったね」ホッジズは〝小腹空《す》き対策マシン〟のラインナップをながめる。どれもこれも食べたら腹に火がついてしまいそうな食べ物ばかりだが、それは問題ではない。どのみち食欲がないからだ。

「お若い人」ホッジズはまわりを見まわさずに話しかける。「ごく簡単な用足しをするだけで——しかも、あとあと面倒なことにもならない用足しをひとつするだけで五十ドルの臨時収入を受けとりたければ、ちょっとつきあってくれ」

インターン2——顔だけ見れば、正式に成人になれる日がそれほど遠くない将来に訪れるかもしれない感じの若者——は〝小腹空き対策マシン〟の前でホッジズとならぶ。

　ホッジズは現役の一級刑事だったころと変わらず、いまも尻ポケットに手帳を常備している。そのページに簡単な言葉を書きつけ——《電話をくれ》——携帯の番号を添える。それから、「これをノーマ・ウィルマーにわたしてほしい——あのスマウグが翼を広げて飛び去ったあとで」と、バビノーを『ホビットの冒険』に出てくる竜になぞらえる。

　インターン2はメモを受けとり、折りたたんで白衣の胸ポケットにおさめ、期待のこもった表情をのぞかせる。ホッジズは財布をとりだす。メモ一枚運んでもらうだけで五十ドルはかなりの大盤ぶるまいだが、末期の癌患者にも少なくともひとつは利点があることをホッジズはすでに見いだしている――ちまちま考えずに、惜しみなく金をつかえることだ。

12

アリゾナの灼熱の太陽のもと、ジェローム・ロビンスンが肩にかつぎあげた板材のバランスをとろうとしているそのとき、携帯電話の着信音が鳴る。いまジェロームたちが家を建てようとしているのは――最初の二軒の骨組はもうできている――フェニックス南部の郊外にある、もっぱら低所得者層が住んではいるが、そこそこ上品な地区だ。ジェロームはかついでいた材木を小ぶりの手押し車に載せ、どうせ現場監督のヘクター・アロンゾの電話だろうと思いながらベルトから携帯を抜きだす。きょうの午前中に作業員《ワークマン》のひとりが(正確には〝ワークウーマン〟というべきか)つまずいて鉄筋の山に倒れこむという事故があった。女性は鎖骨を折り、顔面にかなりひどい裂傷を負った。アロンゾがセントルーク病院の救急救命室にこの女性作業員を連れていき、自分が不在のあいだはジェロームを監督代理にすると指名していった。

携帯の小さなディスプレイを見ると、そこにあったのはヘクター・アロンゾの名前ではなくホリー・ギブニーの顔だ。ジェローム自身が撮影した写真、それもホリーがめったにのぞかせない笑顔をすかさずとらえた写真だ。

「やあ、ホリー、元気かい？　数分後くらいにこっちから電話をかけなおすよ。なにせ午前中、現場がしっちゃかめっちゃかで——」

「こっちへ帰ってきてちょうだい」ホリーはいう。冷静な声だが、ずっと前からホリーのことを知っているジェロームには、これだけの短い言葉からでもホリーが強い感情を押しとどめていることが察せられる。なかでもいちばん大きな感情は恐怖だ。ホリーはいまもなお恐怖にとらわれやすい人間である。ホリーを心から愛しているジェロームの母親が以前、恐怖こそがホリーの基本モードだと評したことがある。

「そっちへ？　なんで？　なにかあった？」そして自身の恐怖がいきなりジェロームをわしづかみにする。「親父になにかあった？　それとも母さん？　バーバラ？」

「ビルよ」ホリーは言う。「ビルが癌になったの。それもすごく悪性の癌。膵臓癌。治療を受けなければ死んじゃう……どっちにしてもいずれは死ぬけど、それでも命を少しでも長くすることはできるのに、ビルったらわたしにはただの小さな潰瘍だとしか話してくれなくて、どうしてかっていえば……なぜかっていえば……」そこでホリーは苦しげな声を盛大に洩らして息を吸いこみ、その声にジェロームは顔をしかめる。「カス野郎のブレイディ・ハーツフィールドのせい！」

いったい全体、ブレイディ・ハーツフィールドとビル・ホッジズにくだった恐ろしい診断名のあいだにどんな関係があるのか、ジェロームにはさっぱりわからないが、いま自分の目が見ている光景の正体ならわかる――トラブル。建設現場の反対側で、いずれもヘルメットをかぶったふたりの若い男――ジェロームとおなじく、国際ＮＧＯ〈ハビタット・フォー・ヒューマニティ〉の大学生ボランティアだ――が、警告音を鳴らしながらバックしているコンクリートミキサー車に矛盾する指示を出して誘導している。大惨事が着々と近づいている。

「ホリー、五分だけ待ってて。こっちから電話するから」

「でも帰ってきてくれるでしょう？　帰るっていって。だって、わたしひとりじゃビルとこんな話はできそうもないし、でも、いますぐ治療をはじめなくちゃだめなの！」

「五分だけだ」ジェロームはそういって通話を切る。頭のなかで思考が猛スピードでぶんぶん回転して、摩擦熱で脳味噌が発火するんじゃないかと心配になる――ぎらぎら輝く太陽も加勢するのではあるまいか。ビルが？　癌に？　そんな馬鹿な話があってたまるかという思いの反面、そうなってもまったくもって当たり前ではないかという気持ちもある。ピート・ソウバーズの事件で、ビル・ホッジズはジェロームとホリーの両名と組んで仕事を進めたし、あのころ体調はまったく問題なかった。しかし、そんなビルもまもなく七十歳で、ジェロームがアリゾナに来る前に最後に会ったときには、あまり具合がよくなさそうだった。かなり痩せていた。顔色もずいぶんわるかった。しかし、とりあえず現場監督のヘクターがここに帰ってくるまではどこへも行けない。いまここから立ち去るのは、正気ではない入院患者に施設の運営をゆだねて出ていくようなものだ。しかもここフェニックスの街では、どこの病院の救急救命室も一日二十四時間ずっと人出不足に苦しんでいることも知っている。それを思えば、ヘクターがきょうの終業時間まで病院に足どめをくらってもおかしくない。

ジェロームはコンクリートミキサー車にむかって全力疾走しながら、精いっぱいの大声で叫ぶ。「と、と、とまれ！　お願いだから、い、いますぐ、と、と、とまれ！」

とびきり間抜けなボランティア学生ふたりにコンクリートミキサー車を停止させたときには、ミキサー車はふたりの誤誘導のせいで最近掘られたばかりの排水溝から一メートルも離れていない場所に迫っている。ジェロームが体をかがめて息をととのえていると、またもや電話が鳴る。

ホリー、あんたのことはほんとに愛してるよ――ジェロームはそう思いながら、今度もベルトから携帯を引き抜く――でも、あんたのせいで頭が変になりそうって思うこともあるさ。

しかし、今回ジェロームが目にしたのはホリーの笑顔ではない。母親の写真だ。母ターニャは泣いている。「こっちへ帰ってきてちょうだい」母がいい、ジェロームはそのあとのわずかな時間に、昔祖父がよく口にしていた言葉を思い出す――《悪運は決まって悪運仲間を連れてくる》。

やはりバーバラのことだ。

13

ホッジズがロビーを歩いて出口にむかっていたとき、携帯電話が震えて着信を告げる。電話はノーマ・ウィルマー看護師からだ。

「あいつはもういなくなったのかい？」ホッジズはたずねる。

ノーマには、ホッジズがだれの話をしているのかといちいち質問する必要はない。

「ええ。秘蔵っ子患者の診察をすませたので、のんびり肩の力を抜いて残っている患者の回診ができるようになったの」

「スキャペッリ師長の件は残念だよ」本心だった。スキャペッリのことはあまり好きではなかったが、それでも痛ましい気持ちに嘘はない。

「わたしもおなじ気持ち。たしかにあの人は、戦艦バウンティ号のブライ艦長そっくりの流儀で看護師たちにあれこれ指示を出していたけれど……どんな人だって……あんなことをするとは考えたくないもの。知らせを耳にした人がとっさに思うのは〝まさか、そんなはずない、あの人にかぎって〟というところ。ショックのあまりそう思うわけ。でも、それにつづいて〝ああ、なるほど。すっきり筋の通った話だ〟と思いなおす。結婚したこともなければ親しい友人も——まあ、わたしの知っている範囲の話だけど——いない。あるのは仕事だけ。その職場では、全員からきらわれていたんだから」

「すべて孤独な人々、か」ホッジズはいいながら寒い戸外へ足を踏みだし、バスの停留所を目指す。片手でコートのボタンをかけおわると、その手が脇腹をマッサージしはじめる。

「そうね。そういう人はたくさんいる。で、わたしにどのようなご用件かしら、ミスター・ホッジズ?」

「二、三、質問したいことがあってね。どこかで飲みながら話せないだろうか?」

沈黙が長くつづく。このぶんだと断られるだろうとホッジズは思う。ついでノーマが口をひらく。「あなたの質問で、ドクター・バビノーが面倒な立場になることはないと考えてもいい?」

「どうなってもおかしくはないかな」

「まあ、わたしはそうなってくれればいいの。とにかくあなたにはひとつ借りがある。わたしたちがベッキー・ヘルミントン師長時代からの知りあいだってことを、バビノーに知られないように配慮してくれたもの。リヴィーア・アヴェニューにいい居酒屋がある。店名が傑作なの——〈バー・バー・ブラックシープ〉。病院のスタッフはあらかた病院の近くの店で飲むし。お店の場所はわかる?」

「ああ」

「仕事がおわるのが五時だから、五時半に待ちあわせましょう。そうそう、わたしが好きなのは、よく冷えたウォッカマティーニよ」

「では注文しておこう」

「だからといって、わたしに掛けあえばブレイディ・ハーツフィールドと会えるようになるなんて期待したりしないで。そんな手配をすれば、わたしは馘《くび》になるかもしれない。バビノーは前々からわき目もふらなくなるタイプだったけど、最近のあの人の態度ははっきりいって不気味のひとこと。スキャペッリ師長のことを話そうとしたのに、すたすた横を通りすぎていっちゃったくらい。あのニュースを自分で知ったところで、あんまり気にかけそうもないけど」

「あの医者のことがずいぶん好きなんだね」

ノーマは笑う。「だったら、あなたには二杯奢ってもらわなくちゃ」

「二杯だね、わかった」

それからホッジズが携帯をポケットに滑りこませたそのとき、またしても着信音が鳴りだす。かけてきたのがターニャ・ロビンスンだとわかるなり、ホッジズはジェロームになにかあったのかと思う。いまジェロームはアリゾナ州の住宅建設現場で働いている。そして建設現場は、さまざまな事故が起こりやすい場所だ。

ホッジズは通話を受ける。ターニャは泣いていて、いったいなにを話しているのか、最初のうちホッジズにはよくわからない。わかったのは、夫のジムはいまピッツバーグに出張中で、もう少し詳細な事実がわかるまでは連絡したくないというのがターニャの意向だ、ということくらいだ。ホッジズは歩道のへりにたたずみ、電話につかっていないほうの耳に片手の手のひらをぴったり押しあてて、車の騒音を締めだそうとする。

「落ち着いてくれ、ターニャ。頼むから落ち着いて。ジェロームかい？　ジェロームになにかあったのか？」

「ちがうわ。ジェロームは無事。さっき電話で話したばかりよ。バーバラのほうなの。あの子がロウタウンに行って――」

「おいおい、いったいなんの用があってロウタウンくんだりまで行った？　それも学校がある日に」

「そんなことわからない！　わかってるのは、どこかの男の子があの子を車道に突き飛ばして、それでトラックに撥《は》ねられたことだけ。いまは救急車でカイナー記念病院に運ばれてる。わたしもいま病院にむかってるの！」

「いま運転中なのか？」

「ええ、そう。でも、それになんの関係が――」

「電話を切るんだ。車のスピードを落とせ。わたしはいまカイナー病院にいる。救急救命室で落ちあおう」

ホッジズは電話を切ると、ぎこちない小走りで病院へ引き返しはじめる。ホッジズは思う――この忌ま忌ましい建物ときたら、まるでマフィアだ。足抜けしようとすると、かならず引きもどしやがる。

14

ちょうど、緊急灯を点滅させている救急車が救急救命室の患者搬入口のひとつにバックで近づいているところだ。ホッジズはその救急車と落ちあえるように先へ進みながら、いまでも財布に入れている警察時代の身分証明書をとりだす。救急医療士と救急救命士が救急車後部からストレッチャーを引きだすのにあわせ、ホッジズは身分証をさっと突きつけるが、そのさい《退職》というスタンプ部分を親指で隠す。厳密にいえば、警官の身分を詐称するこの行為は重罪にあたるため、ホッジズもここぞという場合しかつかわないテクニックだ。しかし、今回はこのテクニックがまったくもって適切に思える。

バーバラは薬物が投与されている状態だが、意識はある。ホッジズの顔を見ると、バーバラはホッジズの手を強く握る。「ビル？　なんでこんなにすぐ病院に来てくれたの？　母さんから電話があった？」

「そうだよ。気分はどうかな？」

「大丈夫。痛みどめの薬を射ってもらったし。ただ……きいた話だと、片足の骨が折れてるって。これじゃバスケットボールのシーズンにも出番なしになっちゃう。でも、それもどうってことはないかな。どうせ母さんから、外出禁止を申しわたされそうだし……それも……二十五歳になるまでずっと」バーバラの両目から涙があふれはじめる。

どのみちいまはバーバラと長くは過ごせないので、MLKアヴェニュー——走行中の車からの銃撃事件が、多ければ週に四回は発生する道だ——でなにをしていたのかという質問は、あとまわしにするしかない。ほかにもっと重要なことがある。

「バーブ、走ってくるトラックの前にきみを突き飛ばした男の子の名前は知ってるかな？」

バーバラの両目が大きくなる。

「名前は知らなくても顔はよく見たとか？　特徴を教えてくれるかい？」

「突き飛ばした……？　ううん、ちがう！　そうじゃない！」

「刑事さん、こちらはもう行かないと」救急医療士がいう。「質問はあとにしてもらえますか？」

「待って！」バーバラは大きな声をあげて上体を起こそうとする。救急救命士がそっとやさしく体を押しもどすと、バーバラは痛みに顔をしかめるが、ホッジズはその叫び声に安心する。しっかりと力のこもった声だからだ。

「なにがいいたいのかな、バーブ？」

「あの男の子は、わたしが自分から車道に出たあとで、わたしを突き飛ばしてくれただけ！　トラックの進路からわたしを押しだしてくれたの！　あの子のおかげで命拾いしたのかもしれないし、すごくほっとしてる」そう話しながらバーバラは激しく泣いているが、その涙が足の骨折のせいだなどとはホッジズは一秒たりとも信じない。「だって、やっぱり死にたくなかったんだもん。わかんないけど、あのときのわたし、どこかおかしかったみたい！」

「刑事さん、そろそろ本当にこの子を検査室に連れていかないと」救急医療士がいう。「レントゲン写真を撮る必要があるんです」

「あの男の子に迷惑がかからないようにして！」救急車のスタッフたちがストレッチャーを押して両びらきのドアを通していくあいだも、バーバラはそう叫んでいる。「背の高い子！　目は緑であごひげを生やしてる。学校はトッドハンターで――」

バーバラの姿が見えなくなる。そのあとはただ、両びらきのドアが前後に揺れているばかり。

ホッジズは病院から外へ出る――外なら、だれにも叱られずに携帯をつかえるので、ターニャに返事の電話をかける。

「いまそちらがどこにいるかは知らないが、スピードを落とし、赤信号ではきちんと待って病院に来るように。バーバラはついさっき病院に到着した。大丈夫、しっかり目を覚ましていたよ。片足の骨を折ってはいるが」

「ほんとにそれだけ？　ああ、よかった！　内臓への影響は？」

「そのあたりは医者の診察を待つしかないな。ただ、バーバラはすこぶる元気だったよ。あのぶんだと、トラックにかすられただけみたいだな」

「ジェロームに電話しなくっちゃ。さっきの電話であの子をすごく心配させてしまったはずだから。ジムにも知らせておく必要があるし」

「ふたりには、病院に到着したあとで電話をかけるといい。いまはとりあえず電話を切るんだ」

「あなたならふたりに電話をかけられるでしょう？」

「すまない、ターニャ。いまは無理だ。こちらにも電話をかける相手がいるんだ」

そのあともホッジズは白い煙のような息を吐きながら、その場にたたずみつづける。耳の先端が寒さに感覚をなくしつつある。〝電話をかける相手〟をピート・ハントリーにしたくはない。いまピートはホッジズに腹を立てているはずだし、イザベル・ジェインズはピートの倍は立腹しているだろう。ほかに電話をかけられる面々の顔を思い浮かべていくが、かけられる相手はひとりしかいない――キャシーことカサンドラ・シーンだ。現役時代には、ピートが休暇をとったときなどに数回ばかりパートナーを組んだ相手だ。そのうち一回は、ピートが理由を説明せずに六週間の休暇をとったときだった。あれはピートが離婚した直後で、ホッジズはピートが依存症の治療施設にはいっていたのではないかとにらんでいた。しかし直接たずねたりしなかったし、ピートもみずから事情を明かすことはなかった。

あいにくキャシーの携帯の番号がわからないので、刑事課の代表番号にかけて電話をつないでくれるように頼みつつ、キャシーが現場捜査に出ていないことを祈る。ホッジズはツイている――といっても、もっぱら子供たちの防犯意識を高めるためにつくられたアニメキャラ〈防犯犬マグラフ〉のだみ声を、十秒もきかされずにすんだからにすぎない。

「これはこれは、キャシー・シーン、またの名〈ボトックスの女王〉かな?」

「だれかと思えばビル・ホッジズ、またの名〈よぼよぼ売女〉じゃないの!　てっきりもう死んだと思ってた」

ま、もうじきそうなるよ……ホッジズは思う。

「きみと悪口合戦をしたいのは山々だけど、ちょっと頼みたい仕事があってね。ストライク・アヴェニューの分署はまだ閉鎖されていなかったよな?」

「ええ。でも、来年度の事業計画に載ってた。ま、当然の話よ。ロウタウンで犯罪?あの地区でいったいどんな犯罪があるっていうの?」

「たしかに。ロウタウンは街でいちばん治安がいい地域だからね。それはともかく、あっちの分署にひとりの若者が勾留《こうりゅう》されてるかもしれないんだが、わたしが仕入れた情報が正しければ、勾留どころかメダル授与がふさわしい若者かもしれなくてね」

「名前はわかる?」

「わからん。ただ特徴はわかる。背が高くて瞳は緑、あごひげ」ホッジズはバーバラの言葉をくりかえし、こうつけくわえる。「トッドハンター・ハイスクールのジャケットを着ていた可能性がある。逮捕担当の警官は、少女をトラックの前に突き飛ばした容疑で若者を引っぱったんじゃないかな。でも実際には若者は女の子をトラックの進路から押しだしただけで、少女はおかげで押し潰されることなく、車体にひっかけられただけですんだんだ」

「それを事実として知ってるの？」

「まあね」厳密にいえばちがうが、ホッジズはバーバラを信じている。「名前をきき だしたら、若者をいましばらく分署に足どめしておくように担当警官に頼んでくれ。わたしが事情をきいてみたい」

「うん。なんとかなりそう」

「ありがとう、キャシー。ひとつ借りができたね」

通話をおわらせて腕時計を確かめる。トッドハンター・ハイスクールの男子生徒から話をきき、ノーマ・ウィルマーとの待ちあわせの時間も守りたければ、市の路線バスでちんたら移動しているような余裕は少しもない。

そしてホッジズの頭のなかでは、バーバラのあるひとことだけが何度も再生をくりかえしている。《だって、やっぱり死にたくなかったんだもん。わかんないけど、あのときのわたし、どこかおかしかったみたい！》

ホッジズはホリーに電話をかける。

15

ホリーはオフィス近くの〈セブン-イレブン〉の前に立って片手でウィンストンの箱をもち、反対の手でパッケージのセロファンを剝がそうとしている。この五カ月間はずっと禁煙してきたのに――新記録達成だ――ここでタバコに逆もどりするのは本意ではないが、ビル・ホッジズのコンピューターで見てしまったものが、過去五年をかけて補修をつづけてきたホリーの人生のまんなかに大きな穴をあけてしまった。ビル・ホッジズはホリーの試金石、世界とつきあっていく能力を測るバロメーター。いや、これは〝ビルこそホリーが自分の正気の度合いを知るためのバロメーター〟という言葉をいいかえただけだ。ビルのいない人生を想像するのは、たとえるなら高層ビルのてっぺんに立って六十階下の歩道を見おろすようなものである。

ホリーがセロファンを剝がすためのテープを引きはじめたそのとき、携帯が着信音を鳴らしはじめる。ホリーはウィンストンの箱をハンドバッグに落とし、携帯をとりだす。

ホリーはハローのひとこともいわない。ジェロームには、知ってしまったあの件について、自分ひとりだけでビルと話をするのはぜったいに無理だと話した。しかしいま

――この風の強い街の歩道に立ち、上等な冬用コートの内側で身を震わせているいま――もう四の五のいえる余裕はない。言葉が自然にあふれでてくる。

「あなたのコンピューターの中身を見てしまったの。ええ、わかってる、覗き見なんて恥ずべきおこないだとわかってるけど、あやまるつもりはない。ただの潰瘍だというあなたの言葉が嘘っぽく思えたからコンピューターを見ずにはいられなかったし、お望みならわたしを馘《くび》にすればいい。そんなの気にしない――でも、そうするなら、専門家に頼んで具合のわるいところをちゃんと治してもらわなくちゃだめ」

電話の反対側に沈黙がおりる。まだ電話を切らずにいるのかとたずねたくなるが、口はまるで凍りついたように思えるし、心臓の鼓動はあまりにも激しくて全身でずきずきと搏動が感じとれるほどだ。

やがてようやくホッジズが口をひらく。「ホリー、こいつはもう治すのは無理だと思うんだ」

「そうかもしれないけど、医者たちに努力くらいさせてあげて!」

「愛しているよ」ホッジズはいう。ホリーはその声に重苦しさをききとる。あきらめの心境。「でも、そんなことは知っているだろう?」

「馬鹿をいわないで――知ってるに決まってる」

「ちゃんと治療法を試してみるとも。でも病院にこの体を預ける前に、二日ばかり時間が必要だし、いまこの瞬間必要なのはきみだ。こっちへ来て、わたしを拾ってもらえるかな？」

「オーケイ」これまで以上に激しく泣きながら——というのも、自分を必要としているというホッジズの言葉に嘘がないことがわかっているからだ。他者から必要とされるのはすばらしいこと。これ以上すばらしいことはないかもしれない。「いまどこにいるの？」

ホッジズはその質問に答えてから、こういう。「まだいっておきたいことがある」

「なに？」

「わたしにはきみを馘にできないんだよ、ホリー。きみは従業員ではなく共同経営者《パートナー》だからね。それを忘れないように」

「ビル？」

「なんだい？」

「わたし、タバコを吸ってないの」

「えらいぞ、ホリー。さあ、こっちへ来てくれ。わたしはロビーで待っている。外は凍えるように寒いんだ」

「制限速度を守りながら、精いっぱい早く迎えにいくようにするわ」

それからホリーは早足で、自分の車がある角の駐車場にむかう。その途中、まだ封を切っていないタバコをごみ箱に投げこんで捨てる。

16

ストライク・アヴェニュー分署へむかう道々で、ホッジズは〈刑務所《バケツ》〉への訪問のあらましをホリーに語ってきかせる。ルース・スキャペッリ師長の自殺から話しはじめ、バーバラがストレッチャーで運ばれていく寸前に口にした奇妙な発言でしめくくる。

「あなたがなにを考えてるかはわかる」ホリーはいう。「わたしもおなじことを考えてるから。すべてが、またしてもブレイディ・ハーツフィールドを指している──そう考えてるのね」

「自殺のプリンス」ホッジズはホリーの迎えを待つあいだに鎮痛剤をまた二錠飲んだので、いまはすこぶる快適だ。「わたしはそんなふうにやつを呼んでる。なかなか、言い得て妙だとは思わんか?」

「たしかに。でも、以前あなたからいわれたこんな言葉もある」ホリーはプリウスの運転席で背すじをまっすぐ伸ばし、あらゆるところへ視線を飛ばしながら、ロウタウンの奥深くへ車を進める。ついでホリーはハンドルを大きく切って、どこかのだれかが車道のまんなかに放置したショッピングカートをかわす。「あなたはこういった──偶然は陰謀と等価ではない。そう話してくれたのを覚えてる？」

「ああ」ホッジズお気に入りの文句のひとつだ。お気に入り文句はたくさんある。

「陰謀があるとにらんで永遠に捜査をつづけても、偶然がぎゅっと束ねてあるだけなら、捜査が空《から》ぶりにおわることもある——あなたはそう話してた。これからの二日間で、あなたが——いいえ、わたしたちが——なにも見つけなかったら、いいこと、そのときには観念して治療をはじめてちょうだい。そうするって約束して」

「もう少し長くかかるかもしれない——」

ホリーはその言葉を途中でさえぎる。「ジェロームがもどってくるし、力になってくれるはず。また昔みたいに三人で仕事ができるわ」

頭のなかに探偵小説の古典の題名がさっとひらめいて——『トレント最後の事件』——ホッジズはわずかに笑みを誘われる。ホリーはその笑みを目の隅でとらえて承諾だと解釈し、安堵にやはり笑みを返す。

「では四日間だ」

「三日。それ以上はだめ。だって、あなたの体内で進行している事態になんの対策もとらない日が一日増えれば、それだけ勝ち目が遠のくもの。いっておけば、もう遠のいてるの。だから、いじいじといじましい交渉は最初からあきらめること。あなたはそんなことをするような人じゃないはずよ」

「オーケイ」ホッジズはいう。「三日間だ。ジェロームが力になってくれれば」

ホリーは答える。「なってくれるに決まってる。できれば二日ですませるように努力しましょう」

17

ストライク・アヴェニュー分署は、王が没落したのちに無秩序が支配した中世の国の城塞を思わせるつくりだ。どの窓にも頑丈な鉄格子がとりつけてある。パトカーなどの警察車輛が待機している配車センターは、金網フェンスとコンクリートの障壁で防御をかためている。監視カメラがあらゆる方向にむかって設置され、署周辺をくまなくカバーしている。それにもかかわらず、灰色の石の外壁にはギャンググループのロゴの落書きがあり、正面玄関の上にとりつけてある電球のひとつは割れたままだ。

ホッジズとホリーはポケットの中身をすっかり出し、さらにホリーのハンドバッグをプラスティックの籠におさめたのち、金属探知機を通り抜ける。探知機がホッジズの時計バンドを検知し、不愉快そうな警告音を鳴りわたらせる。そのあとホリーはメインロビー（ここも複数のカメラで監視されている）のベンチにすわり、ｉＰａｄをつかいはじめる。ホッジズは受付デスクに近づき、訪問の用向きを告げる。数分後、ホッジズを迎えるために出てきたのは、痩身で白髪まじりの刑事だ——ドラマ〈THE WIRE／ザ・ワイヤー〉の登場人物、レスター・フリーモン刑事に少し似ている。ちなみにこれは、ホッジズが吐き気をおぼえずに見ていられる唯一の警察もののドラマだ。

「ジャック・ヒギンズです」刑事は握手の手をさしのべながらいう。「おなじ名前の作家さんがいますね——ただし、こちらは黒人ですが」

ホッジズはヒギンズ刑事と握手をかわし、ホリーを紹介する。ホリーは小さく手をふり、例によってもごもご不明瞭にハローとつぶやいただけで、また注意をiPadへもどす。

「きみのことは覚えているような気がするよ」ホッジズはいう。「以前、マルボロ・ストリート分署に勤務していなかったかな？　まだ制服警官だったころに？」

「それはまた大昔、まだわたしが若くてやんちゃだったころの話です。わたしもあなたのことは覚えてます。たしか、マッキャロン公園でふたりの女性を殺した犯人を逮捕したのはあなたでしたね？」

「あれはチームワークの成果だよ、ヒギンズ刑事」

「気楽にジャックと呼んでください。キャシー・シーンから電話をもらいました。お目当ての若者は取調室にいます。名前はデリース・ネヴィル」ヒギンズはファーストネームの綴りをいう。「いずれにしても釈放するつもりでした。複数の目撃者が本人の主張を裏書きしたんです。女の子相手にふざけていたら、女の子が怒って、いきなり車道に走りでていった……トラックが近づくのが見えたので走って追いかけ、トラックの進路から女の子を力ずくで押しだそうとして、ほぼ成功した、ということでした。おまけに、現場周辺にいた連中のほぼ全員が、この若者のことを知っていたんですな。トッドハンター・ハイスクールのバスケットボール・チームではスター選手ですし、おそらくスポーツ奨学金をもらってディヴィジョン1《ワン》クラスのチームがある学校に進むでしょう。学業成績もすばらしい優等生です」

「学校がある日の昼間に、そんなミスター優等生が街でいったいなにをしていたのかな？」

「ああ、臨時休校だったんです。学校の暖房システムが性懲《しょうこ》りもなくまた故障しまして。今季の冬はもう三回め——まだ一月だというのに。市長は、ロウタウンの情況は落ち着いている、仕事の口はたくさんあって、みんな金まわりがよくなって、みんなにこにこ幸せピープルだ、とかいってる。あの市長が再選を目指して出馬すれば、また会えるんじゃないですかね。自前の装甲車みたいなＳＵＶで、このへんをまわるときに」

「ネヴィルという若者は怪我をしたのかな？」

「手のひらをすりむいただけです。道路の反対側にいた女性によれば——現場にいちばん近いところにいた目撃者ですが——ネヴィルは女の子をうしろから押したあと……言葉どおりの引用ですが……〝でっかい鳥みたいに、女の子の上をびゅーんと飛んだ〟そうですよ」

「本人は自分がもう自由の身だとわかってる？」

「ええ、その点はわかっていて、署にとどまるといってくれました。あの女の子が無事かどうかを知りたがってます。さあ、こちらへ。あなたとの話がおわったら、ネヴィルをここから送りだしますよ。あなたとの話のなかで釈放しないほうがいい理由でも出てこないかぎりは」

ホッジズはにやりとする。「わたしはミス・ロビンスンの話の裏をとりたいだけさ。ふたつ三つ質問したら、わたしもネヴィルもきみの前から退散するよ」

18

取調室は狭く、息苦しいほどの暑さだ——天井で暖房用のパイプが金属音をたてて部屋を暖めている。それでも、この署の取調室のなかでは最上の部屋らしい。小さいとはいえソファがあるし、手錠固定用ボルトがブラスナックルのように突きでている〝犯人用テーブル〟がないからだ。ソファにはテープで補修された箇所がふたつ三つあり、それを見てホッジズはナンシー・オルダースンがヒルトップコートで見かけたと話していた男——テープで補修されたパーカを着ていたという男——のことを思い出す。

デリース・ネヴィルはソファにすわっている。チノパンときっちりボタンをとめた白いシャツという服装のせいもあり、まっとうで生真面目な若者といった印象だ。あごひげと金のネックチェーンだけが、ちょっとしたファッションの味つけ。スクールジャケットは折り畳んでソファの肘かけに置いてある。ホッジズとヒギンズが入室するとネヴィルはさっと立ちあがり、バスケットボールを扱うために特別にデザインされたような長い指をそなえた手を握手のためにさしだしてくる。手のひらにはオレンジ色の消毒薬が塗られている。

ホッジズはすり傷に気をつけながら慎重に握手をすると、自己紹介をすませる。「ミスター・ネヴィル、きみにはいかなる嫌疑もかけられていないことをいっておこう。それどころか、わたしはバーバラ・ロビンスンにいわれてここへ来たんだ――バーバラからの感謝の言葉をきみに伝え、きみの無事を確かめるためにね。バーバラとそのご家族は、たまたまわたしの長年の友人なんだ」

「あの子は無事ですか?」

「足を骨折したよ」ホッジズはいいながら椅子を引き寄せる。片手がいつしか這いあがって脇腹を押している。「もっとひどいことになってもおかしくなかったのにね。あのぶんだと来年にはサッカーフィールドに立てそうだ。さあ、すわってすわって」

ネヴィルという若者がソファに腰をおろすと、足が長いせいで膝小僧があごにくっつきそうだ。「ある意味ではぼくの責任なんです。そもそも、あの子をからかったりしちゃいけなかった。でも、とってもかわいらしかったので。でも、ぼくの目もお飾りなんかじゃない」いったん言葉を切り、わかりやすくいいなおす。「見るべきものは、ちゃんと見えてます。で、あの子はなにをキメてたんです？　ご存じですか？」

ホッジズは眉を寄せる。バーバラがなにかでハイになっていたかもしれないという思いは、これまで一度も頭をかすめもしなかったが、思いついていて当然だった——なんといってもバーバラは十代で、十代といえば〝あれこれ実験したいお年ごろ〟だ。とはいえホッジズはひと月に三、四回はロビンスン家の人たちと夕食をともにしているが、バーバラがドラッグをつかっているような徴候をひとつも見ていないのも事実だ。もしかしたら近くにいすぎたせいかもしれない。あるいは年をとりすぎたのか。

「どうして、バーバラがドラッグのようなものをやっていたと思ったのかな？」

「まず、あんな界隈でふらふらしていたってことです。それもチャペルリッジ校の制服を着たまんまで。あの学校のチームとは年二回試合をしてるんで、どこの制服かはわかりました。毎回こっちの圧勝ですよ。おまけにあの子、なんだかぼんやりしてました。占い師のいる〈マンマ・スターズ〉近くの歩道のへりに立って、いまにもふらりと車道に出ていきそうだったんですよ」ネヴィルはひょいと肩をすくめ、「それで話しかけたんです。横断歩道のない車道をわたるつもりなのか、って感じで。そしたらめちゃくちゃ怒って、コミックスのキティ・プライドみたいに嚙みついてきました。それがまた、なんだかかわいく思えたんで、それで……」ここでいったんヒギンズを見てから、ホッジズに視線をもどす。「ここからがぼくの失敗したところです。でも、あなたにはすべてをありのまま、正直に打ち明けます——いいですね？」

「もちろん」ホッジズは答える。

「それで……ぼくは……あの子がもっていたゲームマシンをとりあげました。もちろん、ただのおふざけですよ。頭の上に高くもちあげてね。だけど奪うつもりなんかなかった。そしたら、あの子がぼくを蹴ってきて——女の子にしては強烈なキックでした——マシンをぼくからひったくっていきました。そのときにはもう、ハイになったような顔ではなくなっていましたね」

「というと、どんな顔だったのかな、デリース？」ホッジズは少年をファーストネームで呼ぶモードにすんなり自然に移行する。

「そりゃもう、怒り狂った顔でした！　でも怯えてもいました。たとえるなら……自分がどこにいるのかが初めてわかったような顔、自分みたいな女の子——私立学校の制服を着てるような子だったら来てはいけないような街、ひとりではぜったいに来てはいけない場所にいるってことに、いま初めて気づいたような。ＭＬＫアヴェニュー？　ちょっと、これマジ？　嘘でしょ？　勘弁して……って感じで」

デリース・ネヴィルは身を乗りだし、両膝のあいだに垂らした両手の長い指同士を組み、真剣な表情をのぞかせる。

「だから、ぼくがふざけてただけってことが、あの子にはわからなかった——いってること、わかります？　あの子はパニックを起こしてた――わかりますか？」

「ああ、わかるよ」ホッジズは答える。いかにも話に集中している口調だが（そう響いてほしいと思う）、ホッジズはつかのま自動操縦状態になっている――というのも先ほどネヴィルが口にした言葉にまだひっかかっているからだ。《あの子がもっていたゲームマシンをとりあげました》。ホッジズの頭のなかには、まさかこの件がエラートンとストーヴァーの事件に関係するはずはないと思っている部分がある。しかしホッジズの頭のほとんどの部分は、関係があるにちがいない、これ以上ないほどぴったり符合するぞ――と考えている。「きみもさぞや気分を害したんじゃないかな」

　ネヴィルはすり傷のある手のひらをさっと天井へむけ、《それについては打つ手なし》と語る哲学者のポーズをとる。「問題はこの街そのものです。ロウタウン。で、あの子はそれまで雲の上をふわふわ浮いていたのに、いきなり自分の居場所に気づいた――それだけです。ぼくはできるだけ早いうちにここから出ていきます。出られるうちに。ディヴィジョン1《ワン》のチームでプレイしながら、成績もあげていくようにします。それなら、たとえプロ選手になれるほどじゃねえってなっても――いえ、プロになれるほどではなくても、まっとうな仕事につけるでしょうから。そうしたら、今度は家族をこの街から出してやります。ぼくと母、それにふたりの弟だけの家族です。ここまで頑張ってやってこれたのは母のおかげです。母はぼくたちがごみためみてえな街で遊びほうけるのを、ぜってえ許しませんよね」ネヴィルはこの言葉をもう一回口に出してから声をあげて笑う。「母に〝みてえ〟とか〝ぜってえ〟みたいな下品な言葉をきかれたら、たちまちお説教されそうです」

ホッジズは思う――生身の人間とは思えないほど立派な若者だ。とはいえ、生身の若者にはちがいない。そのことをホッジズは信じて疑わない。もしデリース・ネヴィルがきょう学校で授業をうけていたら、ジェローム・ロビンスンの妹がどうなっていたかは考えたくもない。

ヒギンズ刑事がいう。「女の子をからかったのはよくなかったが、それ以外のきみの対応は立派だったといわざるをえないな。もしまたおなじことをしたい気分になったら、そのときはきょう危うくどんな事態になりかけたかを思い出してくれるね?」

「はい。ぜったいに思い出します」

ヒギンズが片手をかかげる。ネヴィルはそこに勢いよく手を叩きつける……かと思いきや、控えめにぽんと手のひらをあわせただけで、うっすらと皮肉っぽい笑みをたたえる。ネヴィルはすばらしい若者だが、ここはやはりロウタウンであり、ヒギンズはやはり警官《マッポ》でしかない。

ヒギンズは立ちあがる。「さて、もうわたしたちは行ってもいいでしょうか、ホッジズ刑事?」

昔の肩書で呼ばれたのがうれしくてホッジズはうなずくが、いや、まだたずねたいことが残っている。「あと少しだけ。どんなゲームマシンだった?」

「時代遅れな感じのマシンでした」迷いもなく即答する。「見た目は〈ゲームボーイ〉に似てました。〈ゲームボーイ〉なら弟がもっていました――母がガレージセールだか蚤《のみ》の市だか、とにかくその手のところで買ってきたので。でも、あの子のマシンはちがう種類でしたよ。派手な黄色だったことは確かです。あんまり女の子が好きになりそうな色じゃありませんでした。まあ、ぼくが知っている子たちなら……って話ですけど」

「ゲーム画面は見えたかい？」

「ちらっと見ただけです。魚の群れが泳いでました」

「ありがとう、デリース。バーバラがハイな状態だったことを、きみはどこまで断言できる？　百パーセント断言できる場合を十だとする十段階のスケールで、どのくらいだ？」

「そうですね……五といっておきます。あの子に近づいていったときなら、十と答えてました――だって、いまにもふらふら車道に出ていきそうだったんですから。すごく大きなトラックがぐんぐん近づいてくるところだったのに。そのあとから走ってきて、あの子をひっかけたパネルトラックなんか比べ物にならないほどの大型でした。そのとき思ったのは、コカインとかメタンフェタミンでもないし、モリーでもなく、エクスタシーとかマリファナみたいな効き目の穏やかなやつだな、ってことでした」

「でも、きみがからかいはじめたら？　バーバラからゲームマシンをとりあげたら？」

デリース・ネヴィルはぎょろりと目玉をまわして驚きを示す。「あっという間に目を覚ましたって感じです」

「オーケイ」ホッジズはいう。「これで全部だ。本当にありがとう」

さらにヒギンズも礼を述べたのち、ホッジズともどもドアへむかいはじめる。

「ホッジズ刑事？」ネヴィルはまたソファから立ちあがっていて、その顔に目をむけるためにホッジズは首を曲げて見あげなくてはならない。「ぼくが自分の携帯番号をメモしたら、あの子にわたしてもらえますか？」

ホッジズはひとしきり考えたのち胸ポケットからペンをとりだし、バーバラ・ロビンスンの命を救ったといってもおかしくない若者に手わたす。

19

ふたりはホリーの運転でロウアー・マルボロ・ストリートへ引き返す。その道中でホッジズは、デリース・ネヴィルとの会話の中身をホリーに伝える。

「映画だったら若いふたりが恋に落ちるパターンね」話をすっかりききおわると、ホリーがいう。声にあこがれがにじむ。

「人生は映画じゃないぞ、ホ……ホリー」ホッジズはすんでのところで〝ホリーベリ

な？」
「ところで、まさか黄色い〈ザピット〉が売られていたかどうかまでは知らないだろう
「わかってる」ホリーはいう。「わかってるから映画を見にいってるんだもん」
―〟という呼びかけを飲みこむ。きょうはおふざけにふさわしい日ではない。
ット〉は全十色で販売されてて、ええ、そのうちひとつが黄色ね」
特段に珍しいことではないが、ホリーは今回もあらゆる事実を把握している。「〈ザピ
「で、きみもわたしとおなじことを考えているのかな？　バーバラの身に起こった今回
の件と、ヒルトップコートの母娘の身に起こったことのあいだには関連があると考えて
いるんだろう？」
「自分でもなにを考えているかがわからない。いまはただ、ピート・ソウバーズがトラ
ブルにはまりこんだときみたいに、ジェロームもまじえて三人で腰を落ち着けて、すっ
かり話しあってみたいって思うだけよ」
「もしジェロームが今夜のうちに到着し、もしバーバラの体調が本当に問題なければ、
あしたにはきみの望む話しあいもできるとも」
「あしたは、あなたにとっては二日めよ」ホリーはふたりがつかっている駐車場前の歩
道ぎわに車を寄せていく。「三日間のうちの二日め」
「ホリー――」
「だめ！」ホリーは気魄《きはく》のこもった声でいう。「その話をはじめることも禁止！　あな

たは約束したんだもの！」ギアをパーキングに入れて、ホッジズにむきなおる。「あなたはブレイディ・ハーツフィールドが仮病をつかっていると考えてる――そうなんでしょう？」

「そうだよ。最初に目をあけて、いまは亡き最愛の母親と会いたいという言葉を口にした時点では、まだ仮病をつかっていなかったのかもしれない。でも、それからずいぶん長い時間をかけて元にもどってきているとにらんでる。すでにすっかり元どおりに恢復しているのかも。あんなふうに準緊張症状態のふりをしつづけているのは、裁判に引きだされるのを避けるためだ。ただし、バビノーはすでに知っているかもしれない。医者たちはブレイディに検査をしたり、脳のスキャンをとったり、あれこれしているはずで――」

「そのあたりはどうだっていい。でももしいまのブレイディに思考能力があり、あなたがブレイディのことを調べてて治療をうけるのが遅れて死んだら、あいつがどう思うかわかってる？」

ホッジズはなんとも答えない。そこでホリーが代わって答える。

「うれしくて楽しくて、笑いがとまらないはずよ！　大喜びで小躍りして天にも昇る気持ちになるに決まってる！」

「オーケイ」ホッジズはいう。「お言葉、しかときかせてもらった。残された時間は、きょうがおわるまで、そのあとの二日間だけ。しかし、ほんの少しでいいからわたしの健康状態のことは忘れてくれ。もしブレイディ・ハーツフィールドがどうにかして、あの病室の外にまで魔手を伸ばせるとなれば……ぞっとする話だな」

「わかる。おまけにそんな話をしても、だれひとり信じない。それにもぞっとする。でも、なによりもわたしをぞっとさせるのは、あなたが死にかけているという思いなの」

このひとことにホッジズはホリーをハグしたくなるが、いまホリーの顔には数多い〝ハグお断わり〟の表情のひとつが浮かんでいる。そこでホッジズは腕時計に目を落とす。「このあと人と待ちあわせをしていてね。相手のレディを待たせたくないんだ」

「わたしは病院に行く。バーバラには会わせてもらえないかもしれないけど、お母さんのターニャはいるだろうし、見知った顔を見たいと思っているでしょうから」

「名案だね。ただそっちへ行く前に、サンライズ・ソリューションズ社の破産管財人を突きとめるという仕事がどうなっているかを報告してほしい」

「管財人の名前はトッド・シュナイダー。弁護士六人の氏名がずらっとならぶ長ったらしい名前の法律事務所のひとり。事務所があるのはニューヨークよ。あなたがさっき署でミスター・ネヴィルと話しているあいだにわかったの」

「iPadをつかって？」

「ええ」

「きみは天才だね、ホリー」

「いいえ。ネットで検索しただけ。ほんとの知恵者はあなた――だって最初にこれを思いついたんだもの。お望みなら、わたしがこの弁護士に電話をかけてもいいけど」とはいえ顔を見れば、ホリーがそんな電話をかけるのをどれだけ避けたがっているかは如実にわかる。

「きみが電話をかける必要はないよ。きみは事務所に電話をかけて、わたしがシュナイダー弁護士と話せるような予定を組めるかどうか問いあわせてくれればいい。時間は、あしたのできるだけ早いうちがいい」

ホリーはにっこり微笑んで、「了解」というが、すぐにその笑みが翳《かげ》る。ついでホリーはホッジズの腹部を指さす。「痛む？」

「ほんの少しだけだ」いまのところ事実そのもの。「心臓発作のほうがずっと痛かったよ」これもまた事実だが、事実でなくなるのもそう先のことではあるまい。「もし首尾よくバーバラと会えたら、わたしがよろしくいっていたと伝えてくれ」

「了解」

自分の車へ歩いていくホッジズを見まもるホリーは、ホッジズの左手がひとたび服の襟をたてたあとで脇腹へすべり落ちていくようすを目にとめる。そんな光景を見せられ、ホリーは泣きたくなる。いや、激怒に思いきり吠え哮《たけ》りたい気持ちか。人生はときにとんでもなく不公平だ。そんなことは、みんなの笑い物にされていたハイスクール時代に身をもって知っていたはずなのに、いまでも人生が不公平であることに驚かされる。いまさら驚くはずはないのに、驚かされるのだ。

20

そのあとまた街を反対に横切って車を走らせながら、ホッジズは骨のある強烈なロックンロールを求めてラジオを操作する。BAM‐一〇〇局がザ・ナックの〈マイ・シャローナ〉を流しているのがわかり、ホッジズはボリュームをあげる。曲がおわるとディスクジョッキーが出てきて、ロッキー山脈から大型の嵐が東へ進みつつあると話す。

ホッジズはそんなことには注意をむけない。いま考えているのはブレイディのこと、そして自分が〈ザピット〉のゲームマシンを初めて目にしたときのことだ。〈図書室《ライブラリー》アル〉がマシンを手わたしていた。アルの苗字はなんといったか？　思い出せない。そもそも苗字を知っていたことがあればの話だ。

おかしな名前の居酒屋の店内にはいっていったホッジズは、店の奥のテーブル席にノーマ・ウィルマーがすわっているのを目にする――バーカウンターの前で大騒ぎをし、自分の酒を早く手に入れたい一心で怒鳴ったり背中をぽんと叩きあったりしているビジネスマン集団からは遠く離れた席だ。ノーマは看護師の制服を脱ぎ捨てて、いまはダークグリーンのパンツスーツにローヒールの靴といういでたち。前には早くも酒のグラスがある。

「わたしが奢ることになっていたのに」ホッジズはいいながら、ノーマとさしむかいの席に腰を落ち着ける。

「あら、気にしないで」ノーマは答える。「伝票につけてもらってるから――で、支払いはあなたにしてもらうつもり」

「おおせのままに」

「ここであなたと話している姿をだれかに見られてバビノーに報告されても、あの医者はわたしを馘にできないし、それどころか異動だってさせられない。でも、バビノーはわたしの毎日の暮らしに厄介をもちこむことはできる。もちろん、わたしはわたしでバビノーの暮らしを少しは面倒なものにしてやれるけど」

「ほんとに？」

「ほんと。だって、あの医者はあなたの旧友のブレイディ・ハーツフィールドをつかって、なにやら実験をしてるみたいだし。なにがはいっているともわからない薬をブレイディに飲ませてる。注射もしてるわ。バビノー本人はビタミン剤だといってるけど」

ホッジズは驚き、じっとノーマを見つめる。「いつからそんなことを？」

「もう何年も前から。ベッキー・ヘルミントンが異動願いを出したのもそれが理由よ。万一バビノーがまちがったビタミン剤とやらを投与してブレイディを殺してしまったら、そのときあそこの師長でいるのはまっぴらだと思ったのね」

ウェイトレスがやってくる。ホッジズはチェリーを浮かべたコークを注文する。

ノーマはふんと鼻を鳴らす。「コーク？　本気？　どこへ出しても恥ずかしくない大人ならではの注文をすればいいのに」

「酒についていうなら、これまでわたしは、きみがこの先一生かかって飲む以上の酒をかっ食らってきたんだよ、ハニーパイ」ホッジズはいう。「で、いったいバビノーはなにをしているのかな？」

ノーマは肩をすくめる。「さっぱりわからない。でも、世間がまったくかえりみなくなった患者をつかって人体実験に踏み切った医者は、なにもバビノーが初めてじゃないわ。〝タスキーギ梅毒実験〟の話をきいたことがある？　アメリカ合衆国政府が梅毒に感染していた約四百人の黒人男性を実験室のモルモット扱いしていた事件よ。この公衆衛生局による実験は、なんと四十年間もつづいた。で、わたしが知っているかぎりモルモットにされた人たちのなかには、無防備な群衆に車で突っこんでいった悪人はひとりもいなかった」ノーマはそういい、唇を歪めた笑みをホッジズにむける。「バビノーを調べて。あいつを困った立場に追いこんで。あなたを見こんでのお願いよ」

「わたしが関心をもっているのはブレイディ・ハーツフィールドのほうだが、きみの話をもとにして考えると、調査の過程でバビノーが軍事用語でいう〝付帯的損害《コラテラル・ダメージ》〟としてとばっちりを食らっても驚くことはなさそうだね」

「そうなったら、〝付帯的損害《コラテラル・ダメージ》〟に万々歳よ」ノーマはそういったつもりだろうが、〝クラッテラル・ダミッシュ〟という感じにきこえる。ホッジズはそこから、ノーマがいまの一杯の前にも酒を飲んでいたのだろうと推理する。なんといってもホッジズは経験豊富な捜査官だ。

ウェイトレスがホッジズのコークを運んでくると、ノーマはグラスの中身を飲み干して、空になったグラスをかかげる。「おなじものをちょうだい。せっかくこちらの紳士が奢ってくれるといってるから、ダブルにしてもらうわ」

ウェイトレスはグラスを受けとって離れていく。ノーマは注意をまたホッジズにもどす。

「そういえば質問があると話してたわね。わたしがまだ答えられるうちに、どんどん質問して。そろそろ呂律《ろれつ》があやしくなってて、もうじき舌がまったくまわらなくなりそうだから」

「ブレイディ・ハーツフィールドの訪問許可者リストにはだれの名前が載ってるのかな？」

ノーマは眉を寄せた顔でホッジズを見る。「訪問許可者リスト？　ふざけてる？　そんなリストがあるなんて、いったいだれが話してたの？」

「故ルース・スキャペッリだよ。ベッキーの後任として、あの女性がクリニックの師長になった直後だったな。わたしは、どんなものでもいいからブレイディについての噂があったら教えてほしいといい、その謝礼としてスキャペッリに五十ドル払うという話をもちかけた――ちなみにベッキーに払っていた謝礼金と同額だよ。ところがスキャペッリときたら、わたしから靴に小便をひっかけられたような態度でね。それからいったんだよ――『あなたの名前は、ハーツフィールドの訪問許可者リストに載ってもいませんん』と」

「へえ……」

「それから、きょうはきょうで、ついさっきバビノーから――」

「地区検事局がどうこうっていう嘘っぱちでしょう？　わたしもきいてたわ、ビル。あの場にいたもの」

　ウェイトレスが新しい酒のグラスをノーマの前に置き、それを見てホッジズは早めに話を切りあげる必要があることに気づく。そうでないとノーマはたちまち、仕事場で自分が軽視されていることへの愚痴から愛情なき愛情生活への愚痴にいたるあらゆる話題で、ホッジズをうんざりさせかねない。看護師たちはいざ酒を飲みはじめると、とことん飲んだくれがちだ。その点では警察官に似ている。

「きみは、わたしが〈刑務所《バケツ》〉に通うようになるよりも前から、あそこで働いていて――」

「もっとずっと前から。かれこれ十二年前からね」という言葉の最後が《まーかーねー》と不明瞭になる。ついでノーマはグラスをもちあげ、中身の酒の半分を一気にあおる。「それでようやく師長に昇進ってわけ――まあ、臨時にすぎなくてもね。まちがいないのは、給料はこれまでどおりで、責任が二倍になったってことね」

「最近、地区検事局のスタッフがクリニックに来てたかい？」

「ぜんぜん。最初のうちはブリーフケース族が群れをなしてやってきてた——子飼いのお医者を連れてて、医者たちは最初からあのクソ野郎に責任能力があるって宣言したくてうずうずしてたっけ……でもブレイディがよだれを垂らしながらスプーンを拾おうとしてるようすを見ると、すごすご尻尾を巻いて帰ってった。そのあとも検事局からは何度か念のための確認とかいって人が来てたけど、そのたびにブリーフケース族の人数は減っていった。でも、最近はそれもまったくなくなったわ。あの連中にとってブレイディは置物も同然。ジャジャーン、それではみなさん、ごきげんよう」

「じゃ、検事局はもうあの男のことを気にかけてないんだな」とはいえ、気にかけるいわれがあるか？　ニュース涸れの日の埋め草で昔のニュースが話題にされることもあるが、ブレイディ・ハーツフィールドへの世間の興味は死に絶えたも同然だ。路上では日々新しい動物の轢死体《れきしたい》がつくりだされ、つつきまわされている。

「連中がもう興味をなくしてることは、あなただってわかってるはず」ノーマの目もとにひと房の髪が垂れ落ちている。ノーマはふうっと息を吹いて髪を払いのける。「何度もあの男の病室にやってきてたけど、一度だってだれかにとめられたことがあった？」

一回もないな——ホッジズは思う——ただ、あそこへ行かなくなってもう一年半になるのも事実だ。「もしも本当に訪問許可者リストが存在するなら——」

「つくったのは検事局じゃなくてバビノーね。メルセデス・キラーがらみでいうなら、地区首席検事は屁とも思ってないわ、ビル。クソほども気にかけてないの」

「おやおや……？」

「気にしないで」

「念のため、そんなリストが実在するかどうかを調べてもらえないかな？　いまはもう師長に昇進したことだし」

ノーマはいったん考えてから答える。「コンピューター内にあればあっさり調べられるでしょうけど、そんなことはまずなさそう。でもスキャペッリは当直デスクの鍵のかかる抽斗にファイルを二、三冊しまいこんでた。あの女はだれが素行不良で、だれがまっとうなスタッフかということをしっかり把握していたし。もしわたしがなにか見つけたら、あなたには二十ドルの価値がある？」

「あしたじゅうに電話をくれたら五十ドルだ」そうはいってもホッジズは、ノーマがこの会話をあしたまで覚えているかどうかも怪しいとにらんでいる。「なによりも時間が大切なのでね」

「もしそんなリストが存在したとしても、結局はバビノーが自分の権力を見せびらかしたくてつくっただけのもののような気がする。バビノーはブレイディ・ハーツフィールドのことを囲いこんで、ひとり占めしたがってるから」

「でも、一応調べてくれるね？」

「ええ。もちろん。あの抽斗の鍵をスキャペッリがどこに隠してたかは知ってるし。というか、あのフロアの看護師の大半が知ってる。でも、〈ラチェッド師長〉が死んだなんてなかなか実感できなくて」

ホッジズはうなずく。

「あのね、あいつは物を動かせるの。手をつかわずに」ノーマはもうホッジズを見てはいない――いまはグラスの底でテーブルにいくつもの水の輪を描いている。オリンピックの五輪マークを再現しようとしているかのように。

「ブレイディが？」

「ほかにだれのことを話してるのよ？　ええ。あんなことをして看護師を怖がらせてるのね」ノーマはさっと顔をあげた。「わたしはいま酔ってる――だから素面《しらふ》のときには決していわないことを話してあげる。わたしはバビノーがブレイディを殺せばいいと思ってる。強烈な毒薬かなんかを注射でたっぷり流しこんで、あいつを一気にあの世へ送ってくれないかな。あいつには背すじが寒くなるから」ノーマは言葉を切って、こういい添える。「わたしたちみんな、あいつに背すじが寒くなる思いをさせられてるの」

21

ホリーが電話をかけたときには、トッド・シュナイダーの秘書はちょうど事務所を片づけて帰宅しようとしていたところだ。秘書は、ミスター・シュナイダーは明日の朝八時半から九時のあいだなら話に応じられる、と答える。そのあとは終日会議の予定だ、と。

ホリーは電話を切ると、狭い洗面所で顔を洗ってデオドラントをつけなおし、オフィスの戸締まりをすませ、カイナー記念病院にむかって車を走らせはじめるが、おりあしく夕方の最悪のラッシュアワーの最悪の波につかまってしまう。病院についたのは午後六時、あたりはすっかり暗くなっている。総合案内デスクの女性スタッフがコンピューターを操作し、バーバラ・ロビンスンはB翼棟の五二八号室に入院していると告げる。

「それって集中治療室?」ホリーはたずねる。

「いいえ、ちがいます」

「よかった」ホリーはそういうと、地味なデザインのローヒールの靴音を響かせて歩きはじめる。

エレベーターのドアが五階でひらく——と、ホリーの目の前に立ち、エレベーターに乗ろうとしているのはバーバラの両親だ。ターニャは携帯電話を手にしたまま、亡霊を見るような目つきをホリーにむける。ジム・ロビンスンは、これはたまげた、という。

ホリーはわずかに身をすくめる。「どうして？　なんでふたりとも、そんなふうにわたしを見るんです？　なにかおかしい？」

「ううん、なんにも」ターニャがいう。「ただ、わたしたちはこれからあなたに電話をかけようとしてて——」

エレベーターのドアが閉まりはじめる。ジムがすかさず腕を伸ばすと、ドアはまたもどっていく。

「——そう、一階ロビーまで降りたらすぐに」ターニャは最後まで言葉をいいおわると、説明代わりに壁のポスターを指さす。携帯電話の上に赤い斜線が描かれたデザインのポスターだ。

「わたしに電話？　どうして？　てっきりバーバラは足の骨を折っただけだと思ってました。いえ、その……足の骨折も大変な怪我なのはわかってますが、でも——」

「バーバラなら意識はあるし、元気だよ」ジムはいう。しかしジムと妻のターニャがちらりと視線をかわすしぐさからは、その言葉が完全な真実でないことが察せられる。

「足のほうは見本のようにきれいな単純骨折だったが、後頭部にかなり大きなこぶが見つかったので、大事をとって今夜は入院ということになった。足の骨折を処置した医者の見立てでは、あしたの朝になれば九十九パーセントの確率で家へ帰れるだろうということだった」

「薬物検査もしてくれたわ」ターニャがいう。「でもドラッグ類はいっさい検出されなかった。意外な結果ではなかったけど、ほっと安心したのは事実ね」

「というと、なにが気がかりなんです？」

「なにもかも」ターニャはあっさりという。いまターニャは、ホリーが最後に会ったときから十歳も老けこんだかのようだ。「きょうはヒルダ・カーヴァーのお母さんが、ヒルダとバーバラを学校まで車で送っていったの——今週はヒルダのお母さんの担当だから。話をきいたけど、車のなかではバーバラには特に変わったところはなかったというのね。いつもよりも若干口数が少なめだったけど、それ以外は普通だったって。そのあと学校でバーバラはトイレに行ってくるとヒルダに話し、ヒルダはそれっきりバーバラを見かけなかった。ヒルダに話をきいたら、バーバラはたぶん体育館の横手にあるドアのひとつから外へ出たんだろうといってたわ。そこのドアのことを、生徒たちは〝サボりのドア〟って呼んでいるというし」

「バーバラはどんな話を？」

「あの子、わたしたちにはなにも話してくれなくて」ターニャが声を震わせ、ジムがその体に片腕をまわす。「でも、あなたになら話してもいいんですって。だから、あなたに電話をかけようとしてたの。バーバラは、自分の話を理解してくれそうな人はあなただけだといってるのよ」

22

ホリーは廊下のいちばん端にある五二八号室を目指して、ゆっくりと進む。顔を伏せていたうえに深く考えごとに没頭しているせいで、カートを押している男とあやうく正面からぶつかりそうになる——カートにはよく読みこまれたペーパーバックや、スクリーンの下に《カイナー記念病院備品》という文字のテープが貼られた電子書籍リーダーの〈キンドル〉などが積んである。

「ごめんなさい」ホリーは男にいう。「うっかりして、前をちゃんと見ていなかったから」

「いいってこと、気にすんな」〈図書室《ライブラリー》アル〉はそう答えて、また先へ進みだす。しかしホリーは、アルが足をとめてふりかえり、自分に目をむけていたことに気づいていない。この先に控えているバーバラとの会話のために、ありったけの勇気を奮い起こしているところだからだ。感情が高ぶるような会話になりそうだし、感情が高ぶる場面には決まって及び腰になってしまう。それでも、自分はバーバラを愛しているという事実が背中を押してくれる。

同時に好奇心を感じてもいる。

ホリーは、わずかにひらいているドアをノックする。返答がないので、ドアの隙間から室内をのぞきこみ、「バーバラ？　ホリーよ。はいってもいい？」

バーバラは疲れた笑みをのぞかせ、それまで読んでいた『ハンガー・ゲーム3　マネシカケスの少女』を下に置く。本はずいぶんくたびれていて、さっきのカートの男から借りたものだろうとホリーは見当をつける。バーバラは入院患者用の病衣ではなくピンクのパジャマ姿で、ベッドで上体を起こしている。たぶんパジャマは、いまバーバラのナイトテーブルに置いてあるシンクパッドといっしょに、母親のターニャが病院までもってきたのだろう。ピンクのパジャマのトップのせいでバーバラはいくぶん元気そうに見えているが、実際にはまだ朦朧《もうろう》とした顔つきだ。頭に繃帯を巻かれていないところを見ると、後頭部のこぶもそれほど大変なものではないのだろう。ひょっとしたら、バーバラを病院にひと晩泊めておきたい理由がほかにあるのでは？　ホリーが思いつく理由はひとつだけだ――できれば馬鹿馬鹿しいと思いたいが、まだその境地に達することができない。

「ホリー！　なんでこんなにすぐ来られたの？」

「だって、あなたに会いにきたからよ」ホリーは病室にはいってドアを閉める。「だれかが入院して、その〝だれか〟が友人だったら、なるべく早く病院に駆けつけるものだし、わたしとあなたは友人同士だから。さっきエレベーターのところでご両親と会った。なんでも、あなたがわたしと話をしたいといってる、という話だったけど」

「ええ」

「さて、どうすればあなたの力になれる、バーバラ？」

「ええと……あなたに質問してもいい？　かなり立ち入った質問になっちゃうけど」

「うん、いいよ」ホリーはベッド横の椅子にすわる。そろそろと慎重に──まるで座面に電気が流れているかのように。

「ホリーが昔、つらい時期を過ごしてたのは知ってる。うん、もっとずっと若いころにね。ビルといっしょにお仕事をするようになる前のこと……」

「ええ」ホリーは答える。天井の明かりは消してあり、室内に光を投げているのはナイトテーブル上のスタンドだけだ。スタンドの光がふたりをつつみ、ここをふたりだけの小さな空間に見せている。「かなりしんどくて、つらい時期をね」

「そのとき……自殺しようとした？」バーバラは緊張もあらわな小さな笑い声をあげる。「いったでしょう、立ち入った質問になるって」

「二回」ホリーはためらわずに即答する。自分でも驚くほど気分は平静だ。「最初はいまのあなたくらいのとき。学校でほかの子たちからいじめられて、ひどい綽名をつけられたから。自分ではどうにもならなかった。でも、結局中途半端なことしかしなかった。アスピリンと鼻炎薬をひと握り飲んだだけよ」

「じゃ、二回めは中途半端にしないで、もっとちゃんとしたわけ？」

答えにくい質問だ。ホリーは慎重に考えをめぐらせる。「答えはイエスでもありノーでもある。あれは、勤め先の上司とのトラブルが起こった直後のこと――いまならセクシャルハラスメントと呼ばれるはずのトラブルよ。でも当時は、だれもそんな名前では呼んでなかった。わたしはまだ二十代。それまでよりも強い薬を飲むようになってはいたけれど、それでもちゃんと仕事をこなすには力不足で、わたしの一部はそのことを知ってた。当時のわたしはものすごく不安定だったけれど愚かではなかったし、愚かではない部分では生きていたいと思ってた。理由のひとつは、マーティン・スコセッシがこの先まだ何本も映画をつくるとわかってて、一本も見のがしたくなかったこと。マーティン・スコセッシはもっとも偉大な現役映画監督よ。大河小説のような長尺ものの映画を撮るの。たいていの映画は、ただの短篇小説のようなものね」

「あなたの上司のことだけど……あなたを……襲ったりした？」

「そのあたりは話したくないし、重要でもなんでもない」それだけではなく、ホリーはいま顔をあげたくもない。しかし相手がバーバラであることを思い起こし、自分に鞭打つ気分で顔をあげる。ホリーにはあれこれの奇癖があり、いろいろ厄介な面がつきまとっているにもかかわらず、バーバラはずっと友人でいてくれている。いまそのバーバラが困ったことになっている。「それに、理由が重要になることはないの。そもそも自殺は人間のあらゆる本能に反したおこないで、だからこそ正気の沙汰ではないから」

ただし、例外もないではないかもしれない――ホリーは思う。末期の病におかされている病人の場合。でも、ビルは末期患者じゃない。

わたしがあの人を末期患者なんかにさせない。

「いいたいことはわかるよ」バーバラはいい、枕にあずけた頭を右へ左へと動かす。スタンドの明かりを受けて、頰をつたった涙のあとが光る。「わかるの」

「あなたがロウタウンまで行ったのはそのためだったの？　自殺するため？」

バーバラはぎゅっと目を閉じるが、睫毛《まつげ》のあいだから涙が押しだされてくる。「そうじゃないと思う。とにかく最初はちがった。あそこへ行ったのは、行けという声がきこえたから。友だちの声」いったん言葉を切って考えこみ、「でも、考えればあの男の人は友だちでもなんでもない。だって友だちなら、わたしの自殺を望むはずないでしょう？」

ホリーはバーバラの手をとる。ふだんなら他人と肌を触れあわせるのは苦痛だが、今夜はちがう。ひとつには、いま自分とバーバラがふたりだけの秘密の場所に隠れているような気分だからだ。相手がバーバラだからこそかもしれない。その両方が理由かもしれない。

「その友だちというのは何者？」ホリーはたずねる。

バーバラは答える。「魚といっしょにいる人。ゲームのなかの人」

23

貸出図書のカートを押して病院のメインロビーを歩いていく（その途中、ホリーを待っているロビンスン夫妻の前を通りすぎる）のはアル・ブルックスだし、降りてきたときとはちがうエレベーターで上のフロアへあがり、病院本館から空中連絡通路《スカイウェイ》をつかって脳神経外傷専門クリニックへむかうのもアルだ。当直デスクについている看護師のレイニアーにハローと声をかけるのもアル――ベテラン看護師のレイニアーはコンピューターから顔をあげずに、ハローと挨拶を返す。カートを押してクリニックの廊下を進んでいるのもアルだ。しかしカートをホールに置いて二一七号室に足を踏み入れると、アル・ブルックスは消えて、Ｚボーイが体を乗っとる。

ブレイディはいつもの椅子に腰かけて、膝に〈ザピット〉を置いている。スクリーンを見つめたまま顔もあげない。Ｚボーイもゆったりしたグレイのチュニックのポケットから〈ザピット〉をとりだして電源を入れる。オープニング画面で〈フィッシン・ホール〉のアイコンをタップすると、スクリーン上で魚が泳ぎはじめる。赤い魚、黄色い魚、金色の魚、ときどき出てくるすばしっこいのがピンクの魚。音楽が鳴っている。ゲームマシンがときおりまばゆい閃光を発すると、Ｚボーイの頬が光に塗られ、両目が青い虚無に変わっていく。

それからほぼ五分のあいだ、片方は椅子に腰かけて、片方は立ったまま、どちらも泳ぐ魚を見つめ、素朴な音楽に耳をかたむけているばかり。ブレイディの病室の窓にかかっているブラインドが、落ち着きなく揺れて小さな音をたてる。ベッドカバーがひとりでにめくれあがり、すぐ元にもどる。Ｚボーイは一度か二度、なにかを理解したといいたげにうなずく。ついでブレイディの手から力が抜け、ゲームマシンを離す。マシンは萎《な》えたままの足のあいだに落ち、そこから足に沿って落下、床にあたって音をたてる。口が力なくひらく。瞼が垂れ落ちて半眼になる。チェックのシャツにつつまれた胸の上下動が、ほとんど見えないくらいになる。

Ｚボーイの肩がぐいっとまっすぐになる。ついでＺボーイは小さく体を震わせ、〈ザ　ピット〉の電源を切って、最初にとりだしたポケットにもどす。つづいて右のポケットからとりだすのはｉＰｈｏｎｅだ。優秀なコンピューター・スキルをそなえた人物によって最先端セキュリティデバイスが複数組みこまれ、内蔵ＧＰＳ機能はオフにしてある。連絡先をひらいても氏名はひとつもない。あるのはわずかなイニシャルだけ。Ｚボーイは《ＦＬ》をタップする。

相手の着信音が二回鳴ってから、ＦＬがいんちきなロシア訛《なまり》で応答する。「こちらはジピッティ・ドゥー・ダ工作員、同志《コムラード》よ。そちらからの命令を待っていた」

「おまえは下手くそなジョークをいうために給料をもらってるわけじゃないぞ」

沈黙。それから——「了解。ジョークはなしで」

「われわれは計画を進めている」

「では残りの金を受けとったら、計画を先に進めよう」

「今夜のうちには、そっちに金が届く。そうなったらすぐ仕事にとりかかれ」

「了解了解」FLはいう。「次はもっと難題を出してほしいな」

この次なんかないいんだよ——Zボーイはそう思う。

「この仕事をしくじるな」

「まさか。でも、とにかくこの目で現金を見るまではとりかからないよ」

「金はちゃんと見せてやる」

Zボーイは通話を切ると、電話をポケットに落としこんでブレイディ・ハーツフィールドの病室をあとにする。当直デスクと、そこのコンピューターにあいかわらず没頭しているレイニアー看護師の前をまた通りすぎる。図書カートをスナックの自動販売機コーナーに置いたままにして、空中連絡通路《スカイウェイ》をわたる。いまその足どりは弾んでいる——もっと若い男のように。

あと一時間か二時間もすれば、レイニアーかほかの看護師が、椅子にだらしなく体をあずけているブレイディか、床に滑り落ちて〈ザピット〉を下敷きに眠りこけているブレイディを発見するだろう。といっても、だれもそれほど心配するはずもない。こんなふうにブレイディがいつしか意識を完全にうしなっていたことはこれまで何度もあり、そのたびにまた意識をとりもどしていたからだ。

ドクター・バビノーは、これが再起動プロセスの一環だといっている――ブレイディ・ハーツフィールドは意識をとりもどすたびに少しずつ状態が改善している。われらが患者は恢復しつつあるのだよ――バビノーはいう。見た目からはとうてい信じられないかもしれないが、われらが患者はまちがいなく恢復しつつある。

おまえは真実の半分も知らないんだよ――いま〈図書室アル《ライブラリー》〉の肉体を占拠している精神はそう考える。ああ、おまえは半分も知らないんだよ。でも、そろそろおまえも知りかけているな、ドクターB。そうじゃないのか？

諺《ことわざ》どおり――たとえ遅くなっても、なにもしないよりはましだ。

24

「道の反対からわたしに叫んできた人がいたけど、あの人はまちがってた」バーバラはいう。「例の声があの男を信じろといってよこしたから、その場では信じたけど、でもあの男の人はまちがってた」

ホリーはゲームマシンからきこえてきた声について知りたいと思っているが、バーバラにはまだその話をする心の準備ができていないかもしれない。そこでホリーは、その男は何者で、なんといわれたのかとたずねた。

「わたしのことを〝黒もどき《ブラッキッシュ》〟っていったの——テレビドラマの題名とおんなじ言葉。ドラマは笑えるけど、あの街では人を非難する言葉だよね。だって——」

「あのドラマは知ってるし、特定の人たちがその言葉をどうつかうかも知ってる」

「でも、わたしは黒もどき《ブラッキッシュ》なんかじゃない。もっとはっきりいえば、黒い肌をもった人たちのなかに、そんな人はひとりもいないの。たとえティーベリー・レーンみたいな品のいい通りにある品のいい家に住んでいたって、黒もどき《ブラッキッシュ》なんかじゃない。わたしたちはみんな黒人そのもの、ずっと前から。わたしだって学校で自分がどんな目で見られて、どんなふうに話題になっているかを知っていて当然でしょう？」

「ええ、そのとおりね」ホリーは——学校時代にさんざんじろじろ見られて、さんざん人の噂になってきた経験のあるホリーは——そう答える。ハイスクール時代のホリーの綽名は〈ぶつぶつ娘〉だった。

「先生たちはジェンダーの平等とか人種の平等について話す。学校は〝ゼロ容認ポリシー〟を採用してる——どんな小さな違反も許さないってね。みんな本気よ——少なくとも学校の先生たちの大半は。でも休み時間に生徒たちが教室移動をしているときの廊下を歩けば、だれだって黒人の生徒や中国からの転校生やムスリムの女生徒をすぐに見つけられる。そういう生徒は二十人くらいしかいないから。わたしたちは、いってみれば塩入れにはいりこんでしまった少しの胡椒粒みたいなものよ」

バーバラはどんどん昂奮してきて、声には激しい怒りや憤慨があらわになっているが、同時に倦《う》み疲れた響きもある。

「パーティーには招かれるけど、招かれないパーティーもたくさんある。デートにはこれまで二回しか誘われてない。誘ってくれた男の子のひとりは白人よ——ふたりで映画館《シネコン》に行ったら、だれもがじろじろ見てくるし、だれかにうしろから頭にポップコーンを投げつけられた。〈AMC12〉では館内照明が消されたとたん、人種的平等がおわっちゃうみたい。それから、前にサッカーをしていたときに、こんなこともあった。サイドラインに沿ってボールをドリブルしていって、きれいなシュートを決めたら、ゴルフシャツを着た白人のお父さんが自分の娘に、『あの黒ガキをマークしろ』っていったの。わたしはきこえないふりをした。娘のほうはにやにや笑ってた。そりゃ本音ではお父さんが見ているその前で、あの女の子を殴り倒してやりたかった……でも、そんなことはしなかった。わたしは飲みこんだ。それから新入生のとき、グラウンドのスタンド席に英語の教科書を忘れたことがあった。あとで取りにもどったら、教科書にメモがはさんであった。メモには昔のドラマの〈ちびっこギャング〉に出てきた黒人の男の子にひっかけて、《バックウィートの彼女》って書いてあった。でも、それも飲みこんだ。何日も何日も、なにもないことがある……何週間もつづくことがある……でも、決まってまた飲みこむしかない出来事が起こる。母さんや父さんもおなじ思いをしてる……知ってるの。ハーヴァードにいるジェロームならそんなことはないかもしれない……でも、賭けたっていい、兄さんだってたまには飲みこむしかない出来事があるに決まってる」

ホリーはバーバラの手をぎゅっと握るが、なにもいわない。

「わたしは黒もどき《ブラッキッシュ》なんかじゃない。でも、あの声はわたしが黒もどき《ブラッキッシュ》だといった。共同住宅育ちじゃないし、虐待癖のある父親とドラッグ中毒の母親のもとで育ってないからって。コラードグリーンを食べたこともないし、それがなんなのかもちゃんと知らないからって。〝ポォケチョップ〟と訛ったりせず、〝ポークチョップ〟と折り目正しく発音するからって。ロウタウンではみんな貧乏なのに、うちの一家がティーベリー・レーンでなに不自由なく暮らしてるからって。わたしはキャッシュカードをもってて、上品な学校に通ってて、ジェローム兄さんはハーヴァードに通ってて、でも……でも……わからない？　ホリー……あなたにはわからない？　だって、わたしにはどうすることも

——」

「ええ、いま話に出たのは、あなたにはどうすることもできなかったことばかり」ホリーはいった。「あなたは生まれたところに生まれるしかなかったし、だれになるかをえらんで生まれたわけじゃない——わたしとおなじ。っていうか、人間はみんなおんなじよ。それにあなたはいま十六歳、これまでだれからも、なにかを変えろなんていわれた経験はなかった——服以外にはね」

「ほんと！　だから頭では恥ずかしがることはないとわかってたのに、あの声はわたしに無理やり恥ずかしく思わせて、わたしに役立たずの寄生虫気分を強いてきて……いまもすっかり消えたわけじゃない。なんていうか、あの声がわたしの頭に汚い粘液の痕を残していったみたい。だって、これまでロウタウンに行ったことなんて一度もないし、たしかにぞっとするようなところで、あの人たちと比べたらわたしなんてやっぱり黒も《ブラッキ》どき《ツシュ》だし、いますごく心配なのは、あの声がこのままずっと消えなくて、この先わたしの毎日が台なしにされちゃうんじゃないかってことなの」

「絞め殺さなくちゃだめ」ホリーは冷ややかに突き放すような、確信に満ちた声でいう。

　バーバラが驚きの目でホリーを見つめる。

　ホリーはうなずく。「ええ、そう。その声が完全に死ぬまで、そいつののどを絞めつづけなくちゃだめ。それが第一歩。自分で自分の始末をつけないことには、いまよりもいい自分にはなれない。いまよりいい自分になれなかったら、自分以外のものをいまよりよくするのは無理ね」

　バーバラはいう。「このまま学校にもどって、ロウタウンなんかなかったというふりはできないわ。この先も生きるのなら、とにかくなにかしなくっちゃ。若かろうとなんだろうと、なにかしなくちゃだめ」

「もしかして、ボランティアのような仕事をしようとか考えてる？」

「なにを考えてるか、自分でもわからない。わたしみたいな子供になにができるのかもわからない。でも、見つけるつもり。そのためにあそこへもどらなくちゃならないとなったら、きっと両親には気にいらないでしょうね。ホリー、両親のことでわたしを助けてほしい。あなたにはむずかしいというのは知ってる……でも、お願い。あの声をわたしが黙らせる必要があると、あなたから両親に話してちょうだい。たとえ、いますぐ絞め殺すのが無理でも、少しのあいだ黙らせておくことはできそう」

「わかった」ホリーは内心おぞけをふるいながらも、そう答える。「話してみる」そこでふとアイデアが頭に浮かび、ホリーは晴れやかな笑顔になる。「あなたを押してトラックの進路からよけさせてくれた男の子と話すべきね」

「でも、どうやってさがせばいいんだろう……」

「ビルが力になってくれるわ」ホリーはいう。「さて、ゲームの話をきかせて」

「壊れちゃった。トラックに轢かれて。ばらばらの破片が見えたの。壊れてくれてほっとした。目を閉じると決まってあの魚が——特にピンクの数字の魚が——瞼の裏に見えてきて、あの素朴な音楽がきこえてくるんだもん」そういってバーバラはハミングで実演するが、ホリーにはぴんと来ない。

ひとりの看護師が医療カートを押して病室にやってくる。看護師はバーバラに、いまの痛みのレベルは十段階でどのくらいかをたずねる。ホリーは、なにをおいても真っ先にたずねるべきこの質問を思いつきもしなかった点を恥ずかしく思う。ある意味でいまの自分はとびきり性質《たち》のわるい、思いやりのかけらもない人物だ。

「わかんない」バーバラはいう。「五くらいかな」

看護師はプラスティックの薬剤トレイをひらいて、バーバラに小さな紙コップを手わたす。コップには白い錠剤がふたつはいっている。「痛みがレベル五の人むけの特別調剤よ。それを飲めば、赤ちゃんみたいにぐっすり眠れるわ。といっても、わたしがあなたの瞳孔を懐中電灯でチェックするまでだけど」

バーバラはひと口の水で二錠の薬を飲む。看護師はホリーに、そろそろお引きとりいただいて、〝うちの子〟を少し休ませてほしいと告げる。

「すぐに帰ります」ホリーは答え、看護師が病室から出ていくと身を乗りだし、目を輝かせた真剣な顔でバーバラにたずねる。「そのゲームマシン。どこでどうやって手にいれたの？」

「男の人にもらったの。ヒルダ・カーヴァーとバーチヒル・モールに行ったときに」

「いつのこと？」

「クリスマス前……でも、そんなに前のことじゃなかった。覚えてるのは、ジェローム兄さんへのプレゼントがまだ決まらなくて、どうしようって不安になりかけてたから。〈バナナ・リパブリック〉でとってもおしゃれなスポーツジャケットを見つけたけど、すっごく高くて手が出なかった。でも、兄さんは五月まで家を建てるボランティアをする予定でしょう？　そういう仕事をしていると、スポーツジャケットなんか着る機会もあんまりなさそうって思わない？」

「ええ、そうね」

「それはともかく、ヒルダとふたりでランチを食べてると、その男の人が近づいてきたの。知らない人と話をしてはいけないといわれてるけれど、わたしたちはもう小さな子供じゃないし、まわりに人がいっぱいいるフードコートだったし。おまけにその男の人は、ちゃんとした服を着てたし」

最低の悪党にかぎって上等な服を着ているのよ――ホリーは思う。

「すっごく高級なスーツだった。ひと目でめちゃくちゃ高いにちがいないってわかるスーツで、ブリーフケースももってた。自分はマイロン・ザキムといい、サンライズ・ソリューションズ社で仕事をしているって話してた。わたしたちに名刺もくれた。それからわたしたちに〈ザピット〉をふたつ見せて――ブリーフケースは〈ザピット〉でいっぱいだった――アンケートに答えて会社あてに返送してくれるなら、このマシンを無料であげよう、といってきた。返送先はアンケートに書いてあったし、名刺にも載ってたわ」

「その住所を覚えてる？」

「覚えてない。名刺もすぐに捨てちゃったし、そもそも宛先はただの私書箱だったの」

「ニューヨークだった？」

バーバラは考えこむ。「ううん。この街だった」

「で、〈ザピット〉を受けとったのね」

「うん。母さんには黙ってた。知らない男の人と話したっていうだけで、たっぷりお説教されるのはわかってたし。アンケートには記入して返送した。でもヒルダはそうしなかった。ヒルダがもらった〈ザピット〉は不良品だった。電源を入れたら、ぴかっと一回だけ青い光を出したっきり壊れちゃったの。だから捨てたって。いまでも覚えてるけど、そのときヒルダったら、無料《ただ》でもらえる品物なんて、せいぜいこの程度って思わなくちゃだめだとかいってた」バーバラはくすくすと笑う。「母さんそっくりな口ぶりだった」

「でも、あなたがもらったマシンはちゃんと動いた」

「ええ。時代遅れの古いゲームマシンだったけど……なぜか……馬鹿馬鹿しいなりに……すごくおもしろかった。最初のうちはね。いまは、わたしがもらったほうも壊れていればよかったっていう気分……そうだったら、あの声がきこえることもなかったはずだもん」バーバラはにっこりとする。「さっきの薬、すっごい！　体がふわふわ浮かんで、どっかへ飛んでいきそうになってきた」

「まだ飛んでいっちゃだめよ。その男の人の特徴を教えてもらえる？」

「白人で髪の毛が白かった。年寄りね」

「すごく年寄りの人？　それともちょっと年をとってるくらい？」

バーバラの目がわずかに曇ってくる。「父さんよりは年寄りで、お祖父ちゃんよりは年下って感じ」

「六十歳くらい？　六十五歳とか？」

「うん、そんなところかな。ビルとだいたいおんなじくらいだと思う」バーバラの目がいきなり大きく見ひらかれる。「あのね、ひとつ思い出したことがあるの。わたしはちょっと不気味だなって思って、そしたらヒルダもおんなじように感じてたって」

「どういうこと？」

「その男の人、名前はマイロン・ザキムだといってたし、名刺にもマイロン・ザキムとあったけど、ブリーフケースについていたイニシャルは《MZ》じゃなかったの」

「どういうイニシャルだったかは覚えてない？」

「うん……ごめんなさい……」そしてバーバラはまた浮かびただよいはじめる。

「じゃ、目を覚ましたら、そのことをまっさきに考えてもらえる？　そのころにはあなたの頭も冴えているだろうし、これは重要なことかもしれないの」

「オーケイ……」

「ヒルダがもらったマシンを捨てたりしなければよかったのに……」ホリーはいう。バーバラはなにも答えないが、答えを期待しているわけでもない——ひとりごとをいうのは、いつものことだ。バーバラの呼吸が深くゆっくりしたペースに変わってくる。ホリーはコートのボタンをとめはじめる。

「ダイナももってる」バーバラはぼんやりした夢を見ているような声でいう。「ダイ、ナ、のマシンはちゃんと動くの。ダイナは〈クロッシーロード〉や……〈プラント vs. ゾンビ〉をプレイしてて……あとは……〈ダイバージェント〉三部作を読もうとして全部ダウンロードしたけど、三冊の中身がごちゃまぜになってたって話してた」

ホリーはボタンをとめるのを中断する。ダイナ・スコットなら知っている——ロビンスン家でボードゲームをしたりテレビを見たりしているところを何度も見かけているし、一家と夕食をともにしていくことも珍しくない。そして、バーバラの友人全員の例に洩れず、うっとりした目つきでジェロームを見つめている。

「ダイナにマシンをわたしたのもおなじ男だった？」

バーバラは答えない。ホリーは唇を噛み、無理じいしたくはないが答えが必要だと肚《はら》をくってバーバラの肩に手をかけて体を揺すり、おなじ質問をする。

「ちがう……」バーバラは先ほどと同様の夢を見ているような声で答える。「ダイナはウェブサイト経由でもらってた」

「どこのウェブサイトなの、バーバラ？」

返ってきた答えは寝息だけ。バーバラはもう寝入っている。

25

ロビンスン夫妻がロビーで待っているとわかっていたので、ホリーは急ぎ足で院内売店にはいりこみ、テディベアの陳列棚の裏にこっそり隠れて（ホリーはこっそり隠れることの達人だ）ビル・ホッジズに電話をかける。それからホッジズに、バーバラの友人のダイナ・スコットを知っているかと質問する。

「もちろん」ホッジズは答える。「バーバラの友人ならあらかた知ってる。あの子の家に遊びにくるような子たちならね。きみとおなじように」

「あなたはダイナに会いにいくべきよ」

「まさか、今夜のうちに？」

「いますぐ。ダイナは〈ザピット〉をもってる」ホリーは深々と息を吸いこむ。「〈ザピット〉は危険よ」

そこまでは話せても、いま確信しつつあることは言葉にできずにおわる――〈ザピット〉が自殺マシンだ、ということは。

26

二一七号室では、メイヴィス・レイニアー看護師の監督のもと、ノーム・リチャードとケリー・ペラムというふたりの看護助手がブレイディ・ハーツフィールドの体をもちあげてベッドに寝かせる。ノームは床から〈ザピット〉を拾いあげ、スクリーンで泳ぐ魚を見つめはじめる。

「おなじような状態の患者とちがって、この患者が肺炎であっさり死んでくれないのはなぜなんです？」ケリーがたずねる。

「この患者はしぶとすぎて死なないの」

メイヴィスはいい、ノームがあいかわらずゲームマシンで泳いでいる魚を見おろしていることに気づく。両目を大きく見ひらき、口を力なくあけたまま。

「さあ、目覚めよ、草原の輝きよ」メイヴィスは名詩の引用をまじえていい、ゲームマシンをすばやくとりあげる。つづいてボタンを押して電源を切り、ブレイディのナイト
スタンドにある抽斗に投げこむ。「眠りにつくには、まだ旅路を行かねばならぬ」

「ええと……？」ノームは自分の両手を見おろしている——まだそこに〈ザピット〉が

あって目に見えると思いこんでいるかのように。
ケリーはメイヴィスに、ブレイディの血圧を測定するつもりかとたずねる。
「血中酸素レベルが若干低めです」ケリーはいう。
メイヴィスはちょっと考えてから答える。「こんなやつ、くたばればいい」
三人は病室から出ていく。

27

市内きっての高級住宅地であるシュガーハイツでは、塗装があちこち剝げて下塗りが斑点のようにのぞいている年代物のシボレー・マリブが、いまライラック・ドライブの閉ざされたゲートへ静かに近づいていくところだ。錬鉄のゲートには、バーバラ・ロビンスンがいったんは見ていながら思い出せなかったイニシャルが美麗な飾り文字であしらわれている――《FB》と。Zボーイは車をとめ、運転席から外へ降り立つ。着古したパーカが風にひらひらとはためく（背中と左袖の裂けた布地はマスキングテープで補修してある）。Zボーイがキーパッドから正しい暗証番号を打ちこむと、ゲートが左右にひらきはじめる。運転席にもどったZボーイはシートの下に手を伸ばし、ふたつの品物をとりだす。ひとつは炭酸飲料がはいっていたペットボトルで、ネック部分を切り落としてある。ドリンクがはいっていたところに、いまはスチールたわしが詰まっている。もうひとつは三二口径のリボルバー。Zボーイは三二口径の銃口部分を、ペットボトル再利用の手製消音器《サイレンサー》——これもブレイディ・ハーツフィールドの発明品——に突っこんで、グリップを握ったまま膝に置く。あいている手でマリブをあやつり、きれいに舗装されてカーブしているドライブウェイを屋敷のほうへ進めていく。

前方で、玄関ポーチに設置されている動体センサーつきの照明が点灯する。

後方で、錬鉄のゲートが音もなく閉まる。

〈図書室《ライブラリー》アル〉

自分が肉体的な存在としてはおわったも同然だということをブレイディが理解するまでに、長くはかからなかった。諺にもあるが、生まれたばかりの赤子のころはなにも知らなくても、ずっとそのままのわけはない。

なるほど、肉体を鍛える理学療法を受けさせられた――ドクター・バビノーの命令だったし、当時のブレイディはとても抗議できる状態ではなかった――が、そのたぐいの療法で得られる結果はたかが知れていた。やがて足を引きずりながら、患者によっては〝拷問ハイウェイ〟と呼ぶ廊下をよたよた十メートルばかり歩けるようになったが、理学療法コーディネーターの肩書をもつアーシュラ・ヘイバーの助けがなくては無理だった――ヘイバーはリハビリ・センターを取りしきる、レズの男役めいた雄牛っぽいナチ女だ。

「あと一歩がんばろう、ミスター・ハーツフィールド」ヘイバーはそんなふうに人を励ました。そしてブレイディがようやくあと一歩進むと、あと一歩だけ進めと励まし、そのあともう一歩だけ進もうと励ましてくる。ようやく許されて車椅子にくずおれるようにすわりこむころには、ブレイディはがたがた震えて汗まみれ、そういうときには、灯油をしみこませたぼろ布をヘイバーの股の穴に突っこんで火をつけたらどうなることかと妄想せずにはいられなかった。

「でかした！」ヘイバーはそう大声をあげた。「じょ、じょお出来よ、ミスター・ハーツフィールド！」

また、ブレイディがほんのわずかでも《ありがとう》ときこえなくもない、うがいめいた不明瞭な声を出したりすれば、ヘイバーはたまたまそのとき周囲にいた面々を見まわして得意げに微笑んだ。ほらほら、見て見て！　うちのペットの猿は言葉がしゃべれるの！

ブレイディは話すことができたし（それも他人が思っているよりもずっと巧みに）、〝拷問ハイウェイ〟をさらに十メートル弱歩くこともできた。コンディションが最上の日にはカスタードの大半を体の前にこぼさないで食べることもできた。しかしひとりでは服を着替えられず、靴紐は結べず、クソをひったあと自分でケツも拭けず、リモコン（古きよき日々の〈アイテム1〉と〈アイテム2〉にそっくりだった）をつかってテレビを見ることもできなかった。リモコンをつかむことはできても、小さなボタンを意のままに操作するには運動制御の能力がお話にならないほど不足していた。なんとか電源ボタンを押せても、なにも映っていないディスプレイの《信号が受信できません》という文字を見つめるだけにおわるのがつねだった。これには激しい怒りを誘われた――二

○一二年初頭の日々には、あらゆることが激しい怒りを誘った――が、ブレイディは注意深く怒りを外に出さないようにした。怒っている人間は、怒る理由があるからこそ怒っている――ところが脳に損傷を負って植物状態になった人間には、いかなる行動の理由もないことになっているからだ。

地区検事局に所属する法律家たちが病院にやってくることもあった。バビノーは検事たちの訪問に反対し、彼らの訪問がブレイディの状態を悪化させ、結果的に検事局の利益に反する行動をとっていることになると抗議したが、いっこうに効果はなかった。

地区検事局の法律家たちに警官たちが同行してくることもあったが、あるとき警官がひとりだけで訪問してきたことがあった。クルーカットの髪と明るく陽気な物腰をあわせもつ、でぶの根性腐れだった。ブレイディは椅子にすわっていたので、でぶの腐れ外道はベッドに腰かけた。それからこのでぶの腐れ外道は、姪がラウンドヒアのコンサートに行っていたと話しはじめた。

「たった十三歳なのに、あのバンドに夢中なんだから」でぶの腐れ外道はくすくす笑いながらそういった。それから、あいかわらずくすくす笑いながら前に身を乗りだすと、ブレイディの陰嚢《いんのう》にパンチを食らわせた。

「こいつはおれの姪からの心ばかりのプレゼントさ」でぶの腐れ外道はいった。「痛みを感じたか？　ああ、おまえには感じてほしいね」

ブレイディも痛みは感じていたが、でぶの腐れ外道がおそらく内心で期待していたほど強烈に感じたわけではなかった。腰から下、膝から上のあたり一帯は、ぼんやりと曖昧な領域になっていたからだ。その部分を制御していたはずの脳内の回路が焼き切れてしまったのだろう、とブレイディは思っていた。普通だったら悲しむべきニュースだが、〝家系の宝《ファミリー・ジュエル》〟ともいわれる睾丸に右フックを浴びせられた場合には喜ばしいニュースになる。ブレイディは無表情のまま、じっとすわっていた。わずかなよだれを、あごに垂らした姿で。しかし、でぶの腐れ外道の名前はしっかりとファイルに記録した。モレッティ。この名前はリストに登録された。

ブレイディのリストは長かった。

ブレイディがセイディー・マクドナルドをわずかとはいえ支配できたのは、最初の、そしてまったくの偶然でもたらされたセイディーの脳内への探険旅行《サファリ》のおかげだった（もうひとり、頭の鈍い看護助手の脳のほうはもっとしっかり支配できたが、こちらの脳へはいりこむのはロウタウン探訪のようなものだった）。そのあとも何度か、セイディーをうまく窓のほうへ——最初にあの発作を起こした現場へ——誘導することはできた。たいていの場合、セイディーは窓の外をちらりと見てからすぐ仕事にもどるだけで、これにはもどかしさがつのるばかりだったが、二〇一二年六月のある日、ついに二度めのミニ発作が起こった。気がつくとブレイディは今回もセイディーの目を通して外界を見ていたが、このときには助手席にすわって景色をながめているだけで満足するつもりはなかった。運転したくなったのだ。

セイディーは両手をもちあげて乳房を愛撫した。ぎゅっと強く握りもした。セイディーの両足のあいだにかすかな疼きが走るのをブレイディは感じた。ブレイディはほんの少しだけ、セイディーを性的に昂奮させたのだ。なかなかおもしろい——しかし有用性はないも同然だった。

だったらセイディーの体の向きを変えさせ、病室から外に出してみようか。廊下を歩かせる。ウォータークーラーで水を飲ませる。ブレイディ専用の生体車椅子だ。しかし、もしだれかが話しかけてきたら？　セイディーのなかにいるブレイディはどう答えればいい？　あるいは、ひとたび反射する日光から離れたことでセイディーが自分の肉体の支配権をとりもどし、いまわたしのなかにブレイディがはいりこんでいた、などと金切り声をあげはじめたらどうする？　セイディーは頭がおかしくなったと思われるだろう。そうなれば職場から休暇を強制されるかもしれない。そんなことになれば、ブレイディはセイディーにアクセスできなくなる。

そこでブレイディはセイディーの精神の奥深くにまでもぐっていき、思考魚《ソートフィッシュ》がひらりひらりと右に左にすばやく泳ぐさまを見つめた。前よりは明瞭に見えていたが、大半はおもしろくもなんともないものだった。

ただし一尾だけは……赤い魚だけは……。

赤い魚のことを考えるなり、当の赤い魚が見えてきた。当たり前だ——ブレイディが赤い魚のことをセイディーに考えさせているからだ。

大きな赤い魚。

父親魚。

ブレイディはすばやく手を伸ばして赤い魚をつかまえた。簡単だった。現実の肉体はもうまったくの役立たず同然だが、セイディーの精神のなかではバレエダンサーなみに俊敏な身ごなしだった。父親魚はセイディーが六歳のときから十一歳になるまで、定期的に虐待をつづけていた。最後にはとうとう行くところまで行き着いて、実の娘をファックするまでになった。セイディーは学校の教師に告白し、父親は逮捕された。父親はそののち保釈中に自殺した。

ほとんど自分ひとりが楽しむためだったが、ブレイディはセイディー・マクドナルドの精神という水槽にみずからの魚をこっそり放流しはじめた。毒をはらんだ小さな河豚《ふぐ》——それは、意識と無意識のあわいに存在する薄明の領域に、セイディー自身がつねに抱えている思考を誇張したものに過ぎなかった。

自分が父親をあんな行為に誘った……。

父親からあんなふうな目で見られることを、本当は楽しんでいた……。

父親が死んだ責任は自分にある……。

そんなふうに父親の一件を見れば、あれは自殺でもなんでもなくなる。そんなふうにあの一件を見れば、自分が父親を殺したことになる。

セイディーは派手にぎくりとして、両手を顔までもちあげながら窓からむきなおった。このときもブレイディは、吐き気を誘われるあの瞬間を体験した――セイディーの精神から強制排出されるときの、体がぐるんと回転させられるような眩暈を。セイディーは狼狽《ろうばい》もあらわな青ざめた顔でブレイディを見つめていた。

「ほんのちょっとだけど、気をうしなってたみたい」セイディーはそういって、震える笑い声をあげた。「でも、だれにもいわないでくれるわね、ブレイディ?」

もちろん、だれにもいわないに決まっている。これ以降、セイディーの頭に侵入するのがますます簡単になった。道の反対にある立体駐車場ビルでフロントガラスに反射する日光を、セイディーがいちいち見ないでもよくなった――セイディーが病室に足を踏み入れるだけで充分になった。セイディーは体重が落ちはじめた。いわくいいがたい愛らしさが消えた。ときには制服が汚れたままだったり、ストッキングが破れたままだったりした。そしてブレイディは、なおも爆雷を投下しつづけた。おまえが父親を誘った……おまえは楽しんでいた……責任はおまえにある……おまえなど生きている値打ちもない……。

そう、楽しい仕事ができた。

病院にはおりおりに寄付の品が寄せられる。二〇一二年九月、病院は十台ばかりのゲームマシン〈ザピット〉の寄付を受けた。送り主はこのマシンを製造していた会社か、あるいはどこかの慈善団体。病院の総務部は、寄付されたマシンを院内にある無宗派礼拝堂《チャペル》の隣の小規模な図書室に送った。図書室で荷物をひらいた看護助手は、〈ザピット〉を幼稚で時代おくれだと感じ、奥の棚に押しこんだ。マシンはしばらくそのままだったが、やがて十一月、〈図書室《ライブラリー》アル〉ことアル・ブルックスが見つけて、そのうちひとつをもち帰った。

アルは数種類のゲームを楽しんでプレイした——たとえば、ピットフォール・ハリーというキャラをあやつってクレバスや毒蛇などの障害を切り抜けさせるようなアクションゲームだ。しかし、いちばん楽しめたのは〈フィッシン・ホール〉だった。それもゲーム自体ではなく——そもそも幼稚だった——デモ画面だった。ほかの人がきいたら笑い飛ばすとわかっていたが、アル本人にとっては冗談でもなんでもなかった。なにかで気分が苛立ったとき（収集日にあたる木曜朝にごみを出しわすれたことを兄から大声で責め立てられたときや、オクラホマシティに住んでいる実の娘から電話で辛辣《しんらつ》なことをいわれたとき）にも、ゆったり滑るように泳ぐ魚の映像と素朴な音楽がいつも気持ちをなごませてくれた。時間の感覚をまったく忘れてしまうこともあった。驚くほかはなかった。

ほどなく二〇一二年が二〇一三年に変わるというある日のこと、アルの頭に天啓がひらめいた。二一七号室のブレイディ・ハーツフィールドは文字を読むこともできず、本やCDの音楽にはいっさい関心を見せていない。だれかにイヤフォンをはめられても、手でがむしゃらに引っかいて耳から抜いてしまう――窮屈に感じているかのようだった。そんなブレイディだから〈ザピット〉の画面下にある小さなボタン類の操作は無理だろうが、〈フィッシン・ホール〉のデモ画面なら見ていられるだろう。あれが気にいるかもしれないし、ほかのゲームのデモ画面が気にいることも考えられる。もしブレイディの気にいれば、ほかの患者たちも気にいってくれそうだし（名誉のためにいっておけば、アルは患者たちを〝植物人間〟のような侮蔑表現で考えたりしなかった）、そうなれば願ってもないことだ。〈刑務所《バケツ》〉にいる脳損傷の患者のなかには、おりおりに暴力をふるう者がいる。しかしデモ画面で彼らを落ち着かせることができれば、医者や看護師や看護助手たちは――さらには清掃スタッフでさえ――これまでよりも楽な時間を過ごせるようになるだろう。

もしかしたら、その功績を認められてボーナスをもらえるかもしれない。そんなことはまずありそうもなかったが、夢を見てもいいではないか。

二〇一二年十二月上旬のある日の午後、アルは二一七号室に足を踏み入れた。ブレイディ・ハーツフィールドのもとを定期的に訪ねてくる唯一の人物が帰った直後だった。訪問者はホッジズという名前の退職刑事で、ブレイディ逮捕にあたって重要な役割を演じていた――ただし、ブレイディの頭を実際にぶん殴って脳に損傷をあたえたのはホッジズではなかった。

ホッジズの来訪はブレイディを昂奮させた。ホッジズが帰ったあとの二一七号室では、あれこれの品物が倒れたり、シャワーが勝手に水を出してはとまったりした。ときには、バスルームのドアがひとりでにひらいては勢いよく閉まったりもした。看護師たちはそういった現象を目にしており、ブレイディのしわざにちがいないと考えていた。しかし、ドクター・バビノーはそんな考えを鼻で笑っていた。バビノーは、それこそがある種の女たちがとり憑かれやすいヒステリックな考えにほかならないと断じた（とはいえ〈刑務所《バケツ》〉勤務の看護師のなかには男性もいたのだが）。アルはそういった話がすべて事実だと知っていた。自身、そういった超常現象を数度にわたって目撃していたからであり、自分はヒステリックな人間ではないと思っていたからだ。その正反対の人間だ。

とりわけ忘れがたい瞬間になったのは、通りすがりにブレイディの病室からなにやら物音がきこえたのでドアをあけたところ、窓にかかったブラインドがダンスでも踊っているようにざわざわ動いていたときだ。あれもホッジズ来訪の直後だった。この現象がそれから三十秒ばかりつづいたのちに、ようやくブラインドは静かになった。

アルはできるだけ愛想よく接しようと努めていたが——いっておけばアルはだれにでも愛想よくしようと努めていた——ビル・ホッジズのことはどうしても好きになれなかった。ホッジズはブレイディがいまのようなありさまになったことを、いい気味だと思っているかのようだった。うれしくてたまらないかのようだった。むろんアルもブレイディ・ハーツフィールドが罪もない人々を殺した極悪人だと知ってはいたが、その手の所業をしでかした当人がもう存在していないいま、それがどうしたというのか。いま病室にいるのは、以前の男の抜け殻にすぎない。そんな男が手をつかわずにブラインドを動かしたり、水道の水を出したりとめたりできるとして、それがなんだというのか。だれも傷つけないではないか。

「こんちは、ミスター・ハーツフィールド」その十二月の夜、アルはそう声をかけた。「あんたにちょっとしたもんをもってきた。まあ、見てくれよ」

アルは〈ザピット〉の電源を入れてスクリーンをタップし、〈フィッシン・ホール〉のデモ画面を呼びだした。魚が泳ぎはじめ、音楽が流れはじめた。いつもどおり心がなだめられ、アルはしばしその感覚を楽しんだ。それからゲームマシンの向きを変えてブレイディに見せる……つもりだったが、気がつくと病院の建物の反対側にあるA翼棟の廊下でカートを押して歩いていた。

〈ザピット〉はなくなっていた。

本来ならこのことにうろたえたはずだが、なぜかアルはうろたえなかった。まったく、なんの問題もないように思えた。いくぶん疲れてはいたし、とっちらかった思考をまとめるのに手間がかかるように感じられたが、それ以外はいい気分だった。ハッピーな気分。下に目を移して左手を見ると、チュニックのポケットに常備しているペンで手の甲に大きな《**Z**》の文字を書いていたことがわかった。

Zボーイのzだ——アルはそう思って笑った。

ブレイディはみずからえらんで、〈図書室《ライブラリー》アル〉の精神に飛びこんだのではなかった——この老いぼれが手にしたゲームマシンに目を落としてから数秒後には、老いぼれの頭のなかにいたのだ。さらに、図書カート男の頭に無断侵入した気分はまったく感じなかった。この瞬間にかぎって、アルの体はブレイディの体だった——自分で運転すると決めているかぎり、〈ハーツ〉のレンタカーのセダンが〝自分の車〟になるようなものだ。

図書カート男の意識の核はこのときもまだ——どこかに——存在していたが、すでに心をなごませるハム音のようなものにすぎなかった。冷えこんだ日の地下室にあるボイラーの音のようなもの。それでもブレイディはアルヴィン・ブルックスというこの男のありとあらゆる記憶と、蓄積されたあらゆる知識に自在にアクセスすることができた。後者の知識がずいぶん大量にあった。というのも五十八歳で引退するまで、この男はフルタイムの電気技師として働いていたからだ——いまでこそ通り名は〈図書室《ライブラリー》アル〉だが、現役当時は電気技師をあらわす俗語をとって〈スパーキー・ブルックス〉と呼ばれていた。いまブレイディがどこかの電気回路をつなぎなおしたくなれば、その仕事をなんなくこなせたはずだった。ただし、ひとたび自分の肉体に意識がもどれば、その能力をうしなってしまうこともわかっていた。

ブレイディは自分の肉体のことを考えて不安に駆られ、ぐったり力なく椅子にすわっている男に顔を近づけた。目は半眼に閉じられ、瞼の隙間から白目だけがのぞいている。口の片方の端から舌がだらりと突きでている。指がねじくれたアルの手をブレイディの胸にあてがうと、胸が上下動をくりかえしているのが感じられた。すると、これはこれで心配ないのだ――それにしても、われながらおぞましいかぎりの姿ではないか。文字どおり骨と皮ばかりの体。おれをこんなざまにしたのはホッジズの野郎だ。

　ブレイディは病室をあとにすると、狂喜乱舞したい気分のまま病院をあちこちめぐってみた。だれかれかまわずに笑顔をむけた。自分で自分をとめられなかった。セイディー・マクドナルドのときにはしくじるのではないかという恐怖があった。いまでもその懸念はあったが、それもわずかだった。こっちのほうがずっといい。ブレイディは〈図書室《ライブラリー》アル〉の体を――サイズがぴったりの手袋のように――身にまとっていた。A翼棟の清掃監督をつとめているアンナ・コーリーとすれちがったついでに、旦那は例の放射線治療をがんばっているのかと質問してみた。アンナは夫のエリスの経過は順調だと答え、わざわざたずねてくれたアルに礼を述べた。

　ロビーでブレイディは図書カートを男子洗面所の外に置いて洗面所に足を踏み入れ、個室内の便器に腰をおろして〈ザピット〉を調べた。画面で泳いでいる魚を目にするなり、なにが起こっていたのかは察しとれた。ほかでもない、このゲームをつくった愚か者たちは――偶然のことにちがいないが――ゲームをつくると同時に催眠効果もつくりだしたのだ。だれもが催眠効果の影響を受けるわけではないだろうが、影響される人間もそれなりに多いだろうとブレイディは思った。それも、セイディー・マクドナルドのように軽度のてんかん発作を起こしやすい者にかぎらないだろう、と。

以前、地下にあった作戦司令室《コントロール・ルーム》で目を通した文献に、ゲームマシンやアーケードゲームのなかにはまったく正常な人々に発作を引き起こしたり、軽度の催眠状態に陥らせたりするものがある、という記述があった。それゆえメーカーはゲームマシンの取扱説明書に（とびきり小さな活字をつかって）注意書きを載せるようになった。いわく——長時間のプレイはおやめください、画面から一メートル以上離れてプレイしてください、てんかん既往歴のある方はプレイをご遠慮ください。

こういった効果をもつものはビデオゲームにかぎらなかった。数千人の子供たちが頭痛や目のかすみ、吐き気を訴え、さらにはてんかんの発作を起こしたせいで、アニメの〈ポケットモンスター〉の少なくとも一エピソードが放映禁止になった。そういった症状を引き起こした原因は、ミサイルが次々に爆発する場面で光の激しい明滅がストロボ効果をつくりだしたことだった、というのが定説になっている。画面を泳ぐ魚とあの素朴な音楽という特定の組みあわせでも、おなじ効果が生みだされるらしい。ゲームマシン〈ザピット〉のメーカーに苦情が洪水のように寄せられなかったことが、ブレイディには驚きだった。のちにメーカーに苦情が寄せられてはいたが、少数だったことがわかった。これにはふたつの理由があるとブレイディは考えた。まず、クソくだらない〈フィッシン・ホール〉のゲームそのものには、そんな効果がなかったこと。第二に、そもそも〈ザピット〉の購入者がほとんどいなかったこと。コンピューター業界ではこの手の失敗した商品を〝煉瓦《ブリック》〟と呼んでいる。

〈図書室アル《ライブラリー》〉の肉体を身にまとっている男は、あいかわらず図書カートを押しながら二一七号室にもどり、〈ザピット〉をベッド横のテーブルの上に置いた――さらなる研究と思索の対象とするだけの価値があるからだ。それからブレイディは〈図書室アル《ライブラリー》〉ことアル・ブルックスの肉体をあとにした（まったく後ろ髪を引かれなかったわけではない）。例によって一瞬の眩暈を感じたかと思うと、次の瞬間にはブレイディは下ではなく上を見あげていた。次にどういう展開になるかに興味があった。

最初のうち〈図書室アル《ライブラリー》〉は、その場に突っ立っていただけだった――見た目が人間そっくりな家具のひとつ。ブレイディは目に見えない左手を伸ばして、アルの頬をぽんと叩いた。そのあと今度はみずからの精神でアルの精神に接触をはかったが、相手の精神はもう閉ざされているはずだと予想してもいた。セイディー・マクドナルド看護師のときには、本人が朦朧状態から脱したあとでは精神が閉ざされていたからだ。

ところが、アルの精神のドアは大きくあいたままだった。

アルの意識の核は復帰していたが、いまでは存在感がわずかに薄れていた。ブレイディは、自分の精神がその場に侵入したことで核の一部がかき消されたのだろうと推測した。だからどうしたというのか。人は大酒を飲んでは脳細胞を殺しているが、脳細胞の予備はたくさんある。アルについてもおなじことがいえた。少なくとも、いまの段階では。

ブレイディは自分がアルの手の甲に書いたZの文字を見ながら――これといった理由もなく、ただ書けるから書いただけだ――口をまったく動かさずに話しかけた。

「やあ、Zボーイ。もう行っていいぞ。出ていけ。まっすぐA翼棟へ行け。ただし、この件については、だれにも話すな」

「話すってなにを？」アルは困惑の顔でたずねた。

ブレイディはうなずける範囲で精いっぱいうなずき、微笑める範囲で精いっぱいの微笑みを浮かべた。早くもまたアルになりすましたい気持ちがこみあげた。アルの肉体は老いてはいたが、少なくともそれなりに動いた。

「それでいい」ブレイディはZボーイにいった。「そう……話すってなにを、だ」

二〇一二年が二〇一三年になった。このころにはブレイディは、念動力《テレキネシス》の筋トレに興味をなくしていた。アルがいる以上、そんなことになんの意味もなかった。アルのなかに侵入するたびに、ブレイディの支配力は強まり、操縦は巧みになった。アルを動かすのは、アフガニスタンでターバン野郎どもを監視するために軍がつかっているドローンを操縦するようなものだった……軍はそのあと爆弾を落として、ターバン連中のボスを死ぬほど怖がらせるのにもドローンをつかう。

いやはや、じつにすばらしい。

以前に一度、Zボーイをつかってホッジズに〈ザピット〉の一台を見せたことがある——あの退職刑事が〈フィッシン・ホール〉のデモ画面にうっとり魅せられてくれないかと思ってのことだった。ホッジズの頭のなかにはいりこむのは、さぞや愉快な経験になるだろう。あいつの頭にはいれたら、鉛筆を手にとり、その鉛筆を退職刑事の眼球に突き立てて抉《えぐ》りだすことを最優先事項にしたかった。しかしホッジズはスクリーンをおざなりに一瞥しただけで、マシンを〈図書室《ライブラリー》アル〉に返してしまった。

ブレイディはさらに数日後、理学療法士アシスタントのデニーズ・ウッズを相手に試してみた。この女性アシスタントはブレイディの病室に週二回やってきては、両腕と両足のリハビリをおこなっていた。ウッズはZボーイがさしだした〈ザピット〉を受けとると、ホッジズよりはずいぶん長いあいだ泳ぐ魚を見つめていた。なにかが起こりつつあった……しかし、充分とはいえなかった。デニーズに侵入しようと試みるのは、たとえるなら堅牢なゴムの隔壁を押すようなものだった——わずかに凹みはするし、ハイチェアにすわっている幼い息子にスクランブルエッグを食べさせているウッズの姿がちらりと見えたが、たちまち隔壁に押し返されてしまった。

ウッズは〈ザピット〉をZボーイに返すとこういった。「ええ、あなたのいうとおり、かわいらしい魚ね。さて、そろそろほかの人に本を貸しだす仕事をしにいってもらえる？　そうすれば、わたしとブレイディは厄介な膝のリハビリにとりかかれるから」

そういうこと。アルが相手のときには瞬時にアクセス可能だったが、ほかの人間が相手だとそうはいかなかった。その理由も、ほんの少し頭をつかえばわかった。アルはブレイディのもとに〈ザピット〉をもってくる前から何十回となく〈フィッシン・ホール〉のデモ画面を見ていたので、最初から画面への条件づけができていたのだ。これは決定的な差異だったし、ブレイディに胸が裂けるような失望をもたらした。数十人の人間ドローンを確保し、場面に応じて選《よ》りどりみどりできる状態を夢想していたのに、それが無理とわかったのだ。実現のためには〈ザピット〉を改造して催眠誘発効果を高めるほかはない。しかし、そんな方法があるのか？

まだ元気だったころには、あらゆる種類の機械仕掛け《ガジェット》を改造した経験があるため——たとえば〈アイテム1〉や〈アイテム2〉だ——ブレイディは〈ザピット〉改造の手でもあるはずだと信じていた。なんといっても〈ザピット〉にはWi‐Fi機能があり、Wi‐Fiはハッカーのいちばんの親友である。たとえば、画面から閃光を発するようなプログラムを組みこめたら？　ストロボ状の光……〈ポケットモンスター〉の一エピソードでミサイルの連続爆発シーンを見ていた子供たちの脳に影響を与えたようなストロボ状の光だったら？

ストロボなら、ほかの目的にも転用できる。ブレイディはコミュニティーカレッジで〈コンピューターがつくる未来〉という講座を受講していたが（およそ学校と名のつくものから完全にドロップアウトする直前のことだった）、講座の課題としてＣＩＡ作成の長大な報告書を読まされた。もともとは一九九五年に作成され、9・11後に機密指定が解除された文書だった。題名は『閾下《サブリミナル》知覚の作戦行動における可能性』。脳に超高速でメッセージを送りつけると、脳はメッセージをメッセージだと思わずに自身が考えついたことだと錯覚することがある——報告書では、この現象を発生させるにはコンピューターをどうプログラムすればいいかが説明されていた。では、ストロボ状の閃光のなかにメッセージを埋めこめたらどうだろうか？　たとえば《いま寝ても問題ない》とか。もっとシンプルに《リラックス》だけでもいい。こういった細工を実現できて、それが最初からデモ画面にそなわっている催眠効果とあわされれば、強い影響力をもつにちがいない。もちろん、見込みちがいの可能性はある。それでもこの真偽を確かめられるのなら、ほとんど役に立たない右手を差しだしてもいいくらいだった。

確かめる機会が永遠に来ないのではないかという不安もあった。どうあがいても、ふたつの問題が克服不可能としか思えなかったからだ。ひとつは催眠誘発効果が発揮されるまで、対象人物にゲームのデモ画面をひたすら見せつづけるという課題。もうひとつは、もっと基本にかかわる課題だった——どんなもの、だ、ろ、う、と、いまの自分がどうすれば改造できるのか？　まず、自由につかえるコンピューターがない。おまけに手もとにコンピューターがあっても、それがなんの役に立つ？　クソな靴の紐さえ結べないのに！　Zボーイをつかう案も考えたが、ほぼ考えつくなり捨てた。アル・ブルックスは兄とその家族と同居している。もしアルがいきなり高度なコンピューター知識と操作テクニックを披露しはじめたら、彼らの疑念を招くに決まっている。同居している兄たちはすでに、アルがこのごろぼんやりしたり奇妙な行動を見せたりするようになったことに疑問をいだいているのだからなおさらだ。家族はアルが認知症になりかけているのではないかと疑っていることだろう――ブレイディはそう推測していた。家族の疑念も、当たらずといえども遠からずだった。

Zボーイの予備の脳細胞の在庫が尽きかけているようだった。

ブレイディはふさぎこむようになった。輝かしいアイデアが灰色の現実に正面から衝突して阻まれる段階、前からよく知っているあの段階に到達してしまったのだ。掃除機の〈ローラ〉のときにもおなじ目にあった。コンピューター援用の車輛自動後退システムでもおなじ目にあった。可動システムつきのプログラム可能なテレビモニター開発時にも、おなじ目にあった――ちなみにこれはホームセキュリティの世界に革命をもたらすはずだった。ブレイディのすばらしいインスピレーションの数々は、ひとつの例外もなく水泡に帰してきた。

それでも、ブレイディにはつかえるドローンがひとつある。ことのほか腹立たしかったホッジズの来訪ののち、ブレイディはドローンに仕事をさせればくさくさした気分も晴れるだろうと思いたった。しばしののち、Zボーイが病院から一、二ブロック離れたインターネットカフェへはいっていった。コンピューターの前に五分ばかりすわっていただけで（ふたたびディスプレイの前にすわれたことでブレイディは天にも昇る心もちだった）、アンソニー・モレッティ——別名〝金玉パンチのでぶの腐れ外道〟——の住所が判明した。ブレイディはZボーイをインターネットカフェから外へ出したのち、軍の放出品を売っている店まで歩かせてハンティングナイフを買わせた。

翌日、出勤のためにモレッティが家を出ると、正面玄関前のウェルカムマットに愛犬が寝そべっていた。見ると、犬はのどをばっさりと切り裂かれていた。さらにモレッティの車のフロントガラスには、犬の血でこう書いてあった——**《次はおまえの女房とガキどもだ》**。

これを実行したことで——実行してのける力があったことで——ブレイディの気分は晴れた。復讐は甘い劇薬、そしておれは劇薬だ、とブレイディは思った。

Zボーイにホッジズのあとをつけさせて、ホッジズの腹に銃弾を撃ちこませている場面を夢想することもあった。腹を押さえた指のあいだから命がどんどん流れだすあいだ、全身を震わせて、苦悶のうめき声をあげている退職刑事を見下ろして立ちはだかってやれたら、さぞや胸のすく思いを味わえそうだ！

胸のすく思いはするが、専用ドローンをうしなうことになる。ひとたび身柄を勾留されたら、アルは警察に*おれ*を指さすだろう。しかし、理由はそれだけではなかった。もっとずっと大きな理由があった——それだけでは*とうてい充分とはいえない*、という理由が。腹部を銃で撃ったところで、ホッジズが悶え苦しむのはせいぜい十分か十五分……あの男への借りはその程度でちゃらにできるものではない。もっともっと大きな借りだ。だからホッジズには逃げようにも逃げられない罪悪感という密閉された袋のなかで、毒をはらんだ空気を吸いながら、ぜひとも生きつづけていてほしい。これ以上は耐えられなくなり、あいつがわれとわが手で命を絶つまでは。

それが当初の計画だったはずではないか——あの古きよき日々には。

しかし、それはできない相談だ、とブレイディは思った。いまはなにひとつできない。いまの自分にあるのは、まずZボーイ——このまま進めば介護施設の世話になるしかなさそうな男。そして、幻の手を伸ばすことで、ブラインドを揺らして音をたてさせる力。それだけだ。それだけがすべてだ。

しかし時は流れて二〇一三年の夏、ブレイディが暮らしていた憂鬱の闇にひと筋の光が射した。見舞客が来たのだ。本物の見舞客。ホッジズでもなければ、地区検事局に所属するスーツ族でもなかった——後者の連中はブレイディが奇跡的に恢復を遂げていないかを確かめにやってきていた。充分に恢復していれば、市民センターにおける八件の謀殺をはじめ、十指にあまる重罪容疑でブレイディを裁判にかけられるからだ。

その日はまず病室のドアにお義理のノックの音がして、ベッキー・ヘルミントンが顔を室内にのぞかせてきた。「ブレイディ？　若い女性の方がお見舞にやってきたわ。前はあなたといっしょに働いていて、あなたに贈り物をもってきたと話してる。こちらに通してもいい？」

そんな若い女は、ひとりしか思いつかない。最初はノーと返事をして断わろうと思ったが、邪悪な悪意と足なみをそろえてブレイディの好奇心も復活していた（いや、このふたつはおなじものかもしれない）。ブレイディは思うにまかせぬ体でぎこちなくうなずき、目もとから髪を払いのけようという努力をした。

見舞客の女は、床の下に地雷でも隠してあると思いこんでいるかのように、おずおずと病室に足を踏み入れてきた。女はワンピース姿だった。この女のワンピース姿など見たこともなかったし、そもそもそんな服をもっているはずがないと思ってもおかしくなかった。しかし髪はあいかわらず――つまり、〈ディスカウント・エレクトロニクス〉の〈サイバーパトロール〉部門でともに働いていた当時と変わらず――頭皮近くまで短く刈りこんだ中途半端なクルーカット・スタイルで、胸はあいかわらず板のようにぺしゃんこだった。ブレイディはどこかのコメディアンが飛ばしていたジョークを思い出した――みんながみんな貧乳大好きなら、キャメロン・ディアスの人気はこの先ずっと安泰だ。しかしきょうこの女はフェイスパウダーをつけて顔に残るあばたを隠していたばかりか（これはびっくり）、口紅までつけていた（びっくり仰天、驚き桃の木だ）。そして片手には、包装紙にくるんだ品があった。

「やあ、久しぶり」フレディ・リンクラッターは、この女にしては珍しくはにかみをのぞかせながらいった。「どう、元気にしてる？」

これがあらゆる可能性に通じる扉をひらいた。
ブレイディは精いっぱいの微笑みをうかべた。

（下巻に続く）

文春文庫

任《にん》務《む》の終《お》わり　上

定価はカバーに
表示してあります

2021年2月10日　第1刷

著　者　スティーヴン・キング
訳　者　白《しら》石《いし》　朗《ろう》
発行者　花田朋子
発行所　株式会社　文藝春秋

東京都千代田区紀尾井町 3-23　〒102-8008
TEL　03・3265・1211㈹
文藝春秋ホームページ　http://www.bunshun.co.jp

落丁、乱丁本は、お手数ですが小社製作部宛お送り下さい。送料小社負担でお取替致します。

印刷製本・凸版印刷

Printed in Japan
ISBN978-4-16-791651-0